世界に続く道

IAEA事務局長回顧録

天野之弥

NewsFeed | U.S. | Politics | World | Business | Money | Tech | Health

TIME Person of the Year

People Who Mattered

Yukiya Amano

By TONY KARON Wednesday, Dec. 14, 2011

RONALD ZAK / AP

A mild-mannered 64-year-old Japanese career diplomat, Yukiya Amano managed to spark a wide range of emotions in power centers around the globe: warm smiles in Washington, Paris and London; a torrent of vitriol in Tehran; ruffled feathers in Moscow and Beijing. That's because as director general of the International Atomic Energy Agency, Amano turned up the heat on Iran with a report giving his U.N. body's imprimatur to the accusation that Iran may have done research work on nuclear weapons. That report has prompted Western powers to ratchet up sanctions, although Russia, China and other skeptics have not followed suit. And as tension rises, Amano could find himself at the center of the storm in 2012.

天野之弥アルバム

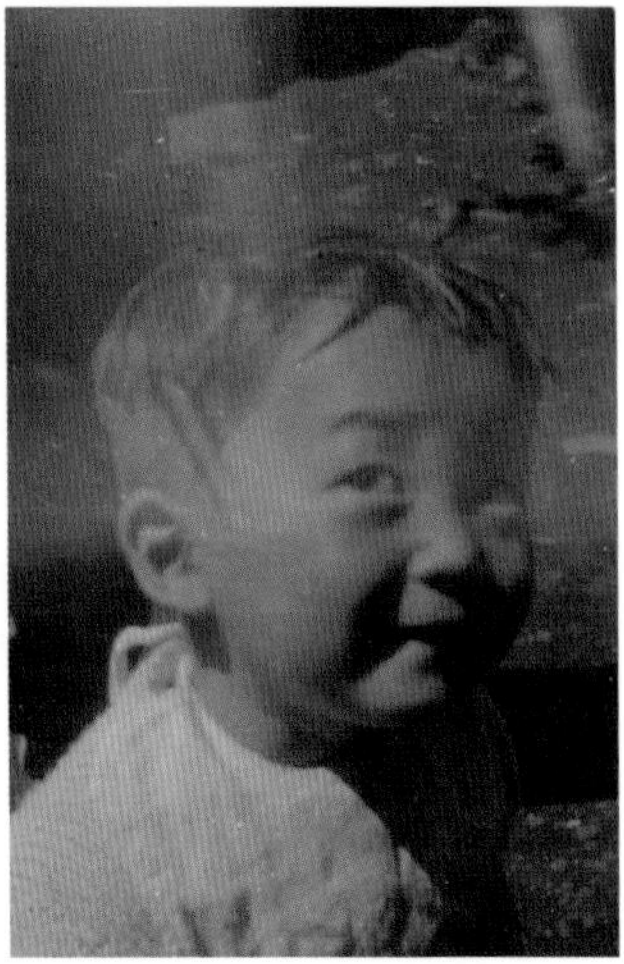

2歳の頃

大学生の時に日本学生協会で活躍
“桜の女王”を銀座へご案内

18歳の時「アジア太平洋学生リーダープロジェクト」
に参加。ニューヨークにて

30〜40歳代の頃、母に買ってもらった
ギターで練習

1972年　外務省入省（2列目右端）

1999年10月　外交官としてはじめてチェルノブイリ4号炉に入る

1993年10月　ロシアによる海洋投棄後の交渉に向かう。ウラジオストックにて

30年以上所有したBenz 280SL。南フランスにて

マルセイユ勤務時代に所有していたヨットの前で

2009年7月2日　第5代IAEA事務局長選挙に当選した直後のTVインタビューに答える。ウィーンにて

2005年 エルバラダイIAEA事務局長と共にノーベル平和賞の授賞式に臨む。オスロにて

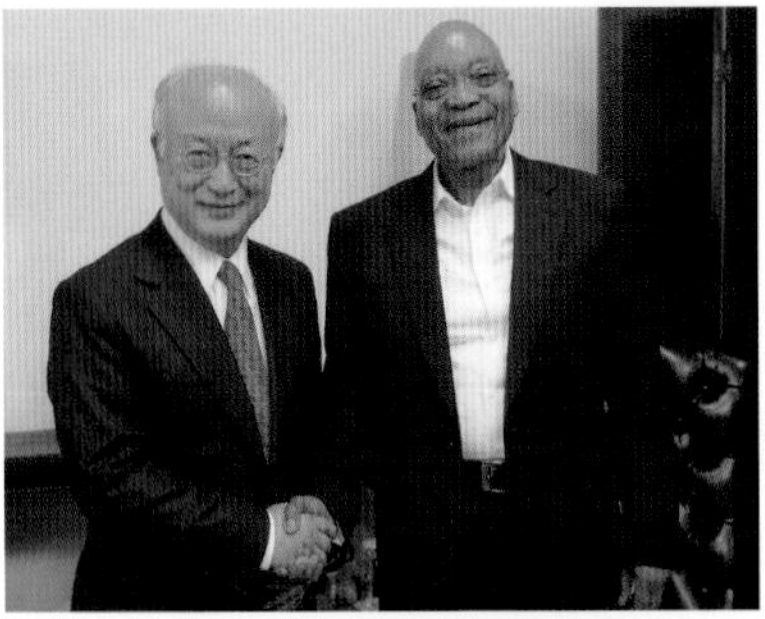
ジャコブ・ズマ 南アフリカ大統領と会談。
ヨハネスブルグにて

シモンペレス イスラエル首相と会談。
エルサレムにて

核セキュリティーサミットに参加。オバマ アメリカ大統領と会談

プーチン ロシア大統領と会談。モスクワにて

アルベール2世 モナコ大公と謁見

ビル・ゲイツ氏と会談

ラウル・カストロ キューバ首相と会談。
ハバナにて

フランシスコ ローマ教皇と謁見。
ヴァチカンにて

2016年1月16日　JCPOAによる合意履行日にIAEA本部で。ウィーンにて

2016年1月16日　JCPOA（包括的共同行動計画）に基づく合意履行日のイランとの署名式。ウィーンにて

マクロン フランス大統領と会談。パリにて

安倍総理と会談。東京にて

シェイク・ハシナ バングラディシュ大統領と会談。ウィーンにて

ボリス・ジョンソン氏と会談。ロンドンにて

ジョン・ボルト前アメリカ大統領補佐官と会談。
ワシントン DC にて

ビクトリア スウェーデン皇太子と謁見。
ウィーンにて

大好きなジョージ・バランシンの銅像と。
トビリシにて

アウンサンスーチー ミャンマー首相と会談。
ヤンゴンにて

65歳の誕生日にヨットを購入。
ポントローズ・スロベニアにて

IAEA舞踏会に幸加夫人と参加。ウィーンにて

2019年12月　偲ぶ会

2019年12月　偲ぶ会 安倍総理挨拶

世界に続く道

ＩＡＥＡ事務局長回顧録

装丁／中村　聡

目次

天野之弥を偲ぶ

はじめに

この回顧録は、私が生まれてから今に至るまでに起こったことを、記憶に基づいて書き記したものである。

私は、戦争直後に神奈川県に生まれ、東京大学に進み、外務省に入り、国際原子力機関（ＩＡＥＡ）事務局長になった。その間には、さまざまの出来事が起こった。若い頃に両親を亡くしたため、世間との葛藤や私なりの反抗もあった。約半世紀にわたる長い職業人生がそれに続いた。もちろん、家族との生活や友人・知人との交流もあった。しかし、今から振り返れば、偶然も必然も含め、今までに起こったすべてのことが、今に結びついているように思えてならない。

家庭では両親の愛情を一身に受け、四人の仲の良い兄弟に恵まれ、貧しくはあったが楽しい子供時代を過ごした。その頃暮らした湯河原、箱根、葉山の風物は何時も私の眼に焼きついている。ＩＡＥＡ事務局長の仕事が終わったら、きっと、繰り返し繰り返しこれらの思い出の地を訪れるであろう。

社会人になる前の記憶をたどると、そこには敗戦から高度成長期に至る昭和の風景があった。まだ貧しく、猥雑で、更に遡れば戦前につながる日本が身の回りにあった。「ノルウェイの森」も「神田川」も学生運動も、日常の中にあった。

外務省時代は、日本が世界第二の経済力をバックに急速に影響力を増していった時期と重なる。外務省員の士気も高かった。今時は官僚といえば悪の権化のように言われるが、私がこの眼で見た実態とは違う。もちろん、どこの社会でもそうであるように問題児もいるが、ほとんどの職員は能力も志も高く、私はそういう先輩・後輩から多くのことを学んだ。今の私があるのは、こういう人々のお陰である。

とはいえ、私は長い間、自分が外交官に向いているのかどうか悩んだ。やろうと思えば、人並みに仕事はこなすことは出来た。ただ、本当に自分がやりたいことが外交なのかと自問すれば、答えは定かでなかった。しかし、四〇代半ばになった頃、軍縮・不拡散・原子力という分野に出会い、仕事に熱が入るようになった。

そして、私の職業人生も終わりに近づいた頃、ＩＡＥＡ事務局長選挙への挑戦という千載一遇のチャンスが訪れた。第五代事務局長に当選した二〇〇九年七月二日という日は、私にとって決して忘れることのできない一日である。それからの毎日は、人生で一番充実した日々であった。仕事は複雑・困難であり、私の発言や行動が世界に影響を与えることもあったが、それだけにやりがいがあった。スタッフは献身的で優秀な人が多く、身近に接する世界のリーダーは、評判のいい人も悪い人も含めて、魅力的な人が多かった。

妻には心から感謝している。ＩＡＥＡ事務局長というポストはストレスが高く、ストレスは直ぐ妻に伝わる。一歩間違えば、世界中を敵に回しかねない仕事なので、私にも妻にも覚悟が要る。そういう中で、何時も妻が私に味方してくれたことは心強かった。事務局長のポストには完全な孤独がつきものである。しかし、私の場合は、完全に孤独であったことは一度もない。何時も隣に妻がいて私を支えてくれたからである。

はじめに述べたように、この本は私の人生に起こった出来事をありのままに記すことを目的としたものであり、それ以外の何物でもない。ただ、これから国際社会に出て行こうとする若い読者から見て、この本が何らかの参考になれば幸いである。

第一章　社会人になるまで

湯河原で生まれて

私は、一九四七年五月に神奈川県湯河原で生まれた。父は、東京の京橋の出身で明治四三年生まれ、早稲田実業高校で学んだ。家庭の事情で大学には進めなかったという。戦前は山一證券の場立ちとして成功したあと会社を経営していたが、三〇歳を過ぎてから兵隊にとられ、満州を転々とした。戦争ですべてを失ったという気持ちが強く、戦争や軍部をひどく嫌っていた。母は、東京の御徒町の出身である。母親の両親は新潟の十日町の出身だったが、親類の伝手で上京し兜町で金半証券という株の中店の経営を任され成功した。母は当時としては珍しく大学に進み、日本女子大在学中にテニス、スケート、ダンスを楽しんだと言うから、相当ハイカラだった。それでも、学校には自家用人力車で通ったそうで、人力車の方が自動車より乗り心地が良いと言っていた。

しかし、胸を患ったため、父と結婚したのは三〇歳近くになってからである。後から思えば、この結婚が母の人生の大きな曲がり角だった。取り持ったのは母親の長兄、父の遊び友達で道楽者だ。一時は祖父の株屋を継いで羽振りがよく、なじみの芸者さんと結婚、私の父親と飲み歩いているうちに「婚期の遅れた妹と結婚してくれないか」という話になったらしい。小さい頃親戚の集まりでこの叔父に会ったことがあるが、子供心にもこの叔父が零落したとはいえ優しい人であることは伝わってきた。

私は、その頃から世の中から冷たく扱われている人に好感を持ってしまうらしい。

話を戻すと、父親は結婚を機に東京郊外の永福町に家は建てたが、数寄屋造りの家で歌舞伎の舞台のようだったという。しかし、御徒町で生まれ、多くの人の出入りする中で育った母親にとって、戦前の永福町は大変な田舎に見えたようだ。母は祖母との折り合いが悪かったこともあって、時々御徒町の実家に帰っていたようだが、それが祖母との関係を更に悪くしたのだと思う。

違った環境に育ち、考え方も異なる両親だったが、共通していたのは、若かった頃の華やかな思い出を子供たちに繰り返し語って聞かせたことだった。父親が話すのは、相場を当てた勝負師が、純金の盃で酒を飲んだ話、障子を当時の一〇〇円札で張った話、なかには、汚い話だがトイレットペーパー代わりに一〇〇円札を使った話まである。そして、父も夢よもう一度とばかり、相場をはり一発逆転を追い求めていたが、大きな成功を収めたという話は一度も聞かなかった。母親は、若い頃男爵だか伯爵だかに求婚された話、良家令嬢として婦人雑誌のグラビアを飾った話などを語った。私はその頃、まだ一〇歳に満たなかったが、現実と両親の語る世界の間にギャップがあることははっきりと気づいていた。両親の語るのは、今は存在しない過去の夢の世界だった。だが、私たちが毎日見ていたのは西陽の当たる民家の二階であり、そこに六人以上の家族がぎゅうぎゅう詰めで生活していたのである。

両親は全くバラバラな過去の夢を見ていたのであるが、一つだけ教育熱心なところが共通していた。父は、自らの不遇の原因は不十分な学歴にあると考えていたようだ。ある時父親から、湯河原の大川沿いにある床屋の息子が東大に入ったという話を聞いたが、これは私がまだ八歳に満たない頃のことだったと思う。私はその時は何も気づかなかったが、後になって弟から、「あれは、お前たちも東大に入れという意味だった。」と聞かされ、なるほどと思った。母からは、一度も勉強しろと言われたことはなかったが、いつもできる限り勉強する環境を整えてくれた。

私が湯河原で生まれたのは、家族が戦争で疎開し、戦後も湯河原に残ったからである。なぜ湯河原だったのかはよくわからないが、東京からかなり離れている分安全であり、また、当時は文人墨客が滞在したり、財界人や政治家が別荘を構えたりして、今より華やかだった。もっとも、湯河原も完全に安全だったわけではなく、戦争中は駅に停車中の列車が爆撃されたこともあったと聞く。ただ、やはり東京から離れているだけあって、モノは豊富だった。戦争直後とはいえ、よく「アジが安いよ。」という威勢のいい掛け声とともに、オート三輪でアジを売りにきた。バケツ一杯一〇〇円だった。子供のころ食べたものは忘れられないと言うが、私が今でも一番好きな食べ物はアジフライである。湯河原の周囲の山ではみかんが取れ、秋になると山全体が金色に輝いた。炭焼きも盛んで、狸のチョッキを着た猟師が背負子で炭を担いで山から下りてきた。湯河原には、われわれ家族だけでなく父方の祖父母や叔母も疎開していて、にぎやかだった。

湯河原では、八歳まで暮らした。家族は、両親と姉、弟に加え、私が七歳のときに妹が生まれた。姉は私より七歳上の昭和一六年生まれ。学校の成績が抜群だっただけでなく、日本舞踊が上手で、父親の希望の星だった。弟は私より三歳下の昭和二五年生まれ、性格も外見もあまり似ていなかったが、実際にはその後何十年も双子のように似た道を進むことになった。妹は私より七歳下の昭和二九年生れ。ある日、父の元に子供たち全員が集められ、「今日からは、妹が家に来るから、君たちもお姉さんお兄さんとして、妹を大事にしなければいけないよ。」と言われた。

われわれが住んでいた通り沿いには、小さな川が流れ、その上に温泉の配管がめぐらされていた。いつだったか、やんちゃな弟が温泉の配管を渡ろうとして、川に落ちてしまったことがある。運よく弟は丁度通りかかった「近藤さん」という元新橋芸者の人に助けられたが、浴衣姿で弟を片手に抱え、下駄の音を響かせながら急ぐ姿はカッコよかった。今では、川も暗渠に覆われ何の変哲もない裏通りになってしまったが、当時は、八百屋、駄菓子屋、畳屋、氷屋、鉄管屋、竹屋などが軒を並べるにぎやかな裏通りだった。夏の暑い日に通りに水を打つと、アオスジタテハが群がった。夕方になると、大人たちがステテコ一つで縁台で将棋をさした。川をせき止めて、うなぎ取りをしたこともある。大通りに出ると「青木」という肉屋もあった。場所は変わってしまったが、数年前たずねたら、昔と同じコロッケの味がした。

近くには、芸者置屋があり、「はがきさん」という芸者さんが妹芸者と暮らしていた。「はがきさん」はぽっちゃりしていて優しかったが、妹芸者は目が釣りあがっていて子供を嫌っていた。「はがきさん」は私と同い年くらいの子供を伊豆に置いてきたそうで、遊びに行くとよくバナナをくれた。母には絶対に行ってはいけないと言われたが、それでも遊びに行った。通り沿いの軒下には乞食もいて、友達になった。家で作ってもらった弁当と乞食のおじさんが持っている菓子パンを交換して、軒下で並んで食べるのが好きだった。家から二、三〇〇メートル宮下方面に進むと、お茶の木の生垣がある立派な家があり、稲川組一家の幹部が住んでいた。近所の人たちとも普通の付き合いがあって、お正月には子供たちにお菓子やお餅をくれた。

家の裏には古い農家があり、春には農家へと続く坂道沿いに桜と少し遅れて桃の花が咲く。落ちた花びらを集めて首飾りをつくり、母にあげたら、「之弥さんは優しいのね。」といった。ある春の日には母親が空に向かって飛んでゆく一匹の蝶を見つけ、「あら、シジミ蝶が飛んでいるわ。もう春ね。之弥さんもあの空のように心の広い人になってね。」と言った。夏には庭に茣蓙を敷いて朝顔の色水づくりをしていたら、大きな毛虫が落ちてきて大騒ぎになったこともある。もう、六〇年近く昔のことなのに、そのときの母の姿と声が、今も鮮やかに残っている。

男の子にはよくあることで、私は小さいころ父に余りなじめず、父にはずいぶん悲しい思いをさせた。私が、二、三歳のころ、大事件が起こった。私が二階のベランダから外に乗り出そうとしたところ、急にバランスを崩し、屋根に転げ落ちてしまった。ちょうど着ていたタオル地のベビー服が軒先にひっかかって宙吊りになったが、運が悪ければ地面に落ちて死んでいただろう。父は、咄嗟に釘だらけのスレート屋根に飛び出して、私を助けてくれた。すべて後で聞いた話だが、助けられた後、父が足の裏の怪我に赤チンを塗りながら、「こんなに怪我したんだぞ。」と言ったのは本当に覚えている。

父には、もう一度助けられたことがある。庭の砂場を走り回っている最中に転び、手に持っていたシャベルが眉間に刺さってしまった。この時も父親が私を毛布にくるみ、病院まで抱いて運んでくれた。私は、額から噴出す鮮血におびえてしまい、金縛りのようになっていた。走るように早足で歩く父親の下駄の音、上下に揺れる振動、緊張しきった父親の息遣いが今でも聞こえてくる。この時以来、父とも少し仲良くなった。

祖母は、生粋の江戸っ子だった。何時も和服を着て、髪の毛を頭の上で丸く結わっていた。かぼちゃはトーナス、外人は異人さん、トマトは生臭くて食べられないと言っていた。祖父の記憶も少しある。立派なひげを生やした、明治の日本人といったたたずまいの人だった。祖父の家に遊びに行くと、芙蓉の茂みの真ん中を刈り取って、隠れ家を作ってくれた。元々は解剖を専門にする軍医で、「お前も大きくなったら医者になれ。」といって、ノミで頭蓋骨を開くやり方を教えてくれた。父とは折り合い悪く、私が得意になって解剖の話をすると、「子供に解剖の話をするなんて、バカな親父だ。」と言った。日露戦争では軍馬に乗って傷病兵の見回りをしたそうで、乗馬の話もよくしてくれた。祖母と祖父はよく歌舞伎の話をしていた。その時は、歌舞伎には何の興味もなかったが、四〇歳を過ぎた頃から歌舞伎が好きになった。その祖父も年をとって、われわれと一緒に暮らすようになったが、ある日何の前触れもなく布団の中で動かなくなっていた。眠っているような静かな死に顔だった。

私の家には温泉がなかったので、祖母や母と日帰り温泉に入浴に行った。ある日のこと、母と祖母と三人で温泉に行ったが、最初から様子が違う。母の着ているものが普段と違う外出着だった。それに、私を温泉に入れるなり、母は後で迎えに来るからといって、祖母と私を残してどこかに行ってしまった。それきり、待てど暮らせど迎えに来ない。騙されたとわかった私は、母が約束を守って迎えにくるまで、絶対に湯船から出ないことにした。祖母は力ずくで私を湯船から出そうとするが、私は縁にしがみつき、全力を挙げて泣き叫び抵抗した。昔も今も私は嫌なことを人から強制されたくないのである。最後は、祖母から連絡を受けた母が迎えに来たので湯からあがることにしたが、そこまでが限界だった。祖母が「強情な子だよ。」と言ったのは聞こえたが、それ以降は意識がかすんでしまった。「三つ子の魂百まで」というが、時々妙に頑固になってしまうのは今も変わらない。

私は、子供のころ体が弱く、よく病気をした。病気と言っても大した病気ではなく、目、耳、鼻、喉がやられてしまうのだ。しばらくすれば治るのだが、耳の病気だけは嫌だった。通気と言って、鼻から耳に空気を通すのがやたらに痛く、病院の近くに行くだけで、涙がこぼれてきた。一五歳までに治らなければ、扁桃腺を切るともいわれたが、一五歳になった頃はとっくにそんなことは忘れてしまった。成人してからは大した病気をしたことはないが、スポーツはからきしダメで、特に体力があるほうでもなかった。ところが、不思議なことに六〇歳を過ぎた頃から次第に体調が安定し、仕事に打ち込めるようになった。

箱根へ

私が小学校三年生のころ、私たちは箱根の強羅に引越した。戦争から帰ってから、父は時折株の売買をする以外これといった定職についていなかったが、このころ小さな製薬会社の役員に就き、家も一時豊かになった。

箱根に引っ越したのは、私と姉が強羅の函嶺白百合学園に通っていたからだと思う。もともと病弱だった姉にとって、湯河原から電車を乗り継いで強羅まで通うのは大変な負担だった。私も病気がちで、小学校の一年生のときも二年生のときも二、三ヶ月しか学校に通っていなかったので、学校の近くに引っ越すのは便利だった。私の病名は、腺病質ということだったが、今考えると花粉症に違いない。こうして、父の就職を機会に母親と子供たちは箱根に引っ越し、父は週末だけ家に帰るような生活になった。

函嶺白百合学園はフランスの修道会が経営する女子校で、当時は小学校に限って男子も受け入れてくれた。受験校というよりは宗教色の強いお嬢様学校だったが、神奈川県西部では一番の名門校で、裕福な家庭の子女が多かった。有名ホテルや旅館の子女も多く、そのお弁当ときたら見たことのない豪華なものだった。中には運転手付きの自家用車で通学してくるものもいた。こういった地元のお金持ち組とは違って、当時の湯河原、熱海、箱根あたりには疎開者が多く、方言を嫌って、男の子を含めて子女を通わせる家庭もあった。私の両親もそういった考えで、私を女子校に通わせたのだろうが、私にとっては大変な迷惑だった。第一に、クラスは四〇人が女の子、五人が男の子だったから、少数グループにとっては居心地が悪い。子供のころは、女子の方が成長が早く、頭もよく体も大きかった。私など体も小さく頭も悪かったから、大柄な女の子から、「バカ、白ブタ！」といって小突き回された。近所の子供たちからは、「オトコ女！」といって石を投げられた。白百合の生徒は男の子でも、「ごきげんよう」と言って挨拶をするので、近所の悪がきに苛められないほうが不思議である。

先生はフランスの修道会式に「マメール」、「マスール」と呼んでいたが、これについては笑い話がある。学校に着くと女の子たちは、「タブリエ」という黒い作業着のような上着に着替えることになっていたが、「タブリエ」が何のことだか外部の人間にはからきしわからない。授業参観に来た母も何のことだかわからなかったらしく、「お世話になっているタブリエ様にご挨拶したいのですが、タブリエ様はどちら様でしょうか。」とたずねて回り、大笑いになった。当の母もさることながら、われわれもしばらくの間からかわれたものである。

それでも、強羅は子供たちには天国のようなところだった。家には、硫黄を含んだ白濁温泉が引かれていて、冬になると野鳥が暖を求めて風呂場に逃げ込んできた。風呂場の上がり湯には水を張って、早川で釣ったヤマメを飼っていた。春になると並木の桜が花をつけ、やがて庭につつじが咲き誇り、高山特有の真っ黒なアゲハチョウが集まった。母と一緒に散歩していた時、急に深い霧が斜面沿いの庭を駆け上ってきて、前を歩く母の姿を見失ったこともある。夏になれば、山百合が花をつけ、橙色の鬼百合に替わるころ、大文字焼きでにぎわった。庭の片隅には月見草が咲き、紫のホタルブクロも顔を出す。

当時の強羅公園は今に比べれば荒れ果ててはいたが、入園料もタダだったので、子供たちの格好の遊び場になった。強羅ホテルが駐留軍の保養施設になっていて、華やかな外国人が数多く箱根を訪れた。隣の竹やぶでは鶯がなき、ケーブルカーで一駅上がればキツツキやカッコウがいた。雪が降れば学校は臨時休校になり、子供たちは運休になったケーブルカーの線路沿いで手作りのそりを楽しんだ。

父は、家族と離れていたのをいいことに随分と遊びまわっていた。土日には、東京からタクシーにお土産を山積みにして帰ってきたので、父の帰りが楽しみだった。当時はアメリカ車が全盛で、パッカードやスチュードベーカーに乗って帰ってくることもあった。ただ、一度はお土産ではなく、芸者さんを連れてきて、大騒ぎになったことがある。母は、玄関先の式台に座り、「私は構いませんが、子供の教育に悪いので、家の敷居をまたがないでください。」といって、父も連れの芸者さんも家に入れさせない。父は、美人なので子供たちに会わせたかっただけだと言って盛んに言い訳をしている。そのあとどうなったかは覚えていないが、ふすまの隙間から見た芸者さんは、確かに綺麗な人だった。

箱根の生活は、私にとっては楽しい思い出ばかりだった。勉強はできない坊主で、学校の成績はオール三だった。一、二年生の頃まともに通学していなかったので、学校のしきたりというものが全然わからなかった。先生が質問すると手を挙げるのも何か滑稽だったし、授業中でもおなかが空くとお弁当を食べてしまった。それでも、温情のある先生方が、未知数ということで三をつけてくれたのだと思う。私といえば、昆虫や野鳥や草花の観察が楽しく、見るものを皆写生した。父は、「うちの長男は、体も弱いし、画家にでもなるのだろうな。」と言っていた。ちょうど山下清の「裸の大将」が人気を博した頃である。長い箱根生活のように感じられたが、実際にはわずか一年半くらいだった。私が、小学校の四年生になる頃には、父は勤め先の製薬会社の役員を辞め、私たちは葉山に引っ越すことになった。

葉山への引越

葉山に引越したのは、私が四年生になる直前の二月ごろだった。とりあえず、堀の内という地区にあるこぢんまりした家に落ち着いたが、庭に梅が咲いていた。四月には、弟と一緒にすぐ近くにあった葉山小学校に通うようになった。堀の内の家で暮らしたのはほんの僅かの間で、すぐ一色というところに引越した。庭は砂、夜は波の音が聞こえるほど海に近かったが、この家もしばらくして引き払い、長柄という地区にある家に落ち着いた。

葉山で家を転々としたのは、父が仕事をなくしたので、家賃を節約する必要があったためである。

収入が途絶えたため、家計が苦しくなっていく様子は子供たちにもよくわかった。引越しを繰り返すたび、家はぼろ屋になった。私の誕生日に父が買ってくれた色鉛筆がたった八色だったので、私はこんなプレゼントなら要らないといって父とケンカになったことがある。母が、「お父様にそんなこと言うものじゃありません。謝りなさい。」ととりなした。私も、悪いことをしたなとは思ったが、嫌なものは嫌だったので謝らなかった。そのときの父の悲しそうな顔は今でも忘れられない。父は仕事がなくなっても銀座の飲み屋通いをやめられなかったようで、派手な服装をした女を連れた借金取りが家に押しかけるようになった。居留守を使う父と借金取りに頭を下げ続ける母を見るのは悲しかった。母も、着物の仕立ての内職をするようになった。

家の窮状と反比例するように、私の学校での成績は上がり続け、両親を喜ばせた。三ばかりだった通信簿に四や五が目立つようになり、やがてオール五に変わった。当時、葉山小学校には一学年三五〇人くらい通っていたが、クラスで一番、学年で一番と成績が上がっていった。

六年生になるころには、湘南地方で一番の難関といわれた栄光学園を目指すことになった。どうして栄光学園を目指すようになったかはよくわからないが、子供の私に相談があったわけではなく、小学校の五年生のころには栄光学園を目指すことが家でも学校でも既定路線になってしまった。栄光学園は新興の受験校として知名度がぐんぐん上昇しているころで、私も家族も栄光学園を目指すというだけで鼻高々だった。通っている生徒は、横浜、鎌倉、逗子あたりの会社幹部の子弟や医者や大学の先生の子弟も多く、収入も社会階層もそれなりにハイクラスだった。到底、私たちのような家庭に手の届く学校ではなかったが、そんなことを意に介するような父親ではなかった。私もまだ子供で、将来の授業料にまで思いが至らなかった。それに、もし母親がそんなことを言い出せば、「大船に乗ったつもりで俺に任せておけ。」と言い出すに決まっていた。

中学受験と言っても、今のように便利な教材やシステムがあるわけではない。私の場合は、基本的には教科書を勉強するだけ。それと、読書が好きだったので、暇さえあれば学校の図書館に行って、外国の小説やSF、天体や昆虫に関する本を読み漁っていた。それでも、六年生になったころには逗子にあった進学塾に週一回くらい通い、自分より成績の良い生徒に出会ってびっくりした。横浜に行き模擬試験というのも受けてみたが、まあまあの成績で、栄光学園には入れそうな成績だった。あいにく六年生の夏に肺浸潤と診断され、しばらく受験勉強をやめるよう言い渡されたが、運よく栄光学園には無事合格した。栄光学園受験の日は寒い冬の日だった。当時、栄光学園は横須賀の長浦湾沿いの岸壁に沿って建物が並びあり、試験当日も海から吹きつける風がやたら冷たかった。受験に付き添ってきた父は、「体が温まるから、これを飲め。」といって私に水筒を渡したが、中身は赤玉ポートワインだった。試験の間、頭がボーッとして集中出来なかった。後から父は母からきびしく叱られたそうだ。

父の病気や引越しの繰り返しが続いたが、それでも私にとっては楽しい毎日だった。葉山の家の前の通りでは、子供たちがチャンバラや追いかけっこをして暗くなるまで遊んだ。当時は、まだ、マキで炊事をする家が多かったので、食事時間は煙りの匂いでわかった。そして、窓を開け放ったどこかの家から、「剣を取っては日本一に、夢は大きな少年剣士」という「赤胴鈴之助」のテーマソングがラジオから聞こえてくるのが家に帰る合図だった。葉山は、小高い山に囲まれており、子供たちの遊び場には事欠かない。ふもとには、子供しか知らない登山口があり、細い道を登ってゆくと秘密の番小屋があった。夏になると私は涼しい朝のうちに宿題を済ませ、陽が高くなるころ近所の子供たちを集めてセミ取りに行った。私は、何でも工夫することが好きだったので、虫取り網に工夫を凝らし、セミの習性を研究して、セミ取り名人になった。日によっては、五〇匹近くのセミをとり、不器用な子供たちに分け与えて家来にした。お昼ごはんが終われば、森戸海岸に泳ぎに行き、真っ黒になるまで水遊びに興じた。秋には山にアケビが実り、あちこちでカマキリの巣が見つかった。

子供時代、わたし達の家は貧しかったが、それを余り意識したことはない。時々、米や味噌を買うお金が無くなり、子供の私がつけで買い物に行かされることもあったが、戦後の日本ではよくあることだった。給食代が払えず、「忘れました」というのは嫌だったが、四年生の担当は優しい女の先生でいつも何とかしてくれた。ある時、国語の時間に詩を書けというので、バッタという題で、「バッタはいいいな！いつも周りに大好きな緑の草がいっぱいあるのだから。」と書いたら、先生が皆の前で泣き出してしまった。私としてはそんなに深刻な気持ちで書いたわけではなかったのだが。

小学生のころを振り返ると、両親から大事に育てられ、仲の良い兄弟四人に恵まれて、楽しかったという思い出しかない。自由すぎるほど自由な家庭環境は自由にものを考える習慣を育み、相場師の父からは独立自尊の精神とリスクを恐れない生き方を受け継ぎ、生まれ育った美しい海や山は、私がすべてを無くした時に帰るべき場所を示していた。もう、遠い昔になってしまったが、今でも子供の頃を共に過ごした人たちと風景を忘れることはない。

灰色の栄光学園時代

肺浸潤による受験勉強の中断、試験当日のワイン事件はあったものの、栄光学園には何とか合格した。合格はしたものの、成績は振るわず平均そのものだった。今までは、葉山小学校一番の成績で得意になっていたが、栄光学園に入ってみると、逗子、鎌倉、横浜あたりから来た秀才がたくさん集まっていて、とても太刀打ちできなかった。それでも、父は栄光学園に入った長男が大自慢で、「うちの息子は東大に行く。」と近所に触れ回ったので、私は穴にでも入りたい気持ちだった。

栄光学園は、湘南地方の名門受験校で、中高一貫教育を特徴としている。経営はイエズス会、校長はグスタフ・フォスというドイツ人で、「君たちはエリートです。」が口癖だった。二時間目と三時間目の間は、夏でも冬でも裸体操、夏は丹沢登山、冬は三浦半島一周四〇キロ競歩というスパルタ教育だった。物理はドイツ人、英語はハンガリー人神父が教えており、質問に答えられないと体罰が待っていた。

宗教的雰囲気が濃く、多くの同級生がカトリックの信者になったが、なぜか私はそういう気になれなかった。クラスの者が一人一人洗礼を受けるのを見るにつけ、「待てよ！本当にこれでいいのかな？」と思ってしまうのである。宗教のことは別にして、戦後ゼロからスタートし、瞬く間に栄光学園を神奈川県一の受験校に育て上げたフォス校長は一角の人物だと思った。また、先生の中に外国人が多数いたので、子供のころから外国人に対する違和感はなかった。

当時の栄光学園の校舎は、米軍が接収し栄光学園に下げ渡した旧日本海軍の施設で、特攻魚雷「回天」の基地があったという。校舎は長浦湾の岸壁沿いに建っており、放課後になると先生方がクロダイ釣りを楽しんでいた。運動場では、神父様達が黒い長い服を着たままサッカーに興じるのだが、ブラジル人の神父様もいて見事な技を見せてくれる。校舎の裏手には旧海軍が掘った洞窟がたくさんあり、山の上まで迷路が続いていて、機関銃砲座もあった。その洞窟の一つが東洋ヨットという会社の木製ヨットの工場になっていて、ある日、俳優のE・H・エリックという人が注文したヨットを見に来た。白い背広を着て、白いベンツのスポーツカーに乗り、製作中のヨットを見る姿は映画でも見ているようだった。この時以来、私はヨットとスポーツカーに憧れ、「ヨットとスポーツカーがなければ男でない」と思うようになった。

栄光学園時代は、中高を通じて勉強に次ぐ勉強で、これといった楽しい思い出もない。成績は少しずつよくなり、中学校二年生くらいから学年のトップクラスになり、高校卒業までトップクラスで通した。そのための勉強も並大抵のものではなかった。私は、夜になると眠たくなってしまうほうなので、夜、九時には床に入り毎日朝五時には目を覚まし、家を出るまで勉強した。勉強に集中していると、毎日、日の出の時間が少しずつ違ってくるのが感じ取れるようになる。ここまで、感覚が研ぎ済まされてくれば良い成績をとれることは間違いない。学校が終わるとまっすぐに家に帰り、夕食前、夕食後に勉強した。食事は三〇分、休憩は一五分ときめ、家での合計勉強時間が六時間を越えることもざらだった。行き帰りの電車の中は無論のこと、駅から学校までの道でも歩きながら英語の単語を覚えた。

動機は単純で、勉強以外私には何もなかったからである。スポーツはからきし駄目、音楽もだめ、見た目も風采が上がらなかった。私から勉強をとったら自分に残るものは何もないということは痛いほどわかっており、今でもその気持ちは変わっていない。勉強といっても、子供の勉強の動機は主に競争心。ちょうど接戦を繰り広げるマラソン選手のようなもので、肩を並べて並走する状況が何キロも続く。半メートルでも一メートルでも下がれば、二度と挽回のチャンスはないかもしれない。

父親が定職を失う中で、なぜ月謝の高い私立校に通い続けられたのか、不思議に思う方もあろう。理由は簡単で、私も弟も中学生のときから授業料免除の特待生になっていたからである。ただし、どういうわけで特待生になったかは、よくわからない。学校側と両親が話しあった結果なのかもしれないし、月謝の不払いが続いたので、学校側が徴収をあきらめたのかもしれない。むろん返済義務もなく、ほかにどのような条件が付されていたのかも知らされていなかった。ただ、学校から言われたわけではないが、成績が落ちれば授業料免除の特典がなくなるということは、はっきり理解していた。昨今「貧困児童」に関する話題が盛んだが、着るものが貧しいとか、食事が貧弱だということは、それほど大きな問題ではない。私も、学校に持ってゆく弁当が、ノリの佃煮と梅干とほうれん草のお浸し続きなのが恥ずかしく、隠すようにして食べた記憶もある。だが、貧乏の真の恐ろしさは、家族や自分の中から希望が失われていくことだと思う。当時の私にとって、自分への誇りや将来の希望は、すべて「名門校の優秀な生徒」ということがベースになっていたので、学校を追い出されれば希望の根っこを失ってしまう。私は、この頃から崖っぷちを歩んできたわけで、今でも一か八かの勝負に出ようとするとき、子供のころ経験した切迫感が舞い戻ってくる。

どん底の横須賀時代と母の死

家の不運は更に進んだ。父は、持病の心臓病が次第に悪化し、再就職の見込みは立たなかった。足首が大きく腫れ、歩くのも次第に難しくなった。今だったら心臓に問題があることはすぐにわかるのだが、当時は医者から「原因不明の難病」と言われ、「黄蘗《きわだ》の粉」という漢方薬を足首に塗って包帯を巻くだけだった。これでは、病状がよくなるわけがない。やがて、狭心症が起こるようになり、ニトログリセリンが手放せなくなった。こうなると仕事探しどころではない。

母の内職の時間が次第に長くなり、母は縫いあがった和服を届けるバス代も惜しんで、葉山から逗子まで歩いた。私が、中学校二年生の時、葉山の家を引き払い横須賀の衣笠というところに引っ越したが、この横須賀時代が私にとって人生のどん底だったと思う。まず、私が一七歳の頃、父が脳溢血で倒れ、右半身不随、口もきけなくなった。七年続く介護の始まりである。母は私が一九歳の時、胃がんで亡くなった。

父が倒れた後、家の購入代金未払いで裁判所に訴えられた。先方の主張によれば、確かに父親との間で家の売買契約を結び登記も移転したが、代金が支払われていないというのである。そういわれて探してみると確かに領収書はない。しかし、わたくしは、相手方が家を訪れ、父親が現金を渡しているのを隣の部屋から見ていたのである。

この裁判は、高校生の私が裁判を受け持つことになったが、まず、初めにしなければならないのは弁護人探しである。幸い学校の先生の紹介で梅津さんという一高卒・元内務官僚・元横須賀市長がほぼ無料で弁護を引き受けてくれて本当に助かった。梅津さんは、旧制高校の雰囲気を色濃くまとった人で、私が少年時代に出会った数少ない戦前のエスタブリッシュメントの一人だったと思う。もう、ずっと前に亡くなってしまったが、どうしても一言だけお礼を言っておきたい。

こうして裁判が始まると、争点は何故領収書もないのに代金を払ったといえるのか、なぜ現金で払ったのかという点に絞られた。私に言わせれば、答えは簡単である。当時の株屋の家では、何事も現金決済がふつうである。私の家でも、相場で儲かれば、帯をした現金を神棚にあげ榊をお供えし、父親から順番に神棚に手を合わせて感謝する習慣になっていた。何度かこういう場面を経験すれば、少し離れたところから見ても金額の見当もつくようになる。裁判所ではこの点を何度も微に入り細に入り聴かれ、その度に足が震えたが、何度聞かれても矛盾なく答えることができた。

私は父が確かに支払いを行ったことには今でも確信を持っているが、領収書が見つからないことと、手渡したのが本当に満額だったかを証明できないことは私たちの弱点だった。とはいえ、この裁判は何が何でも負けるわけにはいかない裁判だった。負ければ、住むところがなくなり、半身不随の父親を抱えた私たち兄弟がばらばらになり、将来の希望はすべて打ち砕かれるからである。この裁判は高裁、最高裁まで行き負けてしまったが、家を明け渡したのは私が外務省に入ってからだったので、何とか一家離散は免れた。領収書が見つからないという不利な中での戦いではあったが、何とか時間を味方につけることによって最悪の事態を免れることができた。たかが高校生と侮ることなかれ、追い詰められれば馬鹿力も出ようというものである。

両親を亡くすことによって、私たちは世間というものも垣間見た。親類たちは、「困ったらいつでも相談に来なさい。」と言ってくれたが、それが本当は「絶対に相談に来るな。」という意味であることは、一回、二回相談してみてすぐに理解した。妹は、「双親のない子は捨て犬と同じ。」と言われ、学校に行くのを嫌がるようになった。高校を卒業した日に制服を庭で焼くのを眼にしたが、妹は学校でさぞ嫌な思いをしたのだろうと思う。弟は姉からもらったドル札を友達に見せたら、学校から闇ドル売買を疑われた。私も高校生になる頃、「共産党宣言」を読んでいたら、学校で取り上げられ、「天野の父親は共産党員だ。」という噂が広がった。髪を長くしているといって風紀担当の神父にえらく叱られたが、実際は床屋に行くお金がなかっただけである。仕方なく母に髪を切ってもらったら、虎刈りだといって友人にからかわれた。夏にはクラス全体で丹沢にキャンプに行くが、私の場合はその費用も学校が負担してくれた。有難かったが、山登りが不得手な私が音をあげたら、引率の先生から「キャンプ代も学校が払っていることを忘れるな。」と言われた。みな小さなことだが、こうしたことが積み重なると子供の気持ちに傷を残す。私の場合も、こうした気持ちが長く心の中に残ったが、表立って反抗的な態度や行動をとったことは一度もない。そんな暇も余裕もなかったのである。

嫌なことの多かった中高時代だが、少しは楽しかったことや、思い出に残ることはある。私は、葉山小学校の四年生のときに同級生だった女の子を好きになってしまい、長い間片思いが続いた。好きになったといっても、子供のことだから器用に誘うこともできず、ストーカーまがいのことしかできなかった。年に一回出す年賀状が楽しみだったが、相手の女の子は当時としては珍しくスキーが得意で、新潟県の高田というところからスキーの便りをくれた。高校生になってからは、一度だけ一緒に葉山マリーナに来たヴェンチャーズを聞きに行ったことがある。ただ、それで調子に乗ってしまったせいか、ある日、高校の友人と約束もないままその子の家を訪ねたら、「私は、あなたが思っているほど親しいと思っていないの。もう来ないで。」と言って玄関の戸をピシャッと閉められてしまった。恥ずかしさや悔しさがこみ上げてきて、私の初恋は終わった。

中学生のころ、なぜか私の家にギターがあって、習いたいといったら、母が内職の僅かな収入の中からレッスン代を出してくれた。カルカッシ教則本に沿って練習をしたが、大してうまくならなかった。それからしばらくして、母が黒澤の手工ギターを買ってくれた。ガット弦のギターは、今までの金属弦のギターに比べると音色が美しく、手に取るだけでうれしかった。当時のお金で三万円もしたが、母にとってはさぞ大変な出費だったろう。もうとっくにギターは弾かなくなってしまったが、今でもそのギターは大切に修復し手元に置いてある。

その母も、私が高校三年になる頃次第に体調が悪くなった。胃がんの末期ということで、開腹手術をしたときにはもう手遅れだった。私はちょうど大学受験の時期に当たっていたので、何とか合格して母を安心させたかった。丁度この時、妹も中学校受験だったので、一次試験には母親が連れて行ったが、二次面接の時にはもう外出できないほど体力が弱っていた。妹が受けたのは湘南白百合学園だったが、学校側にも母親の最後の願いが届いたのか、妹は何とか合格した。

私の方は、高校生になったばかりの頃、あるいはその少し前ぐらいから、東大の理科系を目指すことを決めていた。私が通っていた高校では、毎年一学年の生徒の四分の一くらいが東大に入学していたので、ある程度の成績であれば東大を目指すのは自然の成り行きであった。それに、私の家庭事情を考えれば東京周辺の国立大学以外の選択肢はなかったので、東大一本に絞り受験した。なぜ理系かといえば、自然科学が好きだったことと、数学や物理が得意だったためで、特に深く考えたわけではなかった。後から考えるとこれが大きな問題になるのだが、私の家庭も同級生たちも世の中にはどんな職業があって、職業の選択によってどのように人生が変わるかといったようなことについては余り知識がなかった。自分に何が向いているかという視点よりは同級生同士の競争や見栄に左右されていたといってもいい。要するに、家庭や学校を含め視野が狭く、身の回りにロールモデルもいなかったのである。最近では、少し違っているかもしれないが、今でも数学ができれば大学進学は理科系、さもなければ文系、理科系で特に成績が良ければ医学部といった安易な選択をしているケースも多いのではないかと思うが、これは社会の現実からかけ離れている。世の中にどんな選択肢があるか、自分が何に向いているかを知るためには、少しでも多くの人に接し、いろいろな場を踏むことだと思う。

さて、話を元に戻すと、私の成績は高校二年生くらいから下がり始めていたが、それでも何とか東大理科Ⅱ類（生物・化学系）に合格した。病気で寝ていた母に合格通知を見せると、母は、「これで天野の家は安心ね。」といって喜んでくれた。その後母は一時食事も取れるようになるまで回復したが、次第に腹水がたまってやせ細ってゆき、私が大学に入った年の七月に亡くなった。

亡くなる少し前、「私が死んでも、お墓には来ないでいいわよ。そんな時間があったら、自分のために使ってね。」と言った。私は母の言葉を真に受け、使える時間もお金もすべて自分のために使ってしまったが、最近は日本に帰るたびに墓参りに行っている。そういえば、母親はよく「子供たちは私の宝です。」とか「平凡な人生が一番です。」と言っていた。当時の私は、平凡な人生が一番であるはずがないと思っていたので、母の言葉に耳を傾けることもなかった。今思えば、アップダウンの激しかった一生が終わりに近づく中で、母は宝物と思う子供たちと共に過ごす平凡な日常を何よりの幸せと感じていたのだろう。母の気持ちがわからず、今更ながら申し訳ない思いがする。

楽しかった大学生活

横須賀の自宅から東京の駒場まで通うのは大変だったが、すべてが珍しかったので、毎日ではないがそれなりに大学には通った。四月には、オリエンテーションというのがあったが、一番盛んだったのはクラブ活動への勧誘だった。私は、好奇心満々で何か変わったものに挑戦したかった。私の祖父は軍医で馬に乗って出勤していた。幼い頃から馬に愛着を感じていた。まず、乗馬クラブの説明会に行ってみた。三鷹にある厩舎に住み込まなければならないというので、私には無理だった。おまけに、宣伝のビラを見ると、「夏には、颯爽と山中湖湖畔を走れます。」とあったが、口の悪い友人に「走るのは馬ではなくて、お前だよ。」と言われ入部をあきらめた。他にもいろいろ見て回ったが、結局グライダー部に入ることにした。これが、一番珍しそうに思えたからである。丁度、高校の同級生も同じクラブに入ったので二人で宇都宮の近くにある自衛隊の飛行場に通った。

グライダーというのは、今で言うアナログの典型みたいなもので、結構面白い。クラブ活動の日には、先輩の運転するジープで、分解されたグライダーを倉庫まで取りに行き、宇都宮にある自衛隊の空港まで運ぶ。それから、皆で組み立てる。完成すると機体を滑走路上の風下まで押してゆく。大変なのは離着陸時だ。離陸時はジープが機体を牽引し、われわれ下級生は両翼にしがみついてバランスを保ちながら、全力疾走する。着陸時も同じで、二名が助走をつけたうえで向い風を正面にして滑走路に進入してくるグライダーの両翼に飛びつき、停止するまで走り続けるわけだ。離着時ともバランスを崩すと、乗員、伴走者が怪我をするので結構危険なスポーツだ。離陸時には、グライダーから切り離された鉄のワイヤーがしゅるしゅるという音を立てて空から落ちてくる。ワイヤーに直撃されれば命はない。それでも、教官と一緒に空を飛ぶのは楽しかったが、長続きしなかった。母親に知られ、やめてほしいと泣きつかれたからである。

夏休みには山中湖にある東大の寮に行って初めてヨットに乗った。ちょうど同級生がヨット部に入っていたので、木製のスナイプ級のヨットに乗せてもらったのである。ある時など頼みの綱の友人がヨットの上で寝てしまい、突風に煽られ転覆しそうになったこともある。それでも、少しずつ操船技術を習い、佐島マリーナでY一五という小型ヨットを借りて海に出てみたが、ハーバーを出たところで横風に煽られ岸壁に打ち寄せられてしまった。

私と妹が無事志望の学校に入り、家族に明るさが戻ったのもつかの間で、やがて母と別れる日がやってきた。ある夏の暑い日に、私は当時流行していたアイヴィー・ルックのシャツを買ってきて、「これ格好いいでしょ。」といって着せて見せた。そして母が、「之弥さん、もう私にはどうでもいいことなの。」と言うのを聞き、私はいよいよ母の死が迫ったことを知った。普段は私たちにそんなことを言う人ではなかったからである。母は、苦労の多かった結婚生活からも家族への義務からも解放され、きっと幸せだった娘時代のことを思い出していたのだろう。母が亡くなったのは、それから二、三日後の七月の暑い日のことだった。

大好きな母の死だったが、亡くなった時もお葬式でも涙は出なかった。母には随分と迷惑を掛けた父だったが、あたりかまわずいつまでも泣いていた。

大学生活と再受験

母の死はとても悲しい出来事ではあったが、私の学生生活は続いた。貧乏学生の私にとって、奨学金とアルバイトは生活の大事な一部だ。家庭教師はもちろんのこと、工場での品質検査、英語翻訳、検数など何でもやった。検数というのは聞きなれない言葉かもしれないが、港で積み下ろす荷物が送り状どおりの数量あるかどうかを確認する仕事である。私は、この仕事を川崎の埠頭で見つけた。朝四時ごろ港近くの倉庫に行くと、沖仲士一〇人くらいに隊長と呼ばれるリーダー一名、それに検数を担当する私で一つのチームを作る。点呼が終わると、一列縦隊で波止場に向かい、途中の一膳飯屋に立ち寄る。沖仲士の多くは、レバーステーキ、ラーメン、ライスの三点セットを注文し、大根おろしでもかけるようにおろしニンニクをかける。食事が終わるといよいよ波止場の荷役、沖仲士のグループは楽な仕事をしている私が目障りらしい。少しでも道をさえぎろうものなら、「兄ィ、邪魔すんじゃねえ！」という怒声とともに、よろけた振りをして荷物を私めがけてぶつけてくる。とたんに隊長の鉄拳がとび、沖仲士が地べたに殴り倒され、ひーひー言って転げまわる。隊長から一言、「学生さん、あんたも気をつけなよ！」。高いアルバイト代に未練はあったが、私もさすがに怖くなって、検数の仕事は諦めた。

検数に比べよほど割がよかったのは、私がリーダーになってはじめた「東大逗子塾」である。その名のとおり、場所は逗子駅裏、先生はすべて私の知り合いの東大生というのが売りだった。駅近くの二階を借り、机や黒板を揃え、町の電信柱に広告を張り、新聞で折り込みちらしを配った。今で言う起業である。初期投資もかなりの額に上ったので、うまく行くかどうか心配だったが、ものめずらしさが受けたらしく、サラリーマンの初任給の三倍くらいのお金が毎月私の手元に入った。規則でがんじがらめの高校生活から解放され、ある程度のお金も手に入り、ダンスホールに出入りしていっぱしの遊び人気分に浸った。

大学生活の出だしはこんな調子だったが、授業も新鮮だった。担当は千野先生という生化学の専門家だった。冬眠中の蚕の体内では、水に溶けないはずの油が水に溶け出していることに着目し、その仕組みを研究していた。「皆さんが高校で習った生物学の知識は間違いだらけなのですべて忘れてください。」、「君たちが研究の第一線に立つころは、遺伝子の構造がすべて解明され、人の手で生命を作ることも可能になります。」と言われたことを今でも思い出す。名前は忘れてしまったが、もう一人記憶に残る先生がいた。三〇代半ばで数学の教授になった人で、われわれ学生にこう言い放った。「これから、線形代数を教えますが、わからなくても心配しないでください。数学は芸術ですから、この中で理解できるのは一、二名でしょう。」「君たちも、国際的活躍がしたかったら、英語だけでなく、最低限、フランス語、ロシア語、ドイツ語くらいは理解できるようになってください。」自信満々な嫌なやつという印象だったが、確かに頭はよかった。

私が入学した当時は学生運動が華やかな時代で、頻繁に運動家の学生が教室に押しかけ授業妨害をした。そして、千野先生が授業を続けようとすると、「帝国主義の手先」として先生に攻撃の矛先を向けた。私は、生活し大学に通うのが精一杯で学生運動などに使う時間は一刻もなかった。大して目立った言動をしたつもりはなかったが、あるとき大学の構内で二、三〇人の学生に取り囲まれ、「帝国主義の手先、恥を知れ！」「革命に成功したら、お前を死刑にするぞ！」といった罵声を浴びせられた。内心では、日本で革命など起こるはずもないと思っていたが、反論もせず嵐が通り過ぎるのを待った。

ただ、私を死刑にするはずだった学生の一人が、その後二、三年経って私たちと一緒に外務省試験を受けたのには正直言って驚いた。

こうして始まった大学生活だが、しばらくして私の中に強い疑問がわいてきた。今から考えれば身の程知らずということだが、理科系を目指す学生はどこかでノーベル賞を夢見ている。しかし、現実は線形代数ひとつ理解できない有様だ。仮に、教科を理解できたとしても、その先には助手、助教授、教授という長い道のりが待っている。教授になれるのは二〇年に一人くらいで、しかも教授になったところで「帝国主義の手先」呼ばわりされ、教室ひとつコントロールできないのが現実だ。それに、何よりもお金がかかる。三〇歳を過ぎる頃までほとんど収入らしい収入もなく、しかも、その頃までに成果を挙げていなければ先の見込みはないと言う。私のような貧乏学生にはとてもそんな余裕はなかった。

それに比べて、他の学部はどうか。高校時代は法学部など考えたこともなかったが、大学に入ってみれば花形だ。先輩や大企業の人事部からの就職の誘いがひきもきらず、名門女子大生の注目を浴びるのも彼らだ。学生の父親も、大企業の重役や国会議員などで、理科系の学生とは家庭環境からして違う。所属するサークルはゴルフ、スキー、ヨット、夏休みは軽井沢で過ごし、中には赤いスポーツカーで通学する学生までいる。卒業後数十年経って会ってみれば、皆同じような老人だが、当時の私には眩しいばかりの存在だった。これはいったいどうなっているのだろうという気持ちと、もしかすると自分は人生のスタートで選択を誤ったのかもしれないという気持ちがこみ上げてきた。

よく若者は純粋だというが、私に言わせれば若者は残酷で打算的だ。持てる者は臆面もなく力をひけらかし、周囲を見下す。持たざる者は、与えられたわずかばかりの才能を恃み、それを最大限に活用しようともがく。まして、私のように母をなくし、父を介護し、アルバイトで一家を支えている学生にとって、なけなしの能力と時間を成功もおぼつかない学問やありもしない革命に注ぐ余裕はない。

偶然そのころ、数年上の先輩が外務省のリクルートに来た。ケンブリッジの留学から帰ったばかりだそうで、夢のような外国生活と日本外交を動かす醍醐味をわれわれに話して聞かせた。着ていた緑色のツイードの上着さえまぶしかった。そして、このとき私は、「そうだ。外交官こそ目指すべき将来だ。」と思った。ただの学生が、試験を一回通っただけで、「外交官」という肩書きを身に着け、世界で活躍することができる。活躍の世界が一気に広がる！　少なくとも私にはそう思えた。迷っていた私の気持ちは決まり、実現に向け走り出すことになった。特に深く考えたわけではないが、その後私の人生で何回も現れることになる「ひらめき」がこの時現れたのである。

問題は、どうやって理科から文科へ移るかである。理科Ⅱ類に在籍しながら必要な単位を取り法学部に転類する方法もあったが、潔さにかけるようで嫌だった。そこで、退学届けを出した上でもう一度受け直すことにした。これも、その後の人生で何回か経験することになるが、一旦決めたからには退路を断ち切り、一つの目標だけに絞って、必勝を期すという私の生き方の原点になった。

二回目の受験は、駿河台予備校に通って準備したが、特別に記すほどのこともない普通の浪人生活だった。何人かの友人ができたが、喧嘩して受験日を留置所で過ごした空手の名人やら、ホステスと同棲している作家志望の浪人生やら、明治の元勲の孫やら、多士済々だった。時々は大学に戻り友人に会ったりしたが、皆そっけない態度だった。その後同じようなことを何回か経験したが、昔居たところではなく、今居るところが一番だと思う。変わったことといえば、アルバイトと受験を最後まで両立させることはできないので、稼ぐだけ稼いだ上で東大逗子塾は閉じた。こうして昭和四三年春、文科I類に合格したが、この年には弟も文科II類に合格した。本郷キャンパスで行われた入学式に行ったとき、二人で写した学生服の写真が今でも残っている。

この理科II類から文科I類への転類は当時の私にとっては大変な冒険だったようで、五〇年近く経った今でも繰り返し夢を見る。二度目の入試に失敗する夢や、外務省を辞めて東大を受験する夢、再受験で合格しないと外務省をクビになる夢などに形を変えて、夢に出てくる。これをトラウマというのだろう。再受験に失敗するということは、生活が成り立たなくなり、大学を続けることも諦めなければならなかったかもしれないので、大きな決断であったには違いない。ただ、当時は若かったので、リスクは余り考えなかった。

東大文科一類入学と外務省受験

二度目の受験を終え駒場のキャンパスに戻ると、大学紛争はますます激しくなっていた。駒場の構内には、東大解体、学生の連帯と革命、米帝打倒などと書いた立て看板が林立していた。キャンパスの中にバリケードが張られ、セクトごとに別々の建物を占拠して、対立していた。構内でデモ行進が繰り返され、ゲバルトと呼ばれる乱闘がおき、頭から血を流した学生が担ぎ出されていった。安田講堂陥落の日も覚えている。何か大きなことが起こると言うので、怖いもの見たさで、本郷のキャンパスに向かった。たまたま、黒いクラウンに乗って様子を伺っていると、まじめな格好をした学生が、「総長先生の車ですか?」と聞いてきた。総長先生の車のはずがないので「違います。」と言ったが、相手は納得せず押し問答が続いた。その時、背後からドドドッという足音が迫ってきた。機動隊が学生の排除に踏み切ったのである。我々は、すぐに車のドアを閉め発進させたが、あと一瞬気づくのが遅れたら混乱に巻き込まれどうなったかわからなかった。

こうして学生運動は隆盛から沈静化に向かったが、私は最初から最後まで何の関心もなかった。そんな暇があれば、アルバイトをするなり、ダンスに行くなり、授業に出たほうが余程ましだった。授業といえば、京極純一という政治学の先生の授業には時々出た。「人間には、存在しないものを信じるという特別な才能があります。永遠の愛、平等、平和、皆人間の空想が生み出したものです。」「現実の世界には〇％も一〇〇％もありません。それを信じるのは子供だけです。」といった言葉は今でも思い出す。

こういった授業を聴き、野心に満ちた友人たちに接するうちに、自分が変わってゆくのを感じた。静かだった理科Ⅱ類時代に比べ、文科Ⅰ類時代の私は、ハイテンションと野心にとらわれた若者に変わっていった。高校時代に読んだ「赤と黒」のジュリアン・ソレルのようになりたい。ただし、ジュリアン・ソレルのように失敗に終わるのではなく、「ベラミ」のジョルジュ・デュロアのように成功するのだ。私の考えた世界は、すべて空想と理屈の世界であり、私にはソレルやデュロアが持っていたような美貌も頭脳もない。空想はやがて、現実の前に露のように消えてゆくことになるのだが、学生時代の私には予想もつかないことであった。

再入学してしばらくしたころ、友人の誘いで「日本学生協会（ＪＮＳＡ）」という団体に入った。読売新聞が主催する中学生英語弁論大会を主催する団体で、会長は鈴木さんという謎に包まれた人物だった。当時鈴木さんは四〇代半ばで特攻隊の生き残り、残された人生を子供たちの英語教育にささげているという話だった。皇室とも縁が深いということで、総裁には高松宮殿下を戴いていた。また、相当なお金持ちで下落合の自宅を開放し、四、五〇人の学生の集まりの場にしていた。鈴木さんの噂はともかく、私にとって面白かったのは多彩な仲間だった。人気者はフォークバンドを作っている慶応や成城の先輩だった。上智の先輩は気球関係者の間では有名人で、その後一生を気球とともに過ごした。

同学年には歌舞伎好きの立教大生がいたが、中退しミュージカルを勉強するためニューヨークに行ってしまった。ＩＣＵや聖心の先輩女子大生は美しすぎて、「天野君！」と言われるたびに緊張した。

こうした中で、私は、東大生であることなど広い世間に出れば、物の数ではないことを知った。少しばかり勉強ができたからといって、それを鼻にかければ嫌われるだけだ。だからといって、いつまでも下を向いて小さくなっているのも、面白くない。ここは一つ、できるだけ人から学ぼうと思って、先輩の飲み会について行ったり、美人の先輩をデートに誘ってみた。不思議なもので、三年生になるころには私も中心人物の一人になったが、部長は東京外大の友人に譲り、私はその補佐役に徹することにした。

話を大学に戻すと、大学紛争やら遊びやらで外務省を目指すと言う目標は忘れかけてしまったが、やがて法学部に進み本郷キャンパスに移る時がきた。法学部の学生にとって、本郷に移るということはいよいよ号砲が鳴ることを意味する。トップの成績を目指すものは、早起きして、九〇〇番教室と呼ばれる大教室の最前列を確保し、公務員試験やら、弁護士試験合格を目指す。私など最前列どころか、二階席に時々足を運ぶ程度だった。そんなある日、私は遊び仲間の友人と大学近くの喫茶店で話しこんだ。広島出身のこの友人はずば抜けた秀才だったが、学生運動にも興味を持ち、それ以上に遊びに熱心で、勉強はサボっていた。「奴ら、尻に火がついたように走り出したな。」「僕たちこれからどうする？随分サボってしまったので、今からでは遅いだろう。」「でも、俺たち皆よりよっぽど走るのが速いだろ。

走れるのに立ち止まっているのは、馬鹿というものじゃないか。」「気分を変えて、やってみるか。」「当たり前だろ。俺は大蔵省に行く。弁護士資格も取る。」「僕は、外務省に行く。」こうして、われわれの準備が始まり、友人は大蔵省へ、私は外務省を目指すことになった。

外務省受験といっても、他の試験と特に違うわけではない。教科書を読み込み、参考書に目を通し、サブノートを作り、想定問答を用意するという普通の受験勉強のパターンの繰り返しだ。大学三年生のときに試しに受けてみたが、まだ、全科目の学習が終わってもいなかったので、当然落ちた。もっとも、三年生での受験は雰囲気になれる程度の目的だったので、引き続き準備を続けた。受験勉強は皆同じで、頭の中の短期メモリ機能を使って情報をなるべく多く蓄積し、試験のときに一気に放出することに尽きる。ただし、これには体力と集中力がいる。おまけに、外務省試験の時期は真夏で一〇日間も続くので、試験当日はパイナップルしか食べられないほどストレスがたまっていた。

学科試験が終わると、最終合格者を確定するため、家庭訪問が行われる。私の家にも人事課の調査員が訪れ、面談があった。当時、父は脳溢血の後遺症で半身不随のままで、言葉もほとんど話せなかった。私としては、調査員に貧乏所帯をさらすのも嫌だったし、介護が必要な父の姿を見せるのも嫌だったが、父は聞く耳を持たず調査員に必死に何かを訴えようとした。幸いなことに私の心配は杞憂に終わったようで、九月には合格の知らせが届いた。私は、就職のときも外務省一本に絞り、他の就職活動は一切していなかったので、合格の知らせに接してさすがにほっとした。もっとも、銀行などは両親がそろっていないと採用しないと聞いていたので、選択肢は他になかった。

父は、私の合格を知って本当に喜んでくれたが、その後三ヶ月ほどして亡くなった。私たちが友人とマージャンをしていた部屋に父がやってきて、笑いながら何か言っている。私たちが、父は笑っているのではなく、口から泡を吹いているのだと気づいた時にはもう遅く、音を立ててどっと床に倒れた。私たちは、マージャンをしていた炬燵台から飛び出し、一一九番に連絡して父の様子を見守ったが、見る見るうちに唇が紫に変わり、体が痙攣し、やがて動かなくなった。一五分位してようやく救急車が到着したが、その時父はもう事切れていた。

お葬式は、お墓のある築地の寺の住職を頼んでこぢんまり済ませた。送られた花輪は、われわれが家庭教師をしていた女の子の母親からのものが一つだけだった。われわれが「逗子のババア」と呼んでいた人で、口が悪かったがわれわれ兄弟のことを心配してくれていたらしく、香典として当時としては破格の大金を包んでくれた。親戚も何人か来たが、親戚の一人からはこんな中で外務省に就職し外国に行くのは非常識だと言われ、強い反発を覚えた。近所の人や見慣れない顔もあったが、後で聞くと刑事が父の死因に疑問を抱き、盛んに聞き込みをしていたそうだ。

さびしい葬式だったが、七年間続いた介護が終わりほっとした。もし、私が外国に行き父親がさらに長生きしたら、どうなったのだろう。弟はやがて就職するにしても、妹はどうだろう。父親の介護は誰がするのだろう？　今から考えれば、リスクの塊で無謀だったかも知れないが、当時はそんなことを考える余裕はなかった。チャンスがあったらそれを掴む、後は何とでもなるくらいに考えていた。

父の人生について、今でも時々考えることがある。頭の回転が早くて話が面白く、女性に人気があった。私にも、「お前が二〇歳になったら一緒に銀座に飲みに行こう。」とよく言っていたが、約束を果たすことなく亡くなってしまった。お洒落な人で、ジャン・ギャバンの映画を見ては、似た背広を誂えていた。私たちにも、「背広は高橋（今でもある銀座四丁目の高橋洋服店）、時計はパテックフィリップを買えよ。」とよく言っていた。書の達人で書画骨董の目利き、小唄や踊り、三味線もこなした。「魚雁亭」という雅号まで持っていた。

戦前は、山一證券の腕利きの場立ちとして成功し、母親も兜町の中店の店主の娘だったので、父親からすれば肩で風を切る日々もあったのだろう。父親は、三〇歳を過ぎて戦争にとられ、人生の歯車が狂ったとよく言っていた。本当に、戦争だけが理由だったのだろうか？　私には、華やかだった昔が忘れられず、変化してゆく時代についてゆけなかった父にも問題があったと思う。収入が減っても、銀座のバーや新橋の料亭通いがやめられず、そのしわ寄せは家族に来た。死んでもいいと言って、酒・タバコを飲み続け、本当に死んでしまった。お葬式の後、遺品を整理していたら、一目で玄人とわかる和服姿の美しい女性と一緒の写真が出てきた。写真の裏には、「人間、どこまでいっても孤独だ。利夫、二八歳」と書かれていた。父とこの女性はどんな関係にあったのだろう？　父は何故この女性と結婚しなかったのだろう？　この女性の側に父とは結婚できない事情があったのだろうか？　今となっては、知る由もないが、父には父の人生があったのだと思う。

私たちの知っている父は、失意の中で長い年月を過ごしたように見える。しかし、少なくとも晩年は一切の責任から解放され、成長してゆく子供たちを見守りながら、穏やかな日々を送ったのかもしれない。本当のところがどうだったかはわからないが、私は、絶対に父親のようにはならないという思いと、若かった両親が過ごした華やかな日々を必ず取り戻すことを心に誓った。

外務省合格は私にとって、大きな成功体験となった。ありとあらゆるものがそれ以前とは違って見え、人生は文字通りばら色に輝いていた。そんなある日、東京の米国大使館から米国旅行の誘いが来た。秋から年初にかけて、ハワイ、サンフランシスコ、ウィスコンシンでのホームステイ、東部一三州、アトランタ、コロラドなどを回るという「アジア太平洋学生リーダー・プロジェクト」というプログラムに参加しないかという誘いである。私は一も二もなく誘いを受け、アメリカに旅立った。初めての外国旅行だったので、何もかもが新鮮だった。ハワイでは、月夜の晩に金髪の女学生の運転するオープンカーでドライブし、映画の主人公にでもなったような気がした。デトロイト郊外の家庭でホームステイを経験した時には、ケチャップで知られたハインツ家の当主ハインツ二世が選挙運動中で地元の高校を訪れた。アトランタでは、有色人種が連携して白人と戦うためにレインボー運動に加わるよう誘われた。デンヴァーでは、つつましいハイスクール教師の家に招かれ、知らなかったアメリカの一面を見た。旅行が終わる頃には、一緒にグループで旅行していた韓国や香港の学生たちと仲良くなったつもりでいたが、ある時彼らから激しい反日感情をぶつけられて戸惑った。

アメリカから帰ってみると卒業試験が待っていた。外務省は大学を卒業しなくても入省できると聞いていたので、場合によったら卒業しなくてもいいぐらいに思っていたが、その場合は高卒になるといわれた。あわてて、教科書を買い集め、友人のノートを借り、ようやく卒業にこぎつけた。

今から考えると、子供のころから成人するまでに、薄氷《はくひょう》を踏むような思いを何回もしたが、すべて自分の力でやり遂げたことに自信と満足を感じて、社会へと巣立った。

第二章　駆け出し外交官の時代

カンポ（外交官補）は人にあらず

私たちが入省した一九七二年四月一日は、よく晴れた桜が満開の日だった。佐藤官房長が述べた入省式の訓示の中身は何も覚えていないが、満開の桜はよく覚えている。若かった頃は、年配の方が「五〇年前のことを昨日のことのように覚えています」というのを聞くと「そんな馬鹿なことがあるものか」と思ったものが、何十年も前の一コマを昨日のことのように思い出すというのは本当のことだ。

びっくりしたのは入省式の翌日、佐藤官房長が更迭されたことだ。明日更迭されるという人が、あんなに冷静に訓示を述べられるものだろうか。今考えれば、官房長が新入省員の前で動揺を見せるはずはなく、役人として当たり前のことだ。しかし、学生上がりの私たちにとっては、昨日会った人の更迭を次の日の新聞で知るなどということは想像もつかず、いきなり大人の社会の一面を見たようでショックだった。

それからしばらくは人事院の合同研修に行き、一週間を過ごした。名前を忘れたが、どこかの省の幹部が「ただ酒は飲むな、ただ飯は食うな。」と言ったが、その時は何故そんな当たり前のことを言うのだろうと思った。合同研修の目的は、各省の壁をなくし政府一丸となって政策を推進するため、若い頃から交流の場を作るという趣旨であろうが、その後付き合いのある人は一人もいない。

合同研修が終わると、当時茗荷谷にあった外務研修所で研修を受けたが、生意気盛りの若者の集まりだったので、講義など聴いていなかった。中核をなす講義は、外交、語学、秘密保持（防諜を含む）などだったが、秘密保持の基本は役に立った。特に、法眼晋作元ソ連大使が、「モスクワ駅頭にクーリエ（機密の暗号文書を運ぶ人）を迎えに行きましたが、出てきたのはクーリエではなくその死体だったのです。」と言ったことにはショックを受けた。語学の授業はありがたかったが、三ヶ月で眼に見える成果が挙がるほど語学は甘くなかった。外交は、現役の課長レベル以上が研修所に来て講義したが、講師は実務の話をしているのに対し、我々は大学の講義のようなものを期待していたので、歯車がかみ合わなかった。うわさで聞いていたダンスの講習はなかったが、フルコースの食べ方の講習は確かにあった。裏千家のお茶の講義や小原流の講義は役に立った。研修の最後の行事として関西旅行にも行ったが、戦前は関西どころか満州まで行ったそうである。

三ヶ月の研修所通いも無事終わり、私は国際機関I課というところで実務研修を受けることになった。GATT（今で言うWTO）を扱う課で、「花の国一」と呼ばれていて、外務省でも厳しい職場の一つだった。課長は羽澄光彦さんという温厚な人物、首席事務官（課長の補佐役）は林暘《あきら》さん（後の条約局長）、総務班長は野上義二さん（後の次官）、次席事務官は藤崎一郎さん（後の駐米大使）という顔ぶれだった。中でも野上さんには度肝をぬかれた。元ラグビーの選手で、緑色の背広を着てピンクのニットシャツに黒のニットタイといういでたちだった。私がビックリしていると、藤崎さんが「天野君、驚くことはありませんよ。外務省にはいろいろな人がいますからね。」と言ってくれた。林さんは、元バスケットの選手で長身、ゴルフの名人で頭が切れ、エリートを絵に描いたような人だった。ある時、フレンチレストランに連れて行ってもらったので、魚を注文して食べていたら、「天野君、魚はひっくり返して食べるものではありませんよ。」と言われた。ひっくり返すなと言われてもどう食べていいかわからなかったので残してしまったが、何回か食事に行くうちに食べ方を覚えた。また、別の機会には先輩たちがＢＭＷの話をしていたので、「ＢＭＷというのは、コンテッサに似た車ですか？」と聞いたら、「君には美意識と言うものがないのかな。」というコメントが返ってきた。先輩たちの会話の中味にはついていけなかったが、見るもの聞くものが珍しかった。

仕事のほうは、最初は省内「持ち回り」という仕事と国会議員からの「質問取り」という仕事を割り振られた。「持ち回り」というのは、先輩の起案した決裁書を持って省内の他の部署に行き、サイン（外務省ではハンコではなくサインで決裁する）をもらってくる仕事である。すんなりサインしてくれる人もいたが、中には意地悪な質問をしてくる人もいる。「私は持ち回りをしているだけなのでわかりません。」と言うと、「そうですか。それでは、わかる人が来てください。」と言って追い返されてしまった。課に戻って説明すると、「バカ！持ち回りをするのだったら、内容を頭に入れて、説明ができるように準備しておくのが常識だろ。とにかくサインをもらうまで、帰ってくるな。」と言われて、惨めな夜を過ごした。

「質問取り」というのは、質問に立つ予定の国会議員の事務所に行き、翌日の質問を聞いてくる仕事のことである。初めのうちは、「明日の質問は何でしょうか。」と聞いてみたが、これでは「詳しいことは教えられないよ。」と言われるか「後で通告します。」といわれるのが落ちである。ただ、そのうちコツがわかってきた。ひと通り説明した後で、「先生のご関心はどのあたりでしょうか。それを教えていただければ、良い答弁ができるようがんばります。」というように水を向ければ、先方も話しやすくなるというものだ。

一番困ったのは、課員の中に酒飲みがいて勤務時間を過ぎると飲酒時間になってしまい、行方がわからなくなることである。この行方不明者の捜索も研修員の私の仕事だ。といっても、相手は酒飲みだからどこに行ったかわからない。私が、「見つかりませんでした。」と言うと、「日ごろ不勉強だから、いざというときに役に立たないのだ。」と先輩。初めは理不尽と思ったが、酒飲みの先輩のお供をしてランチに行ったり、夜飲みに行ったりするうちに、酒飲み氏の行動パターンが理解でき、難なく探し出せるようになった。

各省合議（アイギと読む）という仕事もある。これは、自分で起案した対処方針案（案件への取り組みに関する大使館への指示）をもとに関係各省と相談し日本政府としての方針に纏め上げる仕事である。先輩たちからは、「絶対に降りる（妥協すること）な。電話を握ったら一時間は離すな。」と言われた。各省もそれぞれの利害関係があるから簡単にはイエスとは言わない。そこを何とか理屈で説き伏せ、文案を工夫して合意まで持ち込むのが腕の見せ所だ。しかも、外務省は大部屋制だから皆が私と他省庁のやり取りを聞いている。私は、先輩にいいところを見せようとして大声で屁理屈を並べ立てたら、課長から「君みたいにけんか腰で、無茶な理屈を言ったら、まとまるものもまとまらないじゃないか。」と窘められた。何事もやりすぎはいけないと言うことなのだろう。

「国一」勤務を始めてしばらくたって、コーヒー協定とココア協定の法制局審議という仕事が回って来た。酒飲み氏は、酒が入るとわけがわからなくなってしまうが、素面のときは、「商品協定の神様」と言われほどの権威である。ランチや酒を付き合ううちに気に入られたらしく、御指名に与かってお供することになった。法制局審議と言うのは、条約を英語から日本語に訳し、国内法制度との整合性をチェックする仕事である。何だ、翻訳かと思われる方もあるかもしれないが、これは本当に時間と手間がかかる厄介な仕事だ。場合によると一行を審査するのに一日もかかることがあり、しかも法制局参事官の都合次第で夜も昼もないから大変だ。外務省サイドは、条約局事務官、原課担当者、その手伝い（私）の三人で一組になる。私は大学出たてで、体力もあったし、理屈も得意だったので結構重宝がられた。ただ、肝心の国会審議では緊張の余りうまく補佐できず、条約局担当者から、「バカ、もたもたするな」といってよく叱られた。その後、法制局審議には何度も取り組むことになるが、おかげさまで何十年か後にＩＡＥＡ事務局長になったときにこの経験が大いに役に立った。もちろん、国際機関では英語から日本語に訳す必要はないが、論理的整合性や過去の事例との整合性をチェックすることは国際機関でも同じである。

商品協定を担当して面白いこともあった。日本コーヒー協会や日本チョコレート・ココア協会があって、年に一回か二回、工場見学や年次大会がある。昔はすし屋の二階で会合を開いていたそうだが、私が関わった頃はホテルで開かれ、ミスコーヒーやミスココアが参加してにぎやかだった。帰りがけには、五キロもの板チョコをもらったので、包みの中に札束でも入っていたら返さなければならないと思ってトイレに行って調べたが、そんなものが入っているはずがなかった。それでも、公務員としていただき物をしてはいけないと思っていたので課に寄付したら、庶務の女性が全部食べてしまった。妹に話したら、「私にくれればお菓子を焼いたのに。」といって悔しがられた。

研修時代は忙しいと言えば忙しかったが、まだ学生気分が抜けなかったので、同期でよく集まり、酒やマージャンを楽しんだ。話題は仕事のことにも及んだが、同期の中にはコピー取りばかりさせられるとぼやくものと、外務省の仕事を背負って立っているような話をするものがほぼ半々だった。私はといえば、興味津々で観察したり、反抗したり、先輩のワザを盗んだりしながら結構毎日を楽しんでいた。

私にとっては、長い研修期間だったが、時間にすればたった一年余りのことである。ずいぶん無理なことも言われ、タコ部屋的な面もあったが、当時はどこもそんなものだったのだろう。マスコミや商社に就職した大学の同級生も似たような話をしていた。

振り返ってみると、当時の外務省は仕事には厳しかったが、その他の点ではおおらかだった。いざと言うときは本当によく仕事をしたが、皆個性的で自由に発言し、遊びも盛んだった。戦前に入省した省員もいたし、書庫に書類を探しに行くと候文の電報やカーボン・コピーも出てきた。今の基準でははみ出してしまう点もあったが、活気もあり外交のプロという矜持も強かった。時代の歩みに遅れた「古き良き外務省」が色濃く残っていたのだろう。郷愁を覚える。そういえば、今のＩＡＥＡはどこか古き良き外務省に似ているような気がするが、それも私の時代までのことで、やがて近代化の波が押し寄せるに違いない。

フランスでの研修時代

一九七三年七月二日、本省での研修を終えた私は、アンカレジ経由でパリに到着した。空港には誰か迎えが来ているものと思い込んでいたが、誰もいない。仕方なく、タクシーを捕まえてホテルに着いた。後で聞いたところによると、一人で空港からホテルに着くのも研修の一環という方針のためだそうだ。到着した日の夜は、先にパリに着いた同期数名とシャンゼリゼのカフェで集まった。どこだったか今では思い出せないが、凱旋門がライトに照らし出されて美しかった。「夜の凱旋門は金色に輝くのだね。」と言う私に、「初めて見るとよく見えるのだろうな。俺なんか何度も見ているから、どうってことないけど。」と同期の友人。ムカッときたが、それもどうでもいいほどパリは私を圧倒した。

パリでは大使館で必要な手続きや指示を受けたが、大使館の方針は、フランス語を覚えろ、パリには来るな、日本人同士で付き合うなといった内容。そんな硬いことを言わなくても、フランス語くらい覚えるから心配しないで貰いたいと思いつつ、早々に大使館を後にした。そして、当時シャンゼリゼで上映されていた無修正版の「エマニュエル夫人」を見てえらく感激した。

短いパリ滞在の後、私たちはおのおの決められた研修先に向かった。研修先と言っても夏だけの夏期講習に参加するためで、私はトウールという街に行った。パリの南西約二〇〇キロ、ロワール川に面した美しい街である。学生寮に寝泊りしたが、設備は貧弱で、暑く、おまけに語学学校から遠い。片道三〇分の道のりを毎日歩いて通ううちに、たちまちスリムになった。

語学学校は街の中心にあり、イタリア人、スペイン人、東欧、北欧など欧州の各地から学生が集まっていた。イタリア人やスペイン人は、我々からすると発音がおかしかったが、不思議とフランス人にはよく通じる。とにかくよくしゃべりよく聞き取るので、私などは圧倒されてしまい、悔しい思いをした。夏の後半には念願の中古車を手に入れ、学生たちを誘って古城見学に行った。ロワール川のほとりにある乗馬クラブに行ったり、名門テニスクラブの臨時会員になったりしていたので、私が当時何をしたかったかはよくわかる。

トウールの街の周りにはロワールの城がたくさんある。田舎道の両側には、赤いひなげしが咲き乱れ、城に着くと庭にはバラが咲いていた。ひなげしと言うのは花屋で買うものだと思っていたので、道端に咲き乱れているのには驚いた。私は、シャンボールのような豪華・巨大な城よりも、池のほとりにたたずむアゼルリドーや河をまたいで建てられたシュノンソーの城のほうが好きだった。「眠りの森」の舞台になったと言われるユセの城も趣があったが、当時はまだ整備されておらず、荒れ果てていた。夜になると城はライトアップされ音楽が流れて、別世界に足を踏み入れたようだった。

トゥールの街の中心にはカフェがあって、学生がよく集まる。大使館からは日本人同士集まるなと言われていたが、やはり集まってしまう。私は、そのカフェで三井物産のグループと一緒になり、大学時代の友人に再会した。初夏のヨーロッパは日が長く、薄暗くなるのは夜九時過ぎだ。夕方にはさっと夕立が降り、雨がやむと空がくっきりと晴れ渡る。街路樹の葉が風に揺られて緑の川の流れのように見え、赤屋根の上を無数のツバメが飛び交った。大学で同期の商社員は、「フランスは北海道と同じようなものだ。」といっていたが、私は北海道など行ったことがなかったので、そんなはずはないと思った。

肝心の語学のほうは、日本で勉強したくらいでは全く歯が立たないことがわかり、愕然とした。留学生同士は英語を交えれば何とか通じるが、相手が本物のフランス人だと会話にならない。三ヶ月の夏季研修はそれなりに楽しかったが、たいした成果もなく次の研修地ブザンソンに向かった。

ブザンソンについては余り楽しい思い出はない。ブザンソンを研修先に選んだのは、スタンダールの「赤と黒」の舞台になった町に行ってみたいと思ったためだが、到着して直ぐモデルとなった町はグルノーブルだということを知った。ブザンソンは、山に囲まれているため日没が早く、冬は朝も九時ごろまで暗い。大学は法学部に行くことに決めた。語学の方はまだまだだったが、フランスの大学は一部を除いてあまりレベルが高くないので、授業について行くのには苦労しなかった。相変わらず日常会話はだめで、町の新聞スタンドで「ル・モンド」を下さいと言うと何度も聞き返された。あげくの果てには「ル・モンドを買いたいと言えないようじゃあ、あんたにはまだこの新聞は無理だ。フランス・ソワールにしときな。」と言われてがっかりした。ワインのことも覚えたいと思ったので、ワイン屋に行ってボルドー・ワインを買いたいと言ったら、「ここはイギリスじゃないんだ。ボルドー・ワインなんかないよ。」と言われた。それでも親切な親父で、こちらの懐具合を聞いた上で、一本ずつ売ってくれ、「気に入ったらまた来な。」と言って少しずつワインのことを教えてくれた。初めて買ったワインはヴォーヌ・ロマネというワインだったが、七〇年代のブルゴーニュは今よりコクがあったような気がする。

ただ、フランス語が不自由なため友達ができないのには閉口した。日本で外交官といえば若くても一目おかれるが、フランスの片田舎に来れば肩書きは通用しない。今では変わったかもしれないが、当時は東洋人は皆ベトナム人だと思われていたし、日本がどこにあるかも知らない人が多かった。こうした中では、肩書きなど一切忘れ自分自身を相手にぶつけ一人一人友達を作っていくほかない。フランスで受け入れられるためには、「サンパテイック」(「良いヤツ」位の意味。反対は「ブルジョワ」)

である必要があることはすぐわかったが、肝心の言葉がだめでは自己表現のしようもない。大学食堂で同席したフランス人に話しかければ、面倒くさそうに一言二言話はするが、すぐ別のテーブルに席を移す。大学のスキーツアーに参加すれば、往復のバスではいつも一人、二時間以上ある昼休みも一人だ。思い余って同じクラスの女子学生を夕食に誘ったら、翌日その同棲相手にさんざんいやみを言われ、それ以来クラスに行かれなくなってしまった。それでも、春を迎えるころには二人の男子学生と知り合いになり、週末にはピクニックに行った。毎回、どちらかがガールフレンドを連れてくることになっていたが、実際はいつも男三人のピクニックだった。時々は三人で食事にも行ったが、支払いもいつも私だった。

多少釈然としないものを感じたこともあったので、しばらく会わなかったら、家に手紙が届けられた。「しばらく見かけないので心配している。病気なのか。それとも、俺たちのこと嫌いになったのか。気が向いたら、また、いつものカフェでいつもの時間に待っている。」と書いてあった。見ると消し印がない。きっと家の前まで来たけれども、私に気持ちの負担をかけまいとして、手紙だけ置いて帰ったのだろう。私は、フランスに来て初めてフランス人の心の内側を少しだけ見たような気がした。

フランス大使館では、研修一年目が終わると夏休みは大使館で手伝いをすることになっている。私も、二年目は別の研修先を探すことにして初夏のブザンソンに別れを告げた。パリで久しぶりに同期に会うと研修生活の話で持ちきりだ。皆親切な友人・知人に恵まれ、楽しい生活を送っているらしい。

余りにも私の生活と違うので一番おとなしそうな同期生にこっそり聞いてみたら、わたしと同様友達は一人もいないということなので安心した。困ったのは電話である。フランス語既習組の同期生など、まるでフランス人のように電話でやり取りしているが、私などもともとわからないフランス語が電話だとますますわからなくなる。大事な連絡でミスをしたら大変なことになりかねないので、恥を忍んで電話だけは替ってもらうようフランス語既習組の同期に頼んだが、惨めだった。

夏の研修期間中に忘れられない大事件が起きた。勤務終了時間も近づき、帰り支度をしていると館内がどうも騒がしい。こういうときは早く逃げ出すに限ると思って大使館を後にしようとした矢先に待機の指示が出た。後でわかったことだが、それがハーグ・フランス大使人質事件の始まりだった。私に与えられた任務は、国会議員の案内でセーヌ川の観光船（バトー・ムーシュ）に乗っている警察庁出向の國松孝次一等書記官（後の警察庁長官）を探し出し、大使館に連れ戻すことだったが、そう言われても、どうしたらいいかわからない。大使館の運転手とともにセーヌ川の岸辺に向かい、目の前を通り過ぎるバトー・ムーシュに目を凝らすが、距離がある上に私は強い近視なので顔の見分けがつかない。次に、船着場に行って切符切りのおじさんに聞いてみたが、「日本人はたくさんいるよ。さあ、どいたどいた。」と言われるばかりで埒が明かない。ただ、上司からは見つかるまで帰るなと言われていたので、帰るに帰れない。仕方なく、セーヌ川のほとりやら船着場で時間をつぶし、頃合を見はからって大使館に戻ったら、國松さんはとっくに大使館に戻っていた。

その後、事件は思わぬ展開を見せる。ハーグのフランス大使館を襲った日本人グループは、大使の身柄解放の条件としてパリ側に逮捕・拘束されていた日本赤軍の一人、山田義昭（一九七三年六月、偽造旅券とドル所持でパリ空港で逮捕。）の釈放を要求してきた。フランス側はテロには屈しないという立場に立って山田を釈放しようとしない。さらに、大使館を占拠した日本人グループが大使に危害を加えれば、フランスの警察は直ちに山田を射殺する方針だという噂も聞こえてくる。法治国家としてそんなことができるはずはなかったが、テロをめぐる欧米諸国の厳しさを見た思いがした。

さて、次の研修先であるが、同期生は皆フランスで一番と言われる国立行政学院（ＥＮＡ）に行きたがっていた。大使館が苦労して二人分の枠を取ってくれたが、希望者は五人。大使館の上司は話し合いで決めるように指示し、話し合いで決まらなければ試験で決めると言った。その結果、何人かは同期生の間で争うことを良しとせず辞退した。残った希望者は私を含めて三人、大使館側は方針を変更し、くじ引きで決めることになったが、私は運悪くはずれくじを引いてしまった。やけになった私は、何が何でもニースに行くと主張したが、大使館側はストラスブールを勧めて、折り合いがつかない。「ストラスブールに行けば勉強しなくてもしたと思われる。ニースに行けば勉強してもしなかったと思われる。どちらに行くべきか、わかるな。」と先輩。これには少し説明が要る。以前ニースで研修した先輩が勉強に身が入らなかった。それに比べストラスブールは寒く娯楽も少ないので語学研修にいいと思われていた。最後には、「ニースに行って、ろくにフランス語を覚えなかったら、将来パリ勤務はないぞ。」と言われたが、私も意地になってしまい「それならそれで結構です。」といって我を通してしまった。そのためかどうかわからないが、私は四〇年近くの外務省生活を通じて、一度もパリで勤務する機会がなかった。

念願のニースに到着したのは、一〇月のはじめのことである。プロムナード・デ・ザングレ（イギリス人の散歩道）という海岸通り沿いのアパートを借り、私のニース生活が始まった。大理石のフロアーが豪華に見え、生まれて初めて観葉植物を買って豊かな気持ちに浸った。窓から見える「天使の湾」は刻々と色を変え、アパートを出れば海沿いにカフェが並び、すべてが映画のようだった。当時のニースは一〇月ともなれば観光客の数も減り、空が晴れ渡り、気持ちのよい日々が続く。生活との戦い、父親の介護、受験勉強に明け暮れた私には、もし地上に天国と言うものがあるのなら、それはニースに違いないと思えた。手持ちのお金が多少あったので、中古のベンツのオープンカーを買った。白い車体に黒い幌、赤革のシートに身を沈めると、長年の夢をこの手でつかんだような気がした。

秋になるとフランスの北半分は雨や曇りの日が続くが、リヨンの少し南あたりを境にして気候が急に変わる。パリでは雨が降っていても、南仏は空が晴れ渡り、寒くもなく暑くもない毎日が続く。私もニース大学の法学部に通う傍ら、テニスをしたり近隣の村を訪ねたりして研修生活を楽しんだ。南仏の人たちは、親切で親しみやすく、友達もでき始めた。

私の生活に生涯忘れられない事件が起こったのは、次の年の正月明けのことである。ある日、特攻隊の生き残りでリヨン大学の教授をしている日本人が講演に来るというので、私も大学の知人たちと連れ立って聞きに行くことにした。講師は、余りうまくないフランス語で特攻隊の経験を語っていたが、どうも話がおかしい。話の筋を要約すれば、特攻の精神は今でも日本に生きており、再び戦争が起これば日本人は必ずや立ち上がるであろうというのである。私はかなり保守的な方だが、いくら何でもこの話はおかしい、こんないい加減な話を放っておくわけにはいかないという気持ちがこみ上げてきた。そこで、質疑応答に移ったところで、手を上げて自分の意見を述べたが、下手なフランス語で何十人の前で話すのは初めてだったので、言葉はもつれ足は震え、最後には自分でも何を言っているのかわからなくなってしまった。講師は、面子をつぶされたと思ったのであろう、私をにらみつけ叱りつけるような調子で言い返してきた。

余計なことを言わなければよかったという後悔の思いに駆られ、逃げるように会場を後にしようとした時、私は自分が沢山の人たちに囲まれているのに気づいた。皆、若いフランス人たちで、口々に「自分もあの話はおかしいと思った。」「フランス人の自分たちに言えないことをよく言ってくれた。」「友達になりたいので、連絡先を教えてほしい。」と言っている。家に帰る道すがら、自分は間違ったことをしたわけではないという気持ちと初めてフランス人に受け入れられたという気持ちで、幸せだった。

そして次の朝、私は郵便ポストに一通の手紙を見つけた。名前は仮にフランソワーズとしておこう。昨日の講演会の話をもっと聞きたいので今日会いたいという内容だった。指定されたカフェに行くと、フランソワーズが誰かすぐにわかった。小柄なほっそりした体つき、ブリュネットの髪、秀でた額と卵形の顔、まっすぐに私を見つめる緑がかったブルーの瞳。一度会ったら決して忘れられないような強い視線の持主だった。ずっと後になって、「よくロミー・シュナイダーに似ていると言われるわ。」と言うのを聞いたことがあるが、私にはロミー・シュナイダーなどどうでもよかった。

もう五〇年近く前のこと、円ドルの交換ができるようになって日も浅く、外国旅行、まして留学など容易にはできない時代だった。それもあってか、欧米女性に対する憧れも強く、当時の日本人留学生なら誰でもフランス人の恋人に出会いたいと思っていただろう。だが、現実は厳しい。清水の舞台から飛び降りるつもりでクラスメートをデートに誘ったら、「あなた、自分の顔、鏡で見たことあるの?」と言われたこともある。私は、フランソワーズとの出会いに有頂天になってしまい、出会った日から私がニースを離れる日まで、一日も欠かさず毎日会った。

なぜフランソワーズが私に会った翌日手紙をくれたのかわからない。そこで、ずっと後になって「なぜ、すぐに手紙をくれたの?」と聞いてみたら、「他の人に取られてしまうといけないと思ったから。」と言った。私はもともと女性にもてるようなタイプではなかったので納得がゆかなかったが、そういえばフランソワーズの友人に、マルチーヌという上品で清楚な女性がいて誰からも一目置かれていた。フランソワーズはその友人をライヴァルと思っていたらしい。不思議なこともあるもので、マルチーヌはそれから暫くしてマルセイユからニースに向かう列車の中で暴漢に襲われ亡くなってしまった。

未だに事件の真相はわからずじまいである。

出会ってしばらくしてから、私はフランソワーズの家に招かれるようになった。初めて家族にあった日、私は「フィアンセ」として紹介された。婚約などした覚えがないので、びっくりして抗議したら、「両親を心配させないために、フランスでは親しい男の子はみんな婚約者ということになっているの。」という答え。「でも、両親に問い詰められたらどうするの。」と言ったら、「そうなったら、適当に答えるだけ。娘に嘘をつかせるような質問をする親のほうが悪いと思わない?」と言われた。

食事の席で政治の話をするのにも驚いた。フランソワーズの家では、お父さんは社会主義者、お姉さんは保守派、妹は毛沢東主義者、フランソワーズは王政復古派だから、話がかみ合うはずがない。時には、椅子から立ち上がり大声での言い合いになることもある。ある時、私は見るに見かねて、政治の問題をめぐって家族で喧嘩をするのはやめようといったら、全員が私をみて笑い出した。「ユキヤ、私たちは喧嘩しているわけじゃないの。ただ、会話を楽しんでいるだけなのよ。」と言われた。

フランソワーズと付き合ってみて、なぜフランス人がフランス料理を食べても太らないかもわかった。答えは、フランス料理を食べないからである。ある日の夕方、フランソワーズの家に夕食に招かれたが、前菜はほうれん草の牛乳煮、何の味もしないので塩をかけて飲み込んだ。メインディッシュは、キッシュロレーヌという卵とベーコンのパイだけである。彼女の家は、特に貧しいわけではなく、中流の家庭だから、ほかでも似たようなものであろう。われわれが知っているフランス料理は宴会料理であって、日々の食事とは違うのだろうと思った。

　フランス人というとおしゃれでエレガントというイメージが広がっているが、本当は不安と諦めと悲しみを心に抱えている人が多いように思う。フランス人は、よく「人生はこんなものさ！」（セ・ラ・ヴィー）とか「人生には心配事しかない。」というが、アメリカ人だったらこういうことは言わないだろう。かつて、ヨーロッパの中原を制し覇者として君臨した栄光の歴史を思えば、現状に不安を覚え、悲しくなるのかもしれない。特に、一九七〇年代のヨーロッパは、景気後退が続くユーロ・ペッシミズムの時代で、欧州全体を閉塞感が漂っていた。

　フランス人社会の狭さと家族の絆の強さにも驚かされた。休日には、ニースの北にある祖父母の家によく遊びに行った。小さな村に住む祖父母を車で迎えに行き、野原でピクニックをしながら一日を過ごす。私たちは、野原に自生しているハーブを摘んでは長い一日を過ごした。（因みに、自生したハーブを使ったピザやスズキのグリルはうまい。）パリなどの都会に出れば違うのかもしれないが、南仏の社会は家族・恋人同士を中心にした小さな集まりで、交流の範囲は決して広くない。その中に入ってしまえば、どこの国籍であろうと余り関係ないが、逆に、その小さな社会に帰属しなければ、例えフランス人同士であろうと疎遠だ。私がブザンソンでフランス人は閉鎖的と思ったのは間違いで、単に私がどのグループにも受け入れられていなかっただけかもしれない。

　余談になるが、ずっと後になって「プロヴァンスの一二ヶ月」という本がベストセラーになったことがある。フランスで少し暮らした人なら、著者の言う通りだと思って頷き、一緒になって憤慨しただろう。だが、この本をよく読むと登場するフランス人はすべて通りすがりの人で、著者には一人として深くかかわったフランス人がいなかったことに気づくであろう。この本がベストセラーになったのは、誰とも関わることなく、ただフランスの社会を外から眺める視線が、外国人が抱くフランス人のイメージにぴったり合っただけだからだと思う。

フランス語の方はフランソワーズに会ったころから、かなり上達した。先輩から、フランス語を覚えたかったら、学校には行かず恋人を作れといわれたことがあるが、これは半分正しく半分間違っている。正しいというのは、フランス人やその社会に慣れるからだ。恋人同士だったら気後れも何もない。加えて、その社会の本音は何か、何を言ってはいけないか、何が面白いかといったことはすぐ覚える。要するに、その国の人にも社会にも溶け込み、自分が外国人であることを忘れてしまうようになる。たとえば、フランソワーズのおばあさんは、ドイツ人旅行者は丈夫な車に乗っているので、わざとフランス人の車にぶつかってくると信じている。このおばあさんは、万一孫娘たちがドイツ人と結婚したら、絶対に宝石は譲らないと宣言している。お父さんはヴィシー政権時代の対独協力者だったそうで、今でも家族の中にその傷跡が残っている。もちろん、家族全員がEUには反対だ。

逆に、恋人を作れば言葉がうまくなるというのも間違っている。恋人同士で交わす会話は何語でも大体同じようなもので、語彙が増えるわけでも文法の理解が進むわけでもない。極端な場合には、何も言わなくてもお互いわかってしまうのだから、これでは語学が上達するわけがない。おまけに、恋人の文法をいちいち直すような野暮なフランス女性はいないので、いつまでも間違い続ける寸法だ。

私の場合は、フランスに来て一年半ほど経った頃、語学が急に上達した。フランス語のリズムとメロデイに慣れたことと必死で勉強したためだと思う。ENAに行かれなかったという口惜しさがあったので、語学だけは人並みになろうと思って必死にがんばった。ある時、外務省の同期生が三日間の予定でニースに遊びに来たが、私が求めに応じてノートを見せると負けてはいられぬとばかりに予定を切り上げ、一日で帰ってしまった。

フランス語を勉強してしばらくしてから気づいたことだが、フランス語には独特のリズムとメロデイがあって、そのリズムとメロデイに乗らないと通じない。これは、フランス語に限らず、何語でも多かれ少なかれ共通する点だが、フランス語にはその傾向が強い。余談になるが何年か後になって、フランス語が得意だという日本人マダムにフランス語で話しかけられたが、リズムとメロデイがおかしいので、何度聴いても何を言っているかわからない。私が何度も聞き返したので、反対に「あなた、本当にフランス語を勉強したの?」と言われてしまった。

こうして、フランス語も上達してくると、フランソワーズのことももっと深く理解できるようになった。フランソワーズは、親切で、よくしゃべり、活発な人だったが、どこか影があり、時々悲しげな表情をすることがあった。決して社会に対して反抗的というわけではないが、静かな怒りを心に秘めているように思われた。それが、対独協力者の娘という引け目からくるのか、他に理由があるのかはわからなかったが、フランス社会のメイン・ストリームでないことは確かだった。

私は、日本人であれ外国人であれ、こういった女性に惹かれる。きっと私はこういった女性の中に自分自身を見るのだと思う。私自身は、偶然と幸運に恵まれ、高い教育を受け、外交官にもなったが、一つでも歯車が狂ったらどうなっていただろう？　もちろん、どこの大学に行こうが、どのような職業に就こうが、私自身は私自身であることに変わりはない。だが、世間の見る目は違う。学歴という壁が立ちはだかり、必死の努力で手にした職業を軽んじられ、いわれのない差別を受けることはざらに見かける。そんな時、私だったらどうするのだろう？　抗議しても、反抗しても、どうなるものではないので、無視する以外ないかもしれない。だが、それでも時には、心の中に燃え上がる怒りが、私の目を鋭く光らせることもあるかも知れない。フランソワーズのような女性に出会うと、「もしかしたら、こうであったかも知れない私自身」を見るようで、わけもなく惹かれてしまうのだ。そういえば、私の姉もこういったタイプの人だった。

フランスで暮らしてみて、「人を愛すること」が彼らの社会・人生の中でどれほどの重みをもつかを知った。フランス人社会で重要なことを私なりに考えてみると、「人は気のいい奴（Sympatique）」であることが大事で、しかも「他人と異なった意見」を持たねばならず、「この世は常に苦難に満ちている」が、「人を愛することは社会・人生の中で大事」ということではないだろうか？

中でも驚かされるのは、恋愛における女性の積極性だ。気に入らない男から誘われれば、「放っておいて！（Laissez-moi tranquille）」と言ってぴしゃりとはねつける。私も「あなた、自分の顔、鏡で見たことあるの？」と言われた話を書いたが、実際にはとても活字にはできないような汚い言葉を使う。ところが、気に入った男が現れると急に様子が変わる。歩道に張り出したカフェの椅子に腰掛け、通行人の品定めをするのはフランスのどこの街でも見かける光景だ。そんな時、目の前を黒檀のような肌をした黒人の青年が現れようものなら、「なんて美しい男！」といって目を輝かせる。私から見ればとてもハンサムには見えないが、こういう男の若い肢体は豹のようにしなやかだ。私は、美しいというフランス語の形容詞は女性に対して使われるものとばかり思っていたが、男女に関係なく使われるそうである。これが年配の男性になると、「あの方、エレガントな紳士ね。」ということになり、ご婦人方の注目を集める。エレガントという言葉も女性に限って使われると思っていたが、実際には男女に関係なく使われるそうだ。ちなみに、最近ルノーのCEOになったスナール氏などは極めて優雅な紳士に見えるが、私もいつかあんな風になれたらいいと思う。

フランスの恋愛事情を更に気を付けて観察すると、フランスでは女性が男性を選ぶのであって、その逆ではないようだ。私の知っている限り、フランス人の女性は早熟である。高校生にでもなれば、「人生のことはすべて知っている。」といった口ぶりで大人を煙に巻く。日本で見かけるような「おばかキャラ」や子供のように話す若い女性に出会ったことはない。逆に、男性と子供は大事にされ、甘やかされ、少しのんびりしているような気がする。

フランソワーズも私と出会ってから、毎日一日も欠かさず、私のアパートにやってくるようになった。一生懸命おしゃれをしてくるのだが、おしゃれと言っても着てくるTシャツの色が変わるくらいである。それでも若さというのは素晴らしいもので、私にはニースの海岸をそぞろ歩くどんなマダムよりもフランソワーズが輝いて見えた。そして、ニース近郊の美術館を訪ねたり、ヴァイキングに襲われたり地震で崩壊した山城を訪れたりして、長い一日を過ごした。

フランス語で、「愛している！」ことを「ジュ・テーム」と言うが、これが一つのセリフだと思うのは間違いだ。抑揚のつけ方、間の取り方、ささやき方で何十通りにも変化する。さらに、表情、動作、距離、場所によっても変化するのだから、ジュ・テームは一つのフレーズどころか、何百通りのフレーズにも変化する。長い春の一日、南仏の海岸を散歩し、見つめあい、触れ合い、抱き合い「ジュ・テーム」を繰り返すうちに、私たちの関係は急速に深まって行った。「人を愛すること」をあれほど大事にするフランス社会に育ったフランソワーズにとって、この人と決めた男性に全身全霊で関わることに何のためらいがあっただろう？　私も、人生で初めて目にした南仏の光の中で、一人の女性に手を引かれるようにして夢の世界に足を踏み入れてゆくことに何の違和感もなかった。

こうして南仏の日々が静かに流れてゆく中で、私はフランソワーズと一生一緒にいたいと思うようになった。フランソワーズも同じだったと思う。ある日、オープンカーのまま車を走らせ美容院に行ったら、マダムが「あらあら、お嬢さん、髪がくしゃくしゃですよ。」といって笑った。フランソワーズは驚いたように髪に手を当てて「まあ、どうしましょう。」といって心配そうに私のほうを振り返り、それから顔一杯で笑った。なぜこの瞬間を覚えているのかわからないが、この時フランソワーズは、私のことも将来の幸せも信じきっていたと思う。ミモザの季節が終わり、バラの花が咲き乱れる早春のことだった。フランスに着いた頃は、恋愛小説の中に出てくるようなフランス人はどこに行ってしまったのだろうと思ったが、フランソワーズを通じて私はフランス人の情熱の激しさ、ひた向きさ、悲しさを知った。考えてみれば、フランソワーズに会うまで私は本当に人を好きになったことは一度もなかった。ずっと後になって、フランソワーズとのことを思い出しながら、アンドレ・ジッドの「狭き門」を読み返してみたが、アリサが「狭き門」から入らんが為に、ジェロームへのあれほど純粋で深い愛に背を向けてしまったことが気の毒でならなかった。

だが、現実に目を向けると若かった私には難問が待ち受けていた。当時の外務省では、外国人と結婚することはご法度で、人事課長からも外国人とは結婚するなと厳しく言われていた。今から考えれば誇張かもしれないが、外国人と結婚することは将来を台無しにすることにも等しく、野心で一杯の若者にとっては難しい選択だった。五月になれば外務省から、パリで勤務するのか、ほかの外国に転勤するのか、本省に帰されるかが通達されることになっている。噂かもしれないが、同期のトップがパリ勤務になると聞いていたので、私はパリに残るべく必死に語学を勉強した。そうすれば、パリでフランソワーズと一緒に暮らし、やがて結婚することもできるかもしれないと思ったからある。でも、もしパリに残れなかったら、どうしよう？　フランソワーズと別れるのか、結婚するのか？　外国人と結婚して一生冷や飯を食わされるくらいだったら、いっそ外務省を辞めてフランスで仕事を見つけようかとも思った。

結果的に見れば、フランソワーズとは結婚しなかったのだから、人さまから見れば、外務省での将来と結婚を天秤にかけ、将来を取ったということになるのだろう。だが、実際にはどうしていいかわからないまま、仕事に流され、転勤を繰り返し、離れ離れになってしまったのである。月日や距離というのは残酷なもので、いつしか人と人とを引き離し、人の痛みが感じられなくなってしまう。嘘だと思ったら、カトリーヌ・ドヌーヴが主演した「シェルブールの雨傘」をもう一度見ればよい。あの美しいメロデイに乗って繰り広げられる物語がいかに残酷なことか！　私の場合も、フランソワーズを忘れることは一日もなかったが、フランスを後にして五年たったころ、縁あってある女性と結婚した。フランソワーズにはとても知らせる勇気はなかったが、フランソワーズは私の結婚を当時パリで暮らしていた姉を通じて知り、間もなく年上のＩＴ技術者と結婚した。

その後、二〇年以上たってマルセイユ総領事になったのをきっかけにして、何回かニースを訪れ、フランソワーズにも会った。フランソワーズは結婚し子供も一人できたが、昔と変わらなかった。「幸せな結婚なんてこの世の中にあるはずがないわ。そんな人は一人も見たことがないもの。」と言っていた。あの夢の世界のように思われたニースは、本当に夢の世界だったのだろうか、それとも、若かったのでそう見えただけなのだろうか？　何度訪れても答えは見出せない。曇り空の下ではフランスの田舎町のように見え、陽の光に照らし出されると、また、何十年か前の夢の世界が戻って来るように思われるのだ。

シャガールとの出会い

シャガールに会った時の話も記しておこう。私が研修を終わってパリの大使館で手伝いをしていた頃、山口敏夫代議士がニースを訪れることになり、土地勘のある私が通訳としてお供することになった。日本からの同行者が一人あったが、どうもいつもとは勝手が違う。まず、ニースに向かうためにパリの空港に出迎えに行くと、手配した航空券に手違いがあったらしく、搭乗できない。私がその間の事情を説明すると、いくらかお金がかかってもいいから航空機をチャーターしろと言う。無理だとは思いつつ一応航空会社に掛け合ってみたが、チャーター用の小型機はない。日本からの同行者は、それならボーイングをチャーターすればいいと言って引かない。航空会社の職員は、我々が冗談を言っていると思ったのか、それ以上相手にしてくれなかったが、そうこうするうちに次の便に空席が見つかり無事ニースに行けることになった。

ニースではリムジンと案内係が待っていて、VIP扱いだ。メリディアンホテルにチェックインし、シャガールとのアポを待つが、風邪を引いたそうで毎日待機が続く。その間、毎日シャガール夫人にお見舞いの品を届け、我々はカジノ通いをしながら時間を潰す。カジノでは山口議員は大金をかけるので、たちまち有名になってしまった。こうして数日たった頃、案内係からようやくアポイントメントが取れたという連絡が入り、我々は勇み立った。案内人と思ったのは、実は画廊の関係者で、私は面会前に画用紙とクレヨンを渡された。シャガールは気が向くと絵を描いてくれることがあるので、気配を感じたらすかさず画用紙を差し出し署名してもらうように言われた。その絵は、私ではなく案内人のものになる段取りだった。

シャガールの家は、サンポール・ド・ヴァンスというニース近郊の村にあって、松の茂る斜面に建てられた山荘風の家だった。陽が燦燦と当たって、気持ちが良い。私たちが会った頃のシャガールは八〇歳を過ぎていたが、背の小さいかわいいお爺さんといった雰囲気で、小さな柔らかい手で私たちと握手する。昨日まで風邪を引いていたと言うのが嘘のように元気だ。日本が大好きでぜひ日本に行って展覧会をしたいと言うことだった。何のことはない、あっという間に目的達成。山口代議士一行の目的は、シャガールを日本に招き、「シャガール展」を開くことだったのである。私は山口議員一行からは大いに感謝されたが、持参した画用紙は最後まで白紙のままだったので、案内人はえらく不機嫌だった。

チュニスの夏

私がとりあえずパリに残ってしばらく経った頃、降って湧いたように、一、二ヶ月間チュニスに行ってくれないかという話が舞い込んできた。大使が病気のため一時帰国することになり、次席の参事官も休暇中なので臨時の増員が必要ということだった。私としては、なるべく長く外国に居たかったので一も二もなく快諾し、早速チュニスに長期出張することになった。

チュニスは、とてつもなく暑かったが、白壁の家々の庭に色とりどりのブーゲンビリアが咲き乱れ、その向こうに真っ青な地中海が広がる美しい街だった。日中の暑さが和らぎ海風が吹く頃になると、町中の人々や観光客が海岸通りに繰り出し、町は髪に飾ったジャスミンの花の香に包まれる。モスクからコーランの声が流れ、一歩カスバに踏み込めば何世紀もタイムスリップしたような雰囲気だった。

私は当時二八歳になったばかりだったが、臨時代理大使の称号を与えられ、留守番を兼ねて大使公邸に住むことも許された。いっぱしの外交官になったような気分だ。臨時代理大使としてレセプションに招かれ、同僚の外交官とも出会った。本当を言えば、誰一人として知り合いもなく、逃げ帰りたいような気分だったが、自分で自分を励まし社交活動の真似事をした。あるレセプションでは、貿易業者と名乗る人物が私に近づき、「あなたの前任者とは良い情報交換が出来た。あなたともお近づきになりたいので、近く二人で会わないか。」と誘われた。特別の根拠があるわけではないが、私はその人物は情報機関の関係者だと直感した。どう言ったらいいかわからないが、情報機関の関係者にはある種特有の体臭というか風圧といったようなものがある。その後も駆け出し外交官時代に、情報機関関係者から誘いを受けたことは何回かあるが、この風圧を感じたときは何時もはっきりと断った。不思議なことに外交官として経験を積むにつれこういった露骨な誘いはなくなったが、IAEA事務局長になった今でも近くで誰かがじっと私や妻の隙をうかがっているのを感じることがある。いや、「感じる」のではない、実際に彼らは私たちを見張っているのだ。

大使館勤務の方は、訓令を執行したり、事故にあった日本人を支援するのが主な仕事だった。大使館で勤務している日本人は二等理事官と私だけで、実務については長く勤めているイタリア人の大使秘書が何でも心得ていた。当時は熱帯に位置する開発途上国の大使館では、「トロピカル・タイム」といって、夏の間の勤務時間を早朝から午後の二時くらいまでとする習慣があった。偶然のことながら、チュニスの日本大使館はヒルトン・ホテルの裏手にあったので、私は早速プールの回数券を買い、午後はプールで過ごすことにした。在留邦人は日本人の青年協力隊として派遣されている看護婦さん二人と柔道の先生一人に調整員の家族という小所帯だったので、時々集まっては親交を深めた。

平穏に過ぎてゆくように思われたチュニジア勤務だったが、ある日大事件が起こった。覚えている方もいるかもしれないが、一九七五年八月四日、日本赤軍がクアラルンプールでアメリカ大使館を襲撃・

占拠し、日本国内で服役中の活動家を奪還するという事件が起こった。我々とのかかわりは、ハイジャックされたＪＡＬ機が中東方面へ向かうので、万が一に備え至急着陸許可を取り付けるべしという訓令が来たことである。訓令は当然暗号で送られてきたが、二等理事官も私も電信事務には不慣れなので、まず解読に時間がかかった。それでも、二人で協力しながら何とか暗号を解読できた頃には勤務時間はとっくに過ぎており、誰にどう申し入れたらよいかもわからない。それでも何とか内務次官の私邸の住所を突き止めアポなしで訪問したのは深夜一二時少し前、粘りに粘って次官と話すことは出来たが、着陸許可など問題外と言われ、門前払いを食わされてしまった。幸いハイジャック犯を乗せたＪＡＬ機はリビヤに着陸することになって事なきを得た。

ハイジャックの一件と毎日のようにおなかを壊していたことを除けば楽しいチュニジア生活が続き、やがて大使も病気から回復し帰任した。当時のチュニジア大使は、後にラオスで私の上司になる矢野泰男大使であったが、おおらかな人で、「せっかく縁があってチュニジアに来たのだから、少しこの国を見て回ったほうがいい。」といって一週間のお休みをくれた。私は、しめたとばかり車を手配しチュニジア一周旅行に出かけた。今時の尺度では、長期出張中の外務省職員が一週間も休みをとって物見遊山とは不見識ということになるだろうが、私としてはほんのわずかとはいえ、アラブ世界を知る機会を与えられたことは勉強になった。

こうして私のチュニス滞在も終わりに近づいたある日、本省から大使あての電報が届いた。大使はご自身の人事と思われたらしく、いそいそと大使室に向かわれたが、入室するやいなや私を呼び出し、「天野君、大変だ！君の帰朝命令は撤回だ。新しい命令はラオス転勤だよ。」と告げられた。私としては晴天の霹靂ではあったが、もっと外国を見たかったので、チュニスでもラオスでも外国勤務なら大歓迎だった。

ラオスへ

思い出の一杯詰まったフランス研修だったが、一九七五年一〇月にフランスに別れを告げ、ラオスに向かった。経由地のバンコクに着いたのは丁度朝だったのでラウンジで朝食を取ることにした。出てきたトーストは一口噛むとパラパラと音を立てながら、砂のように崩れる。ジュースは、日本製の缶入りみかんジュースだったが、余程古かったのだろう、薄い黄色の上澄みと滓のような茶色の底の方が二段に分かれ、ツートンカラーをしている。飲むと缶から溶け出した錆びの味がした。バンコクにしてこの有様だから、ヴィエンチャンでの生活はさぞ不自由なのだろうと思うと、逆に新しい任地で勤務する覚悟と闘志のようなものがわいてきた。

バンコクを飛び立って約一時間、私の乗ったプロペラ機は東北タイの田園地帯を過ぎメコン川を越えるあたりから高度を下げ、ヴィエンチャンの空港に着陸した。倉庫のような空港待合室には、真鍋さんという三等書記官と大使館のラオス人職員が出迎えてくれた。「田舎なので、びっくりしたでしょう。」と真鍋さん、現地職員はただニコニコしている。暑く、汗臭い空気の中に、熱帯の花の香りが漂っていた。車は、そこら中に空いている穴を避け、水牛をかわし、人の群れをよけながらゆっくりと進んでゆく。この町では急ぐ人は誰もいない。「天野さん、みんな同じ顔に見えるでしょう。でも、三ヶ月も経つと美人と不美人の区別がつくようになりますよ。」「三ヶ月も待ちきれませんね。」と私。やがてメコン川が右手に見え、宿舎のランサン（百万頭の象）・ホテルに着いた。

当時のランサンホテルは、黒光りのする木造の建物で、大きな換気扇が天井で回っている。メコン川が目の前を流れ、大きな夕日が対岸に沈む。疲れていたので早々にベッドに入ったが、夜中になってもドアをノックする音と女のささやき、庭の椰子の木から聞こえてくるヤモリの仲間であるゲッコーの鳴き声に邪魔されなかなか寝付けなかった。

着任後の設営はトントン拍子に進んだ。家は、旧高級軍人の持ち物で、広い芝庭のついた平屋建て、現地のしきたりに従い運転手兼ボーイ、コック、庭師、警備員を雇って一段落した。本来なら女中を雇う必要があったが、当時は独身だったのであらぬ噂を立てられるのも面倒だと思い、一切女の人は雇わないことにした。コックは黒タイ族の出身でフランス料理がうまい。フランス軍の一員として、デイエン・ビエン・フーの戦いに参加して敗走し、ラオスのジャングルを徒歩で踏破してヴィエンチャンに逃げ延びたそうである。ちなみに、ラオスのジャングルではトラが檻に入るのではなく、人間が檻に入って被害を避けるそうである。運転手はベトナム人とラオス人との混血、現地ではイケメンで「男は小鳥だ。」とよくいっていたが、どう見ても小鳥といった顔つきではなかった。庭師は生粋のラオス人、英語もフランスも全く話せず、いつも黙々と庭仕事をしていた。四人も人を雇っているというといかにも贅沢に聞こえるが、ラオスのような開発途上国では一人で何役もこなすことができないので、どうしても人数が増える。給料は一人千円か二千円くらいで安かったが、家族で食べて行ければそれで十分だったようだ。その証拠に、コックさんは私が食べきれないほどの量の食事を作り、残りを各自が家に持ち帰っていた。言ってみれば、私一人で二、三〇人の家族を養っていることになるが、難しいことは言わず現地の習慣に従うことにした。

当時の大使は、菅沼潔大使といい、夫妻ともスマートな人だった。定年間近で、昔読んだ「カラマーゾフの兄弟」を読み返しながら、「天野君、僕も退官すれば普通の一日本人になるんだねえ。」と言った。館員は、参事官以下、蝶の採集に凝っている会計担当、ラオスの古い壺の収集に凝っている総務担当、変わり者の電信官などの東京組に加え、旧日本軍の残留組の赤坂ロップ、日本人学校の管理人をしている山根大佐などだった。私は、ここで総務・経済・経済協力を担当することになった。また、三井物産の岸さんを筆頭に、丸紅、日本工営などの駐在員、ＪＩＣＡ調整員、ラオス人と結婚した日本人など結構な数の日本人が居た。

赤坂ロップという現地採用の職員は、なかなかの有名人で片腕がない。パテト・ラオ軍（Pathet Lao「ラオス愛国戦線」。内戦時代のラオス反政府軍）に加わり戦闘で負傷したと言う噂もあったが、真相は手投げ弾で魚を取ろうとして事故にあったということだった。話は面白いがどこまで本当だかわからないような人だったが、新聞記者には人気があった。ラオスのジャングルに消えた旧陸軍参謀辻正信を最後に見送ったと言う人物でもある。これとは対照的に、日本人学校の警備員をしていた山根大佐は、無口で背筋をピンと伸ばし、いかにも旧軍人といったたたずまいの人だった。王党派に加わり、サバナケット（注：ラオス中部の都市）防衛戦を指揮して勝利に導いたという輝かしい軍歴の持ち主だったが、パテト・ラオ全盛の当時は影が薄かった。レストラン「竹」を経営していた安田さんは、木材業者だそうで私が着任する一、二年前までは、館員を案内してラオスのジャングルでトラ狩りなどしていたらしい。大物は、アルンキット多田という建築会社の社長で、現地で手広く事業を展開していた。英国、タイ、ラオスの三重国籍を持つと言う噂もあり、松本清張の「象の白い脚」の登場人物のモデルとも言われていた。日本から逃げてきたと言われている人物もおり、いつも派手な服装のラオス女性を何人も連れて歩いていた。

一九七五年夏といえば、サイゴンが陥落した直後のことで、ラオスにもその影響が及んでいた。当時の政府は、パテト・ラオ、中立派、右派の連立政権だったが、パテト・ラオの影響が日に日に強まっていた。私の着任前のことだが、オーストラリアの書記官がメコン川で水上スキーをしている最中にパテト・ラオの兵士に狙撃され、大腿部貫通の重傷を負うという事件が起こった。パテト・ラオの兵士は水上スキーを新型兵器と勘違いしたらしい。三井物産の支店長がタイにゴルフに行ったところ、帰りがけに税関でゴルフボールを没収されたという話も聞いた。小型爆弾と間違えられたそうである。

それでも、町はまだ結構賑やかで、中華料理屋や植民地時代の面影を残すフランス料理屋が繁盛し、夜ともなればお寺の境内で輪になって踊るランボンと呼ばれる盆踊りが催され、ナイトクラブが賑わった。私は三ヶ月どころか一ヶ月ほどで美人の見分けがつくようになり、ランボンを覚え、近くのお寺の盆踊りで優勝したこともある。もっとも、あとで聞いたところではこれはラオスのしきたりで、その場に居合わせた外国人と村一番の美人が優勝することになっているそうだ。

町は表向きの賑わいを続けていたが、金持ちのラオス人は次々に国外に脱出し、空き家が増えていった。パテト・ラオの兵隊の数は増え続け、政府の中でもパテト・ラオ系の人々の力が強まった。私のカウンターパートの欧亜局長はフランス帰りのインテリで、「ラオス人がバンコクに行き、女性はバーで働き男性は社会の最下層で働いているのを見ると悲しくなります。ラオスは貧しいかもしれませんが、尊厳をもって生きられるほうがいいと思いませんか?」とよく言っていた。外交団の間ではクーデターの噂が流れ、大使館の中でも情勢分析が行われた。ラオス語の専門家や古参の館員は、王制のもとで仏教を敬うラオスに限って共産主義革命はありえないという意見だった。私は、ラオス内政には全くの素人だったが、サイゴンが陥落し、ベトナムの後押しを受けたパテト・ラオが勢力を伸ばし、米国が手を引く状況では、ラオスの共産化は論理的必然であり時間の問題だと主張したが、大使館の中では全くの少数意見だった。

町で異変が起こったのは、一一月末のある日のことである。まず、市場から米が消えた。続いて、通貨が使えなくなった。街角という街角にバリケードが張られ、行き来ができなくなった。一二月二日の未明、物音で目を覚ますと、暗い中を大勢の人がプラカードを掲げ、口々に何かを叫びながら街の中心を向かって行進してゆく。私は、泊り込んでいた運転手をたたき起こし、群集に加わった。群集は、中心部にあるタットルアン広場に向かっている。広場に近づくにつれ人々の数は増し、叫びながら渦のように流れてゆく。私は運転手とはぐれないようにしながら、プラカードを読んでもらいメモにとった。「王政打倒！」「ラオス革命万歳！」私は、革命が起こったことを確信し、大使館に向かうため人々の群れから離れようとした。

その時である。私を呼び止める鋭い声が聞こえ、周囲がしんと静まりかえった。私の運転手は捕らえられ、詰問されている。叫び声の主は、私を指して「米帝国主義のスパイだ。」と言っている。私を取り囲むようにして人の輪ができ、血走った目が私を見つめている。その距離約一〇メートル。逃げようとしたり怯えた表情を見せれば、人垣が私に向かって殺到し、私は押し倒され、踏みつけられ、殺される。何とかしてこの危機を脱しなければならない。さもなければここで死ぬことになる。ほんの一〇数秒のことだったと思うが、時間は永遠のように思われた。その時、私は何か不思議な感覚にとらわれ、別人のような大きな声でゆっくりとラオス語で呼びかけた。「同志諸君、何を言っているのだ。私は日本人だ！　ラオスの友人だ！　革命をお祝いするために日本から来たのだ！　ラオス革命おめでとう！」。一瞬の沈黙のあと、一挙に緊張が解け、人々の顔に笑顔が戻り、人の輪が崩れた。助かった！　私は用心しながら、タットルアン広場を後にし、徒歩で大使館に向かった。

大使館に向かう道すがら、私は自分の手柄に満足した。少し危ない橋は渡ったが、ラオス革命の現場をこの目で見届け、電報で報告できると思うと職業的な興奮がこみ上げてきた。だが、期待とは異なり、大使館で待っていたのは厳しい叱責だった。「誰が現場に行けと言った？　上司の許可もなく、何ということをしてくれたのだ？　無事帰ったからいいようなものの、万一のことでもあったら誰が責任を取るのだ？」「電報を書く？　自分のしたことがまだわかっていないのか？」私はあっけにとられるとともに、悔しさがこみ上げてきた。歴史に残るラオス革命の有様をこの目で確認することに何の問題があると言うのだ。命を懸けて手に入れた情報を握りつぶす気か。次から次へと疑問と怒りがこみ上げてきたが、上司の許可なしに電報を出すことはできないので、書き上げた電報は破り捨てる以外なかった。

あれから四〇年経った今思い返してみると、あの時の上司の怒りと狼狽は理解できないこともない。万が一、若い書記官が革命の群衆に飲まれて命を落とすことになれば、その責任は間違いなく上司に及ぶ。二国間関係も悪化するだろう。上司にすれば、何の相談もないまま、若造が勝手な行動をとり、責任だけとらされるのはさぞ不本意だろう。それが、役人組織と言うものだ。上司の反応を理不尽と考えたのは私の未熟であろう。だが、今仮に大きなチャンスとリスクが目の前に現われれば、私はきっと同じような行動を取るだろうと思う。それから、あの時、私を突き動かしたのは何だったのだろう。あの「何か」はその後も、危機やチャンスのたびに私を突き動かし、私を救ってくれたのだ。

四万人と言われるタットルアン広場でのデモを契機としてラオスの王政は廃止され共産化は完成したが、人々の生活は日に日に厳しくなっていった。バンコク・ヴィエンチャン間の航空便は運航停止され、国境は閉鎖された。国境を閉鎖されると、内陸国のラオスはたちまち影響を受ける。街からプロパンガスやガソリンが消え、車が動かせなくなった。私たちも、サムローと呼ばれる三輪自転車の荷台に乗って外務省に行ったものである。

ところが不思議なことに、ラオス人の生活も我々の生活もしばらくすると何とか元に戻り始めた。例えば、ガソリンは道端でコカ・コーラの空きビンにつめて売られるようになり、やがてドラム缶でも売られるようになった。調べてみると、夜陰にまぎれて闇商人がメコン川を泳いで渡り、竹のいかだに乗せたガソリンを運び込んでいるそうだ。煮炊は、ガスがないのでマキを使うようになったが、地方に行けば当時でもガスなどなかったので、ラオス人にとっては大して苦にならない。主食の米は十分国内で取れるし、副菜は鯰や鹿、野菜は青いパパイアで何とかなってしまった。ちなみに、当時のラオスでは雨季は洪水で水浸し、乾季は干ばつで土地がカラカラだから、野菜がなかなか育たない。そこで、パパイアが万能野菜として大いに活躍するわけだ。ラオス人はといえば、こおろぎやカメムシの唐辛子味噌あえ、蛇の丸焼き、ねずみの干物など結構変化にとんだ食事を楽しんでいた。

国境閉鎖は一種の制裁であり、市民生活に影響はあったが、現地の人々はしたたかで、制裁下にあっても不自由なりに生活する方法を見出していた。ラオス政府は、そもそも選挙で選ばれた民主主義政府ではないので、制裁の結果、多少市民生活に影響が出たとしても政策を変えるほどの圧力にはならなかった。その後何十年も経って、私は制裁下のイランを見る機会を得たが、ラオスと同様のことを感じた。すなわち、制裁は市民生活に影響を与えるが、国民は不自由なりに生活の道を見出す。政府は、民主主義の徹底した国でない限り、制裁があったからと言って政策を変えるわけではない。ラオスとイランの例を一般化することはできないかもしれないが、制裁というものは多くの国の支持を得て長期にわたって実施するか、国家の存亡にかかわるような徹底的な制裁でない限り、効果は限定的だと思う。

現地生活のエピソードになるが、私も一度庭で取れたアリの卵のスープを食べたことがある。あるとき庭師やボーイが騒いでいるので近づいてみると、庭のマンゴーの木にアリの巣を見つけたと言う。コックがリーダーになり、庭師が竹で編んだ一メートルもある大ザルを持って待ち構え、運転手が木に登ってアリの巣を叩き落す。巣は見事に大ザルに落ちて、アリが庭師の手足を伝って逃げ出す。庭師はくすぐったくなって大ザルを落としそうになるが、周りが許さない。やがて、大ザルにはアリの卵とさなぎだけが残り、コックが鶏の卵とじアリスープを作ってくれた。私もお相伴したが、かにスープのようで結構おいしかった。サワースープにしたければ、親アリを少々加えればいいと言うが、これは眉唾だと思う。

ラオス革命後しばらくすると、政治的な締め付けも厳しくなった。ラオス人はサマナー（セミナーのなまりだと思う）と言われる政治教育に駆り出され、成績が悪いと奥地に送られる。ナイトクラブの従業員は不良分子として、奥地のキャンプに送られた。郊外では耕地や養魚池の拡張計画のための動員も行われたが、計画がずさんなので成果は上がらなかったようだ。中にはヒルに襲われ失血死した人もあるという。映画「キリング・フィールド」で有名なカンボジアに比べればラオスでは大した混乱はなかったと思われているようだが、これも私の実感とは異なる。確かに、大規模な虐殺などはなかったが、流言飛語と銃が支配する生活には言い知れぬ圧迫感がある。ちょっとした噂や銃声を聞くだけで、人々は金縛りにあったようになり、反抗など到底できない状態になる。そういう中で、多くの人々が難民となって逃げだしたが、中には自分達だけは例外と考えて脱出するタイミングを失い、どこへともなく連行されてゆく人々を多数見かけた。

私たち西側外交官は外交特権で守られていたが、それでも全員スパイとみなされ、現地人との接触は難しくなった。家で働いているスタッフは定期的に呼び出され、私の行動を報告させられた。私が習っていたテニスやラオス語の先生もいつの間にかいなくなった。家は、終始一〇人以上の兵隊に囲まれ、窮屈なことこの上ない。私は腹が立ったので、庭の周りの塀をアンペラ（竹で編んだ壁）で覆い外から見えないようにした。塀のおかげで外からは中が見えないようになったが、同時に中からも外が見えないことになる。これでは、窮屈極まりない。

娯楽もなくなり退屈していたころ、馬を売りたいという人が現れたので、買うことにした。ヴィエンチャンで一番の大きな馬という触れ込みだったが、たいして大きくもない。一〇〇〇ドルという言い値を一〇〇ドルに値切ったら、二〇〇ドルで話がまとまった。次は馬小屋だが、これも庭師と運転手が協力して花梨を使った立派な馬小屋を裏庭に作ってくれた。自宅に馬と馬小屋というのは実に贅沢だ。朝起きて朝食を済ませると、庭師が馬装を済ませ、庭に引き出してくれる。私は、庭を馬場代わりにして運動させ、一汗かいたところで、シャワーを浴びて出勤だ。夕方、馬に乗って街に繰り出せば、同じように馬に乗ったラオス人が集まってきて、夕日の沈むメコンの河原でギャロップを楽しんだ。

ある日、メコン川に向かう途中大使館の前を通りかかると、現地職員が私の乗馬姿を見せてくれと言う。調子に乗った私は、馬で構内に乗り入れ、車寄せをギャロップで駆け抜け、軽速足やその場回頭の演技を見せ、拍手喝采を浴びた。ただ、この話には尾ひれがつく。噂好きの外務省のこと、いつの間にか、今でも伝説的になっている、天野は馬で大使館に通っているという噂が広がってしまい、打ち消すのに何年もかかった。バンコク駐在の邦人記者からは、現地の人が食べるものにも困っている中で、パリで誂えた乗馬服を着て馬を乗りまわすのは怪しからん、記事にしてやるといわれた。そこで私は、それは話が違う、現地人からは車に乗るお金もあるのに馬に乗っているといって親しまれている、それにラオスは暑くて乗馬服など着られないといって反論したら、記事は立ち消えになった。

娯楽ともいえないが、私はラオスで家具づくりをしたことがある。家具づくりと言っても、自分でつくるのではなく、自分でデザインして家具屋に注文するのである。ラオスは熱帯木材の産地で、紫檀、黒檀、花梨などがふんだんに手に入る。外国では高級とされているチークなどラオスでは物の数ではない。加えて、フランスの植民地だったこともあるので、ルイ王朝式の家具を作れる職人もいる。そこで、私がルイ一六世様式のキャビネットをデザインし、紫檀とローズウッドで作らせたら、そのコピーが家具屋のベストセラーになった。キャビネットは今でも使われている。ラオスは、絹の産地でもある。山繭のような糸を使って、手織りの布を織ると大島のような手触りがする生地ができる。姉に話したら面白そうだと言うので、日本の反物が織れるようなサイズの手機織機を作らせ、できた反物は半分を姉に、半分は家内にプレゼントしたら喜ばれた。開発途上国勤務は不平を言い出せばきりがないが、工夫をすればそれなりに楽しむ方法もあろうと言うものだ。

情報収集は、大使館の重要な活動の一つだ。ラオス国内のベトナム軍の動向、経済活動、要人の来往訪などできる限りの情報を集める。共産化されたとはいえ、当時も日本の経済協力は続いており、商社員もＪＩＣＡの要員も居たので、日本大使館は比較的豊富な情報を持ち合わせていた。また、ラオスは東西の情報機関の活動が盛んなところだったので、経済のことは何も知らないアメリカの経済担当参事官やいくら断っても電信部屋を見たがるソ連大使館参事官などが活動していた。こうした人からは、私が持っている経済情報と引き換えに、軍事情報を入手した。また、開発途上国の場合は、空港に行くと要人の往来の様子がわかるので、よく空港で張り込みもした。北朝鮮の大型機がヴィエンチャンの空港に飛来したのを見たことがあるが、あれは金日成一行を乗せてミャンマーに向かう北朝鮮の一行だったと思う。

内政情報に関しては、偶然旧政権で副首相をしていた要人の娘さんと知り合いになり、貴重な情報を入手した。ただ、娘さんが美人だったこともあって、ある日つい長居をしてしまい、危ない思いをしたことがある。いつものようにお父さんと内政の話をした後、娘さんとコーラで談笑し、外に出たところを民兵の一隊に囲まれた。その数、十数人ほど、自動小銃につけられた銃剣が胸元に突きつけられ、一センチたりとも動けない。月明かりの冴え渡った夜で、銃剣の錆まで見え、刺されたら痛そうだった。民兵は口々に何かを叫ぶが、何を言っているのかわからない。ただ、身振りで私をどこかに連れてゆこうとしているのはわかった。だが、連行されたら万事休すだ。ラオス軍もラオス政府も、国際条約に違反して外交官を拘束したことを認めるくらいなら、私を消してしまうかもしれない。仮に命は助かったとしても、麻薬所持などのありもしない濡れ衣を着せられ、国外追放になるかもしれない。あとで、打ち消したとしても、「日本人外交官、麻薬所持容疑で国外追放」という記事でも出ようものなら、私の外交官人生は一巻の終わりだ。短い時間のなかで、そんな思いが私の頭をよぎり、なんとしてもこの場を切り抜けなければならないと思った。

その時、またしても何かが私を突き動かし、私はラオス語で話し始めた。「私は日本の外交官だ。外交官の身柄を拘束することは国際法違反だ。家は近くで逃げも隠れもしないから、問題があれば明日大使館に来てほしい。」そんな趣旨だったと思う。だが、前回のラオス革命の時とは違い今回は何の効果もないばかりか、相手はさらに興奮して言い返してくる。そこで、今度はフランス語で同じことを繰り返すと、相手の態度に変化が表れた。私の言ったことを理解した様子はないが、私がフランス語を話すのを耳にし、外交官であることを認識したようだ。今がチャンスだと思った私は、さらにフランス語でまくし立て、走り出したい気持ちを抑え、震える足を励まし、ゆっくりと現場を離れた。その時間がどれほど長かったことだろう。今にも銃声が響き、地面に倒れるのではないかと思うと生きた心地もしなかった。

日本大使館では、前任の菅沼大使に代わって、矢野大使が着任した。矢野大使は、短い期間ではあるが、私がチュニジア滞在中にお仕えした大使である。大使は、戦争中に外務省に入られた方で、フランス語研修ということになっていたが戦争が始まったので語学研修の機会は与えられなかった。戦時中は、主計大佐を勤めたが、終戦後はシベリアに長い間抑留され、大変な苦労をされたそうだ。私は、その後大使の不幸な経歴の爪あとを知ることになる。とにかく、館員への接し方から違っている。たとえば、私が大使室に入って大使の机の前まで進むと、大使は遠視のめがねをずり下ろし、「気をつけ!」「休め！」の大号令、私は立ったままで報告することになる。

着任した大使はまず信任状奉呈式という儀式に臨み、相手国政府に信任状を提出して初めて大使として活動することになるが、そこで椿事が起こった。私は、準備を任せられ、信任状奉呈式での発言振りを起案し、大使のお供をして参事官とともに外務大臣に謁見した。大使は、私が起案したとおりの口上を述べていたが、途中でいきなり私のほうを振り返り、「天野、続き！」の号令。とっさのことで私も何が起こったかわからなかったが、どうやら大使は発言振りを暗記していたため、途中で忘れてしまったらしい。私も焦ったが、何とか取り繕い大使に代わって発言を続けた。やがて、大使から「発言止め！」の号令がかかり、あとは最後まで大使が口上を述べられた。

突発事件もあったが、信任状奉呈式も無事終了、一行は大使館に戻り、私が先方の発言要旨を取りまとめて大使の決裁を求めたが、大使は決裁を拒否された。「何か間違った記述があるのでしょうか。」と尋ねる私に、「天野君、そうじゃないのだよ。君たち若い者は知らないかもしれないが、外務省にはソ連に利用されている元シベリア抑留者がいる可能性がある。そういった連中が私の電報を悪用するかもしれないので、電報はむやみに出さないほうがいいのだよ。」と大使。私は、まさかそんなことはないだろうと思ったが、たいした内容もない電報だったので、没にした。

大使は体調を崩しており、定期健診のため時々ご夫妻で日本に帰った。そんな時、大使公邸の留守番をおおせつかるのは私である。大使公邸はメコン川に面した広い敷地に建てられた木造の建物で、メコン川に沈む夕日が美しい。ある日の夕方、いつものように留守番をしていると近くで機関銃斉射の音が聞こえる。驚いて庭に飛び出してみると、誰かがメコン川を対岸のタイ領に向かって泳いでおり、大使公邸の両側からパテト・ラオの兵士が射撃をしていた。大使公邸が治外法権であることを知っている難民が昼間から公邸の塀の下に隠れ、パテト・ラオの兵士が待ち伏せをしていたらしい。至近距離からバリバリという音とともに機関銃が撃ち込まれ、十文字を描いて水柱が立つ。難民は水に沈んでは弾を避け、しばらくすると別のところに浮かび上がっては泳ぎ続ける。再び機関銃斉射。対岸のタイ領からは小銃の援護射撃が始まり、小銃弾はヒューという音を立てて私の頭上を通り過ぎ、公邸の壁にピシッ、ピシッという音を立てて当たり始める。地面に這いつくばる私、対岸から漕ぎ出される救助の船、難民は次第に遠ざかり、メコン川中央の国境線でタイ側が出したボートに救助され、対岸から歓声が沸きあがった。

ラオスで見た生と死のわずかな差。外交官というのは、優雅な職業に見えるかもしれないが、殉職する確率の高い職業だ。任地や出張先によっては、恐怖がないと言えば嘘になるが、恐怖は一瞬のうちにやってきて、気がついたときは既に死のリスクが目の前に迫っているというのが実体ではないだろうか。気をつけるに越したことはないが、リスクを怖がっていたらやっていられないのが、この職業だ。

少し変わったところもある大使だったが、私は矢野大使の素朴で温かい人柄が好きだった。時々変わった指示を出すので、館内が大騒動になることもあったが、困難な中で館員同士喧嘩したり、仲直りしたりしながら、日々が過ぎていった。ただ、私たちを取り巻く環境は更に悪化していった。一九七六年の正月には、家で飼っていた三匹の犬のうち、一番小さい犬がいなくなった。空腹に耐えかねた近所の人たちが捕まえて食べてしまったと言う噂だった。続いて、ある冷え込んだ日の朝、庭の樹につるした鳥かごの中のインコが死んだ。夏には、馬が死に、秋には隣に住んでいた国連職員の家に泥棒が入り、血だらけになった警備員が私の家に逃げ込んできた。大使館の現地職員の中に私を恨むものがおり、ナイフを持って付けねらっているという噂が流れた。縁起を担ぐわけではないが、周りの動物が次々に命を落とし、私を守ってくれているような気がした。もう、そろそろ潮時かなと思っていたころ、本省から私に帰朝命令が下った。

近所の人たちが催してくれたお別れ会も忘れられない。食べ物のない中で、近所の人たちが鶏をぶら下げて家を訪れ、家のコックが調理した。私は何かお礼がしたかったが、ラオス語の専門家や現地職員のラオス人から、相手の好意を台無しにするのでそれだけはしないほうがいいと言われた。送別会の日には、外国人との接触禁止の決まりも何のその一〇〇人近い人たちが家の庭に集まり、お別れの集まりが始まった。ラオス語でバッシーというが、旅立つ人の手首に糸を巻きつけ、たくさんの人がその糸を握り、旅立つ人の無事や幸せを祈る。その日も、次から次へと私の手首に糸が巻かれ、かがり火のたかれる中で、お別れの会が深夜まで続いた。確かにラオスは貧しい国だが、この気持ちの優しさと人の穏やかさは何処から来るのだろう。一番大事な家具は、来客を泊めるための竹のベッドだ。家に食べるものがなくても人に分け与える。悲しいときにも皆で踊り、葬式さえ踊りで終わる。女系家族で婚姻制度もなく、土地の所有制度さえない。今の日本は確かに豊かだが、ラオスには日本が失くしたものが、たくさん残っているように思えた。

こうして、私は一九七七年の春帰国した。引越しの日もヴィエンチャン・バンコク便は運行が停止されており、私は引越し荷物をはしけに乗せてメコン川を渡り、三輪車四、五台のコンヴォイを組んで街道筋まで出た。後はトラックを見つけてヒッチハイクをし、謝礼を弾んでウドンタニ（注：タイ北東部の都市）に出た。ウドンタニから無事バンコクに向け飛行機が離陸した時、わたしは一年半のラオス勤務が無事終了したことに感謝した。その年の一二月二五日、私の後任の杉江書記官夫妻は自宅で何者かに襲われ、亡くなった。

第三章　試行錯誤の日々

花の国か地獄の国か

ラオスから帰国した私が配属されたのは、もとと同じ外務省で花形の職場とされる国際機関Ｉ課である。これには、びっくりすると共にがっかりした。国際機関Ｉ課は「花の国二」と呼ばれていたが、同時に「地獄の国二」とも呼ばれるハードな職場だ。研修中の一年間は物珍しさもあって持ちこたえたが、二回目となると意味が違う。外務省では外国研修帰り、入省五年ぐらいの職員を厳しく鍛え上げる伝統がある。「地獄の国二」で鍛えられたらどんなことになるかわからないし、もともと私は経済は苦手だった。

当時の課長は自治省から外務省に移籍した松田慶文さん。安全保障に詳しく、何でもこなせる有能な人という評判だったが、私はなぜか馴染めなかった。首席事務官は岡本行夫さん。湘南出身でヨット乗り、当時から若手有名人の一人だった。私のすぐ上司に当たる総務班長は、野坂康夫さん（後の米子市長）。鳥取県出身で昼休みになるとよく奥さんに電話していたが、会話はいつも、「母ちゃん、どげしとら？」で始まるので、課員の笑いを誘った。元陸上選手で「山陰のカモシカ」と呼ばれていたそうだが、当時でも既におなかが出ていて、カモシカの面影はなかった。

「国二」では、それでも松田課長、岡本首席事務官のもとで少しずつ仕事に慣れて行った。問題は、後任のM課長に交代してからである。M課長は、元ラグビーの選手で立派な体格をしていたが、気の毒なことに米国留学中にラグビーで負傷し、片足を失くしていた。経済関係の専門家で、仕事ができることで有名だったが、部下に厳しいという評判もあった。それでも、最初のうちは特に問題もなかったが、次第に指導の厳しさが増し、野坂さんと私が頻繁に叱られる様になった。私の例で言うと、昼休みの当番で残っていた時にアメリカ大使館の書記官が口上書を持ってきたので、普通に受け取って課長に報告したら、「誰の許可を得て受け取った?」といって一、二時間叱責された。私起案の訓令案の協議をするというので読み上げたら、文書を伏せて説明しろと言われた。私が「できません。」というと、「自分で起案した文書を空で言えないのは、真剣に仕事に取り組んでいない証拠だ。」と言われ、協議は中断、また、一、二時間の叱責が続いた。野坂さんの場合は何が問題だったかは知らないが、私より関係が悪く、小言は一、二時間ではすまなかった。M課長は自分が有能なだけに部下に対する要求も厳しく、怒り始めると次第に興奮し目が据わって、部下は何時間も課長の机の前に立たされたまま叱責が続く。こうなると私や野坂さんのように課長の怒りの的になる人と、うまく怒りをかわす人が出てきて、職場の雰囲気は一挙に悪化した。

岡本首席事務官は何とか課を取りまとめようとして、ずいぶん課員をかばってくれた。ある時岡本首席から、「おい天野、これじゃあお前も堪らないだろう。俺が課長と話をつけておいたから、一週間ほどジュネーヴに出張して来い。ただ、一つだけ条件がある。お前がなぜジュネーヴに行きたいのか、何を達成してくるかにつき一筆書いて提出するというのが課長の条件だ。」と言われた。岡本首席の温情には感謝したが、課長の言い分にはカチンときた。そこで、「それはおかしな話ですね。出張と言うのは上司の命令で行くものであって、本人の希望で行くものではありません。出張の目的を決めるのは上司であって私ではありませんから、私から一筆書くわけにはゆきません。」と言って反抗した。岡本さんからは「お前もバカだな。二、三行書いて署名しさえすれば、後は俺がうまくやってやるから、書け。」と言われたが、私は最後まで意地を通した。結局ジュネーヴには出張したが、帰国すると課長との関係はますます悪化し、ついに課長との直接対決になった。

きっかけは覚えていないが、ある日、課員全員が見ている中で課長から「君みたいな者は外務省を辞めろ。」と言われた。「課長が言った事を紙に書き署名、捺印してください。ご存知でしょうけれども、外務公務員の任命権者は法令上、外務大臣であって課長ではありませんから、今の課長の発言は法令違反になりますよ。」と私。課長は暫く私をにらみつけていたが、結局書類は書かず、それ以降私が配置換えになるまで、ほとんど口を利いてくれなくなった。

事あるごとに課長に反抗はしてはみたものの、私も次第に胃が痛くなってきた。最初はこれしきのことでへこたれる私ではないと思っていたが、胃痛は日に日に激しくなり、食事ができないほどになった。そこで、外務省八階にある診療所の医者に相談したら、「十二指腸潰瘍、軽業（残業なしの勤務のこと）六ヶ月」の診断書をくれた。その時の気持ちを正直に言うと、うれしくて笑いが止まらないくらいだった。課に戻って岡本首席に報告すると、「わかった、後は俺に任せろ。」と言って軽業のアレンジと異動の段取りをつけてくれた。野坂さんは、「うらやましいなあ。お前、仮病じゃないだろうな。俺なんか病気になりたくて何度診療所に行っても問題なしと言われて追い返されるんだよ。」と言い、年配の女性事務官は「ミッちゃん（課長のあだ名）もやりすぎね。」と言った。

私といえば、それから毎日昼間は病人らしく静かに過ごし、食事は牛乳、退庁後は区民プールに行って体力回復に努めた。軽業になった途端胃痛はなくなり、自分でも仮病ではないかと思ったくらいだが、あれから四〇年近くたった今でも胃のバリウム検査をすると十二指腸潰瘍の既往症があるといわれるから、本当の病気だったのだろう。

その後、M課長は経済局などの要職についたが、やがて外務省を辞めてしまい、消息がつかめない。現在私はIAEA事務局長の立場にあるので、パワハラやセクハラについての処分を下す立場にあるが、M課長の行為は今の基準で言えばパワハラに当たる。権限もなく、かつ、手続きも踏まないで、部下に辞職を迫るなどは間違いなくクロだ。また、長時間にわたり、部下を叱責する行為もアウトだ。

他方、M課長の言っている内容が間違っているとは言えない。外交の世界では、よく「手続きは中味（サブスタンス）、中味は手続き」と言われるが、いつ書類を出すか、いつ誰がどう受け取るかも駆け引きの一部なので、何も考えずにただ受け取ればよいというものでもない。よく考えて書いたものなら空でも言えるのはその通りで、私も、今だったら会談や講演のときに原稿がなくても困らない。

　ハラスメントやセクシャルハラスメント問題に関して重要なのは、行為の内容が正しいか、正しくないかではなく、相手がどう受け止めたか、相手の人格や尊厳を傷つけたか否かなどが決め手になるということである。私は、この若い頃の苦い経験もあって、「私が事務局長である限り、ＩＡＥＡにおいてはいかなる不適切行為も許さない。」という強い立場で臨んでいる。

　私は、こうして「国一」を出たと言うか出された後、もう二度と経済局には戻りたくないと思い、いくつかの課を転々とわたり歩くようになった。外務省では専門分野を「シマ（島）」というが、「シマ」のプリンスになれば出世間違いなし、「シマ」から追放されればあとは惨めなものだ。私が、「国一」を出て最初に配属されたのは機能強化対策室というポストだった。機能強化対策室では、ラオスで杉江清一さん夫妻が殺害された事件を受け、外務省員の事故に対する補償の問題を扱った。当時調べた結果では、外務公務員の公務中の死亡事故は、自衛隊や警察より高かったので驚いたが、当時は十分な補償措置もなかった。死亡事故に関する最近の事情は知らないが、今でも余り変わっていないのではないかと思う。機能強化室では、労働省出向の萩尾さんという人から、随分仕事を教えてもらった。たいして年次は違わなかったが、国内官庁の人は大人だと思ったものである。その年の年末の御用納めの集まりに出ていると、館内放送で私の名が呼ばれ、至急総務課長のもとに行くよう告げられた。聞けば、牛場・安川政府代表室に配置換えということだった。

政府代表室での勤務

政府代表室では、安川壮政府代表担当となり、安川政府代表、小和田恆補佐官、天野秘書官というチームで、よく出張した。小和田恆氏というと皇后陛下のお父上として有名だが、我々くらいの年次の外務省員にとっては、スーパー外交官という印象が強い。福田赳夫元総理の秘書官を二度勤め、その頭の切れと政治力はすでに伝説となっていた。牛場・安川政府代表室の仕事の詳細は省略するが、小和田大使には仕事を教えていただくと共に、厳しく鍛えられた。外務大臣、総理などの要人との接触の仕方、マスコミとの付き合い方、すべて私がまだ経験したことのないことばかりだったので勉強になった。小和田大使の理論武装は完璧で、日本人相手であれ外国人相手であれ、議論で引けをとるのを見たことがない。知り合いも広く、役人でありながら各国の外務大臣クラスと旧知の友人のように話しているのにはびっくりした。

小和田大使の身近に接し、私は一つ大事な習慣を身に付けた。人の習いとして、相手の能力が余りに高かったり、地位が高かったりすると、つい圧倒され委縮してしまう。私も最初はそうだったが、次第にリラックスしたこともあって、自分の意見を言ったり反論したりしてみると、丁寧に相手にしてくれることに気が付いた。むしろ、若い世代との議論を楽しんでいる様子さえうかがわれる。私の弟もパリのOECD代表部で小和田大使にお仕えしたが、私よりは遠慮のない方なので、随分大使とも議論したらしい。その後何十年か経って私も世界のトップリーダーと接するようになったが、恐ろしいほどの能力を持った人はいくらでもいる。そういった場面でも、相手の話をよく聞いたうえで、反論すべきものは反論し、言うべき意見を言えるようになったのも、若い頃小和田大使に接する機会があったためだと思う。

とはいえ、牛場・安川政府代表室の仕事は、私の能力ではとてもついてゆけないと思ったので、ある日思い切って「この仕事は私の能力では勤まらないようなので、配置換えをしてください。」とお願いしてみた。小和田大使は、「まあ、お掛けなさい。話を聞きましょう。」と言い、しばらく話し合ったあとで配置換えの希望を受け入れてくれた。

小和田大使の話が長くなってしまったが、安川大使のことも触れておこう。安川大使といえば西山事件（外務省機密漏洩事件）で有名だが、ご自身から何回か事件の話を聞いたことがある。大使自身が事件の発覚を知ったのは、浜松でゴルフをしていた最中のことだったそうである。ハーフを回ってクラブハウスに戻ると至急東京に戻れとの指示があり、本省で初めて事件の概要を知ったとのことである。ただ、当初は安川大使自身の関与も疑われていたが、大使にすれば何の心当たりもなかったのでびっくりしたそうだ。蓮見事務官とは第三者立会いの下でホテルの一室で会ったが、申し訳ありませんでしたといって泣き崩れたという。

安川大使から西山事件について話を聞いたのは、このゴルフ場の場面と蓮見事務官との面会だけである。ただ、安川大使ご自身は直接何ら関与していなかったとはいえ、この事件は当然大使にも影響を与え、外務審議官辞任後しばらくしてスイス大使転出の内示があったそうだ。安川大使は地位に恋々とするような人ではなく、むしろスイス赴任を楽しみにしていたそうだが、大平内閣の発足と共に駐米大使に発令された。安川大使と言えば、酒好きで有名だが、豪放で身辺のきれいな人だった。酒はニッカの赤、タバコは朝日、外交団との会食でもにぎやかな料亭を嫌い、簡単な洋食を好んだ。公務員としての公私の区別をはっきりさせるタイプで、立派だと思っている。

インドシナ難民受け入れ事業

私の次の配置先はアジア局インドシナ難民対策室だった。首席事務官という末端の管理職についたのは、入省七年目のことだった。室長は最初は江口暢さん、その後今川幸雄さん（後のカンボジア大使）。局長は木内昭胤さん（後のフランス大使）、次長は三宅和助さん（後のベトナム大使）、参事官は渡辺康治さん（後のロシア大使、イタリア大使）という顔ぶれだった。木内局長は田中角栄首相の秘書官をしていた人で、私への指示は「田中事務所からの依頼があったら応じろ。君がおかしいと思う依頼があったら断っていい。ただし、断るときは君が断るな、俺が断る。」というものだった。指示がわかりやすく、男気のある人だと思った。三宅次長は、「日本のキッシンジャー」として課長時代にベトナムとの国交回復に尽くした人だ。着想豊かで面白い人だったが、型破りでとても外務省の枠に収まるような人ではなかった。渡辺参事官は、幹部の中では一番の常識人だった。同僚の首席事務官は、皆かなりの先輩で、有能かつ個性豊かな人たちだった。

インドシナ難民対策室の課題は、東京サミットを控え、「難民を受け入れない日本」というイメージを払拭することだった。そのため、三宅次長が中心になって難民条約批准、受け入れ枠一〇〇〇人、国連のインドシナ難民関連経費の二分の一負担という三本柱を政策として打ち出した。三宅次長の指示は、室長を通さず直接次長に協議・報告すべしと言うものだったが、これでは私が板ばさみになるので苦労した。難民条約の批准に当たっては、厚生省は難民を受け入れると将来的に年金が破綻すると主張した。これは大学時代の友人に頼んで将来のコンピューターモデルを作ってもらい論破したが、「外務省が人口モデルを作る権限はない。」といって怒られた。警察からは「外国人が一人増えるとその分だけ日本の治安が悪くなる。」と言われててこずったが、防犯が難しくなると言われると反論が難しかった。結局、難民条約批准は園田直厚生大臣が外務大臣になって解決した。あとで聞いた話だが、厚生省としては歴代厚生大臣に対して「難民条約は批准できません」と言ってきたので、方針を切り替えると「なぜ俺が大臣のときはノーといい、今の大臣にはイエスと言うのだ。」と言って責められるので政策転換はできない、と言うことだった。納得はできないが、霞が関ではさもありなんという話だった。

難民対策室時代には、いくつか貴重な経験をした。相馬雪香さんが始めた「インドシナ難民を助ける会」を皮切りにいくつかのNGOができたが、これは日本のNGOの草分けだと思う。全国から古着などの寄付が寄せられたが、外務省には保管場所も仕分けをする人手も、現地に送る送料もない。思い余って、寄付のお断りを考えていた矢先、全国社会福祉協議会の方から、「天野さん、仮に無駄だと思ってもいったん断れば、運動は一瞬にしてしぼみますよ。」と言われて、目の覚める思いがした。そして、この時私たちを助けてくれたのが、立ち上がったばかりのNGOの方々だったのである。緒方貞子さんにカンボジア難民調査団の団長になっていただく仕事もした。三宅次長のアイデアだったが、これが緒方さんと難民の出会いになったのだと記憶している。

マレーシア東海岸にあるビドン島に調査に行ったときのことも忘れられない。ビドン島はもともと無人島だったが、当時は国連が管理する難民収容施設として使われていた。島に上陸すると沢山の難民が出迎えてくれたが、そのほとんどは金髪である。こんなに混血児が多いのかと思ってびっくりしたが、灼熱の太陽に照らされて色素が抜けてしまったらしい。所長をしている北欧系の男性と面会したが、私たちが日本人と知るや「日本は難民を受け入れていない。」と言って日本の政策を非難した。私たちが、ビドン島の運営経費を含めてインドシナ難民に必要な経費の二分の一は日本の拠出金で賄われており、来訪の目的も難民の日本への受け入れのためだと説明したが、聞こうともしない。だが、そのあと施設を訪問して仰天した。この島では、所長を取り巻く形で若い女性のハーレムが形成されており、男性はコックやボーイや漁師としてこき使われていたのである。難民は所長に逆らうと島から出られなくなると信じ、ひたすら所長に従っている。所長の語る表向きの正義と実際に行われていることのギャップ、お金だけ出させられて一向に評価されない日本。もちろん、こういったケースばかりではないのだろうが、国際社会の嫌な面を見るとともに、日本が不当に扱われているという気持ちを強くした。

アジア局では強力な局幹部にお世話になり、自分でも納得の行く仕事ができたが、ある日渡辺参事官に呼ばれ、軍縮課の首席事務官になるように言われた。一九八一年夏のことである。私はそれまで、軍縮の仕事はしたことがなかったので自信がなかったが、第二軍縮特別総会（第二軍縮特総）が終わるまでの一年間だけという約束で軍縮課に異動することになった。その時は知るよしもなかったが、軍縮との出会いがこの分野での私のキャリアの始まりとなったのである。

軍縮課に配置換えになることを木内局長に報告すると、「軍縮課か。あそこは、三階にあるので陽当たりが悪くていけないな。外務省で働くのだったら、陽当たりのいい四階から七階までだよ（官房、条約局、アジア局、経済局、北米局などの外務省中枢を指す）。八階（中近東・アフリカ局）も暑すぎていけないな。」と言うことだった。木内局長の言うとおり、軍縮課は室から昇格したばかりで課員も七、八人しかおらず、国連局の下にある弱体な課だった。さらに、国連局の中にあるといっても業務の内容が他の課とは異なるので、局内でも孤立した存在だった。これは私の思い過ごしかもしれないが、当時の軍縮課は省内野党といった趣で、安全保障の専門家が課長としてお目付け役をしていることが多かった。しばらく後のことになるが、ある時議員会館に説明に行ったら、共産党議員の秘書の方から「共産党は、天野さんのように難民とか軍縮といった外務省で陽の当たらない道を歩む人を応援します。」と言われて答えに窮したことがある。

軍縮課の仕事は馴染みのない仕事だったが、始めてみると面白い。最初に与えられた仕事は、第二軍縮特総までに生物兵器禁止条約ほか三条約を批准するという案件だったが、ここでは研修時代に経験した法制局審議と大学時代に学んだ生物の知識が大いに役立った。他の二条約は環境破壊兵器禁止条約と特定通常兵器禁止議定書の二本であるが、余りに専門的になるので、ここでは省略する。当時の総理は亡くなった鈴木善幸総理、大変軍縮に熱心な方で、総理ご自身が特別総会に出席することになった。こうなると、事務方としては「お土産」を作る必要が生じ、実は三条約の批准もそのお土産の一つであった。われわれ若手にも、もっと知恵を出せという指示が下りてきたので、国連が行っている「軍縮フェローシップ」という招聘計画の参加者を広島・長崎に招待することを提案し、採用された。このプログラムはその後今に至るまで続いており、今や各国軍縮大使のほとんどが、「軍縮フェローシップ」に参加して広島・長崎を訪れた経験を持つ外交官である。

鈴木総理には一度だけ、官邸執務室でお目にかかったことがある。当時は毎年インドが核不使用決議案を国連総会に提出していたが、日本は年により一部につき賛成、反対、棄権するなど一貫性のない対応をしていた。この問題は国会でも度々取り上げられていたので、外務省としてはこれからは棄権で統一することとし総理にご説明したが、総理はどうして賛成できないのかと言われ、なかなか首を縦に振らない。最終的には、同席された宮沢官房長官のとりなしもあって外務省の方針が了承されたが、総理は最後に顔を真っ赤にされ、我々に向かって「諸君！国会の声は重いぞよ。」と言われた。

軍縮課の仕事でもう一つ思い出すのは国会対策の件である。当時ソ連はＳＳ二〇と呼ばれる長距離ミサイルを欧州から極東に配備換えしようとしていたが、これでは日本がＳＳ二〇の射程に入ってしまうので堪らない。毎日のように国会質問が軍縮課に割り当てられ、時には四〇問近くに及ぶこともある。外務省の通常のやり方では、担当者が国会答弁案を起案し首席事務官が決裁することになっているが、もともと弱体な軍縮課では徹夜しても処理しきれない。パソコンもない時代なので、私はアルバイトの職員を多数雇い入れ、私が口述しアルバイト職員が筆記する方法を思いついた。これで、事務のスピードは大幅にアップしたが、それでも追いつかず官邸の谷野作太郎秘書官からは矢の催促が来る。そのうち、痺れを切らしたのか、明け方近くになると谷野秘書官が軍縮課に現れ、「君は何でそう仕事が遅いのだ！」と言いながら、私と一緒になって口述筆記を助けてくれた。強面で通っていた谷野秘書官であったが、思いやりのある人だと思った。

第二軍縮特総も無事終わったころ、アジア局の渡辺参事官が軍縮課を訪れ、人事課からワシントン転勤の内示があったことを知らされた。当時、私は軍縮課の仕事に興味を感じ始めていたので離れがたい気持ちもあったが、ワシントンは是非一度は勤務してみたい任地なので、一も二もなく内示を受けることにした。

ワシントン勤務

ワシントン大使館と言えば、外務省の中でも最も陽の当たる華やかな職場である。外務省ばかりか、各省からの出向者、マスコミ各社の特派員、民間企業も含めてエリートぞろいである。現に後から振り返ってみても、当時のワシントン大使館に勤務した仲間はほとんど外務省幹部になったし、各省出身者は次官、マスコミの特派員も社長にまで上り詰める人が沢山いた。

私は、もともとフランス官補（外交官補時代にフランス語を勉強したと言う意味）だったので、英語官補のように特にワシントンで勤務したいという希望もなく、また、ワシントン勤務の成績で将来が左右されることもなかったので、気楽なものだった。ワシントン勤務が決まったのでアメリカを統括している北米Ｉ課の先輩に挨拶に行くと、「天野君、おめでとう。ただ、一つだけ忠告しておくと、周りの人と自分と比較してはいけませんよ。余りにも優秀な人が多いので、ノイローゼになりますからね。」と言われた。内心、「見ているだけでノイローゼになるほどの人がいるとは面白い。一つ、見物させてもらおうか。」と思ったが、憎まれ口は利かぬに越したことはないので、ありがたく忠告を受け止めることにした。

ワシントンで私が与えられたのは、広報文化の仕事で、政務や経済のような華やかな仕事ではない。上司は法眼健作参事官、対ロ強硬派として有名な法眼晋作次官のご子息で、英語の達人かつ座談の名人だった。加えて大のオペラ通で、ぜひオペラに行くよう勧められ、私もワシントンのケネディ・センターに通うようになった。ちょうど当時は、メトロポリタン・オペラ（MET）一〇〇年祭で、度々ケネディ・センターで公演した。若い頃のプラシド・ドミンゴ演ずるラダメス（「アイーダ」）、レナータ・スコットのヴィオレッタ（「トラヴィアータ」）、ルチアーノ・パヴァロッテイのカヴァラドッシ（「トスカ」）など正に絶品だった。ただ、私はバレエが好きだったので、ケネディ・センターではオペラよりバレエをよく見た。まだ、ジョージ・バランシンが存命中で、舞台挨拶に立つ姿を一回だけ見たことがある。中でも、スザンヌ・ファーレルとピーター・マーテインスが踊るバランシン作品は美しかった。ナターリア・マカロヴァもアメリカン・バレエ・シアターの公演でワシントンに来たが、その日は足を怪我したので出演することは出来ず、赤のドレスに金のシューズでカーテンコールに立った。私にはナターリア・マカロヴァの姿をみられただけで十分だった。オペラやバレエの話を書くと遊んではかりいたように思われるかもしれないが、外交官や政治家の中には趣味の多い人が多く、オペラやバレエの話で盛り上がることもよくあった。

ワシントンは、政治権力が集中する街ではあるが、自然は美しい。春になるとポトマック川のほとりに日本から贈られた桜が咲き、恒例の桜祭りが開催される。桜と並んで美しいのはハナミズキとモクレンだ。ハナミズキには白とピンクの二種類があり、ワシントンに限れば桜よりハナミズキのほうが美しいくらいだ。初夏になれば、郊外の木々に蛍が群れ飛ぶ。日本と違って高い杉の梢の先まで舞い上がってゆく姿は、夏のクリスマスツリーを見るようだ。秋は紅葉、冬は雪景色、ワシントンには二度勤務したが、政治に明け暮れる中で美しい自然に触れると気持ちが安らぐ。

なかでも私が気に入っていたのはチェサピーク湾で、私はここでヨットを習った。湾に面したアナポリスに海軍士官学校があるせいかこの地で退役後も生活する軍人が多く、私もその一人にみっちりヨットのイロハを教えてもらった。風の穏やかな夏の日にチェサピーク湾でヨットを浮かべるのは、ワシントンならではの楽しみだった。

仕事の話に戻ると、上司が外国人記者担当、私が邦人記者担当と言う分担になっていた。外人記者が書いた記事で日本の総理や外務大臣が辞任することはないが、邦人記者の書いた記事で辞任に追い込まれることがあることを考えると、私はこの職務分担はおかしいと思ったが、外人記者とやり合うほど英語は上手くなかったので、助かったとも言える。

私がワシントンで親しくさせていただいた邦人記者には面白い人が多く、外務省の仲間と付き合っているより余程楽しかった。特に当時は、朝日新聞の船橋洋一さん、毎日新聞の嶌信彦さん、産経新聞の清原武彦さんなどがいて、多士済々だった。個性がくっきりしていて弁論闊達な人が多く、話しているると話題に事欠かなかった。ほとんどの人たちは豪快に振舞っていたが、仕事には厳しく、少し慣れてくると皆必死で仕事に取り組んでいることがよくわかった。同業他社にスクープを抜かれれば、本社から激しく叱責される。二回も特落ちをやれば、怖くて他社の紙面が見られなくなると言う話を聞いた。大使館との関係では、連絡のスピードと正確さを重んじ、何よりも不公平な情報提供を嫌う。外から見れば皆和気藹々と振舞っていても、実態はしのぎを削る競争の中で生きているのだから、当然だろう。二年間勤務するうちに何百回となく記者会見やブリーフィングに立ち会ったが、ポイントはまめな連絡とタイミングと正確さ。話せることは話し、話せないことは断ればよい。間違っていたら、謝り、早めに訂正する。当たり前のことばかり、かつ、プレスに限ったことではないが、この経験がIAEA事務局長になってからも大いに役立った。

ワシントンの二年間で見聞きしたことの一つに、中曽根康弘総理訪問の際に起こった「不沈空母事件」がある。私が着任してしばらく経ったころ、中曽根総理が訪米したが、その機会にワシントンポスト紙のマーサ・グラハム社主が朝食会を主催することになった。この朝食会の内容は大きく報道され大成功であったが、記事の中で中曽根総理が「日本を不沈空母にする」と発言したと報じられ大問題になった。中曽根総理ご自身はそんな発言をした記憶はないと言っておられた。私はその場にいなかったので確たることは言えないが、推察するにどうやら総理のご発言と通訳の英語の間に齟齬があったというのが真相らしい。

ワシントン

ワシントンは、仕事に明け暮れた毎日であったが、大いに自慢だったのは生まれて初めてプール付の一軒家に住んだことである。何でも大家が大学の学長に就任し官舎に引っ越すので、借家人を探しているとのことが縁の始まりだった。家賃は、言い値が月一〇〇〇ドル、到底払えないと言ったら月六〇〇ドルに負けてくれたので、入居した。しかし、これが苦労の始まり、冬になれば暖房代が一〇〇〇ドル近く、夏になればプールの維持費が同じく一〇〇〇ドル近くかかる。おまけに仕事にかまけて芝刈をサボれば、近所の住人から「あなたの家では麦を作っているのですか」といわれる始末である。思い余って大家に契約解除を申し出たら、家賃をさらに値引きしてくれ、プール掃除も芝刈りも手伝ってくれることになったので解約は沙汰止みになった。だが、世の中にそんな上手い話があるはずはなく、週末には大家が朝から押しかけてきて、私はその手伝いをさせられるはめになった。何のことはない、大家が探していたのは店子ではなく、ハウスキーパーだったのである。

私がワシントンで勤務したのは、入省して一〇年近く経った頃だったが、まだ、半分は学生気分、半分は社会人といった趣で、中途半端だった。研修語学もフランス語だったので、将来日米関係に携わる可能性も乏しく、アメリカ官補のような必死さはなかった。どんなところか見てやろうと言うような軽い気持ちで過ごした面もある。しかし、後から考えてみると、外交官生活の早い段階でアメリカとアメリカ人に接することが出来たのは、仕事の上で大きな収穫だった。アメリカ人のものの考え方、意思決定の過程、好むことと嫌うことなどに少しは触れることが出来たからである。私は、大学時代のアメリカ研修旅行を加えれば、八〇年代のワシントン勤務、九・一一の頃のシンクタンク勤務をあわせて三回アメリカに触れる機会を与えられたことになる。

また、マスコミ関係者と二年間にわたりお付き合いできたのは本当によい経験になった。今の時代、マスコミに適切に対処できなければ、政府や国際機関の要職は務まらないからである。外交官として日米関係に取り組んだわけではなく、報道関係の専門家になったわけでもないが、多少ともマスコミとの付き合いやアメリカ経験があったことは、ＩＡＥＡ事務局長になってから大いに役に立った。

ベルギー大使館勤務

楽しく充実したワシントン大使館勤務だったが、二年ほど経ったころベルギー大使館勤務の辞令を受け取った。外務省では、先進国に勤務した後は途上国勤務という不文律があるので、二箇所連続で先進国勤務というのは恵まれている。当時のベルギー大使は、警察庁長官を務めた山本鎮彦さんと言う人で、半眼の眼光も鋭く、「日本のアンドロポフ（旧ソ連時代のＫＧＢ議長、書記長）」と言われた人である。

ベルギー大使館の大きな特色の一つは、ベルギーが由緒正しい王室を戴いていることもあって、わが国皇室との関係が近いことだ。昭和天皇は、皇太子時代の欧州歴訪に当たり、大使公邸（旧公邸。今は新しい公邸に転居している）にご宿泊になったそうで、私が勤務した時代にも昭和天皇のお写真が旧公邸の一室で発見されている。また、美智子上皇后もご成婚前に旧公邸にご滞在されたと聞く。さらに、私が勤務していた時期には、皇太子をされていた今上陛下がベルギー王室をご訪問になり、大歓迎を受けた。

ベルギーでの大きな収穫は、警察庁長官まで上り詰めた大使の下で、仕事をしたことだと思う。その時までは知らなかったが、日本における警察権力の強大さには眼を見張るものがあった。中でも、山本大使の人脈の広さは抜群で、政治家であれ、経営者であれ、芸能人であれ、およそ日本で名の知れた人であれば、皆知り合いである。特に政治家からは一目も二目も置かれていることは一目瞭然だった。あるときなど、美人で知られた画廊の女主人とも親しそうにしているので、好奇心を抑えられず、「大使は、本当にいろんな方をご存知ですね。どうして画廊の経営者まで知っているのですか？」とたずねてみると、「いやあ、天野君、いろいろあるんですよ、ハハハ。」と言われたまま詳しくは話されなかった。

山本大使の下で仕事をして気づいたことは、挨拶を欠かさず、当たり前のことを確実に実行することの重要さである。挨拶と言えば、ある時山本大使から、「この大使館で、一人だけ私に挨拶をしない人がいるんですよ。誰だかわかりますか?」と言われたことがある。「それは酷いですね。いったい誰ですか?」「あなたですよ。」私は一瞬愕然としたが、確かに言われてみればその通りだ。私にとって元警察庁長官と言えば雲の上の人で、こちらから声をかけるのも畏れ多いと思い目礼にとどめていたが、挨拶がないと言われればその通りである。私はその日から、必ずこちらから挨拶するように心掛け、コミュニケーションのきっかけを作るようにしている。もっとも、イギリスのアン女王にお目にかかった時には、こちらから話しかけてはいけないと言われたが。

山本大使のもう一つの習慣は来訪者があれば必ず食事に招くことだった。特別の情報を提供するわけではないが、トレードマークの蝶ネクタイを身に着け、ニコニコしながら、時折「日本のアンドロポフ」と言われた半眼を鋭く光らせる。山本大使の影響力の源泉は、もちろん警察という組織があることは間違いないが、マメに丁寧に人に接していることが力になっていると思った。

逆に驚いたのは、大使から質問があるということは、大使は不同意という意味であると警察関係者から言われたことである。外務省では、大使であれ次官であれ、部下から持ち込まれた決裁書に不同意ならば、上司の側から不同意の理由をはっきり言うのが通例であり、言われた部下のほうも納得できなければ、それなりの反論を試みる。ただ、警察庁のような大組織では、いちいち長官が部下に異論を唱えたり、部下が長官に反論したりしていたのでは、組織が持たないのかもしれない。上司から質問があった時は、その意味をかみしめ新しい方針を練り直すというのも、日本の組織管理の方法かもしれない。

ベルギー大使館では政務を担当したが、大使館の日常業務は大過なくこなした。思い出といえば、「二〇世紀バレエ団」を率いるモーリス・ベジャールの叙勲にかかわったことである。叙勲と言うのは、各省庁が政府に推薦する制度になっており、在外公館にも指示が回ってくる。八〇年代と言えば、「二〇世紀バレエ団」が盛んな頃で、「カブキ」という作品を引っさげて日本公演も行っていた。そこで、大使館としてモーリス・ベジャールを叙勲の対象として推薦することになり、私にその仕事が回ってきた。

既に触れたように、私はバレエを見るのが好きで、着任早々モーリス・ベジャールに面会を申し込んだが、「ベジャールさんはそんな暇はありません」と言われ諦めかけていたところだった。ところが、叙勲の推薦状作成のためにお目にかかりたいと言うと二つ返事でOK。指定されるまま、モーリス・ベジャールのアパートを訪ねると、木のフロアーの上に畳が二畳分敷かれており、その上に漆塗りの書見台、モーリス・ベジャールはその後ろに正座して何でも聞いてくれと言う。話が途切れると、写真を取り出し、「セ・タマサブロー」(これは玉三郎さん)といって私に見せる。聞きたい話を一通り聞き終わると、見せたいものがあるといって屋上に案内された。見せられたのは、壁で囲まれた小さな一角、壁一面に花が配置され、秘密の花園と言った趣であった。

モーリス・ベジャールとはその後も連絡を取り合い、めでたく叙勲の運びとなった。勲章の伝達式は大使公邸で行われ、ジョルジュ・ドンやショナ・ミルクといった錚々たるメンバーも参加した。後になって、モーリス・ベジャールから、何かお礼をしたいといわれ、練習場へ出入りする許可をもらった。話がわき道にそれるので詳しくは触れないが、目の前で見るダンサーたちの日常は厳しく、私のバレエ好きに拍車がかかった。

二度目の東京勤務

大きな問題もなくそれなりに楽しいベルギー勤務ではあったが、八七年の暮れに帰国命令が出た。希望は文化や広報関係の仕事に就くことであったが、配属されたのは情報課というところだった。このあたりから、私の仕事の上での更なる漂流が始まる。外務省から与えられた「経済」という分野で上手く行かず、他にこれといった専門分野も特技もない以上、漂流するのは当たり前の話であるが、私はそのことにまだ十分気づいていなかった。

当時の情報課の主な仕事は、情報の蓄積と検索の改善であったが、私には特別の知識や経験があるわけではなく、また、特に興味のある分野でもなかった。もっとも、このポストは課長待ちのための短期間の腰掛けということだったので、しばらくは我慢することにしたが、明けても暮れても課長にするというオファーがない。そうしたある日、人事課長に呼ばれ、「君を情報課長にすることも考えたが、それでは余りにも安易だ。経済関係の重要ポストを作るので、その補佐官を引き受けてくれないか？」と言われた。今から考えれば、人事課長は、もう一度私に経済関係でのチャンスを与え、様子を見ようと考えたのかもしれない。しかし、私は反発した。安易も何もない、要するに当面課長ポストはお預けという意味だと受け止め、オファーを固辞した。

私は、このことをきっかけに将来を外務省だけに頼っていては駄目だと感じ、自分の未来は自分で切り開こうと思うようになった。無意識のうちに、自分なりの得意分野を求め始めたのである。ちょうどそのころ、情報課の管轄下にあった日本国際問題研究所（以下、国問研）で所長代理のポストを探していたので、自分で手を挙げ出向することとした。

当時の国問研には亡くなった佐藤誠三郎、神谷不二、本間長世先生などが重鎮として控えており、若手にも元気な研究者が沢山いた。私の肩書きは研究調整部長と立派だったが、実態は、予算を取り、寄付金を募り、研究予算を配布して、研究者のお手伝いをするという黒子の役割だった。研究所の運営はなかなか難しい。研究者にとって一番大事なのは自分の研究なので、組織のために何かしようという人は少ない。また、師弟関係による厳しい上下関係はあっても、国問研という組織での上下関係はないので、何事も決まらない。私は、外務省と言う強固な官僚組織から派遣されていたので違和感があったが、官僚組織のやり方を研究機関に適用してもうまく行くはずがない。そこで、郷に入ったら郷に従えと言うことで、意見がまとまらない場合には、研究者同士とことん議論してもらうことにした。さすがに研究者、議論が始まると次から次へと意見が飛び出し、まとまらない話がますますまとまらなくなる。しかし、彼らも人間なので、夜中まで膝詰めで議論してもらえば疲れるのは当り前、頃合を見計らって妥協案を示すと何とか結論がでることもわかってきた。

それと、なんと言っても大事なのは資金である。いくら研究と言っても、研究資金がなければ研究会に必要な人も集められないし、出張も出版もできない。注意して観察すると学会のボスは総じて金集めがうまい。そこで、私も今まで培った人脈や外交官としての腕を生かし、国問研のために相当額の資金を集め、研究を支援することに成功した。ちなみに、資金集めが大事なことは国際機関も同じである。

当時の国問研の理事長は新関欽哉大使で、大いに薫陶を受けた。戦前の大使の雰囲気を身にまとった人で、ロシア外交をライフワークとし、政治とは距離を置いていた。また、大変な趣味人で、書や墨絵の名人としてもハンコの研究の第一人者としても知られていた。酒豪としても有名で、ご自身でも新関「酒席」大使と名乗っていた。ナチスドイツ崩壊のときを、総統官邸のすぐ近くにあった日本大使館の地下壕で迎えたそうで、銃声が止んでまもなく、銃剣をかざしたロシア兵が「酒はないか」と叫びながら地下壕に飛び込んできたと言う話を何度か伺った。三島由紀夫の「宴のあと」にでも出てきそうな洒脱な老人で、私も大いに共感を覚えたが、いかんせん、今の時代に合わなかった。

新関大使について一番強く思い出に残っているのは、「天野君、外交官である以上、何か一つ専門を持つといいですよ。なかなか、見つからないかもしれませんが、四〇歳を過ぎるころには何かに出会うものです。」と言われたことである。その時は、自分には無理かもしれないと思ったが、後から振返ってみると、新関大使の言葉通り四〇歳を過ぎてから軍縮・不拡散・原子力という自分の打ち込める分野を見つけたことが、今につながっていると思う。

新関大使のもとで、所長代行を務めていたのが、入省時にお世話になった野上義二さんだ。野上さんは驚くほど博識で、英語でのやり取りを含めて議論が上手い。それに、意表をつくような議論で、相手をやりこめる。知り合いのアメリカ人が、野上さんはニューヨークのローヤーのようだと言うのを聞いたことがある。私は、NYのローヤーがどういう人たちかよく知らないが、アメリカ人がそういうからきっと凄い人たちなのだろう。ただ、野上さんは細かな事務仕事は余り得意でないように見受けられたので、私がそういった方面のお手伝いをすることにした。

国問研の勤務も二年近くたったころ、当時パリのOECD代表部で勤務していた弟から、OECD東京広報センターの所長ポストの公募が始まったと言う話を聞き「これだ！」と思った。また、頭の中で何かがひらめいたのである。同期が次々と課長になってゆく中で、私が後れをとっていることはひしひしと感じていた。このまま流れに任せていたのでは、その他大勢の一人で終わるに違いない。それなら、国際機関に出て新しい活路を見つけたほうがいいと思った。

問題は、どう話を持ってゆくかである。外務省では、「人事は自分でするものではなく上司に任せるもの」というのが相場だったので、自分で動けばつぶされかねない。人を介して動こうとしても、日ごろから一匹狼的振る舞いをしてきたことが災いして、頼るべき上司もいない。そこで考えたのが、辞職した上でＯＥＣＤのポストに応募するという方法である。急がねばならない、時間をかければ潰される。私は辞表を用意し、監督部局の責任者である情報調査局長、人事課長ほかの関係者を一日で回り辞職につき了解を取り付けることにした。情報調査局長からは、「せっかく国問研出向を認めたのに、勝手にやめるとはどういうことだ。君にはがっかりした。」と言われた。私に言わせれば、部下の課長昇進の面倒も見ずに今更何を言っているのだと思ったが、ただひたすら頭を下げ我慢した。人事課長は、「ほう、辞めるのか。君にはいいポストを用意していたのに残念だな。」と言われたが、ここで翻意しては人事課長の思うツボなので、「辞任します」の一点張りで通した。「辞めてどうするのだ？」と人事課長、「ＯＥＣＤの東京広報センター所長ポストに応募します。」「そうか。それなら、辞めることはない。採用になったら、派遣法を適用するので、しばらく向こうに行って来い。」と課長。私にとっては長い一日だったが、新しい挑戦の道が開けた一日でもあった。

これで外務省の了解は取れたものの肝心の採用試験に合格しなければ話にならない。早速、英文の応募文書を作成し、知り合いのアメリカ人にも見てもらって提出した。情報収集してみるとこのポストには一〇〇人ほどの応募者がいるという。パリのＯＥＣＤ本部で有力候補を四、五人に絞った上で、本部から担当部長が東京に出張してきて面接の運びになった。質問は、広報と出版の仕事にどの程度経験があるか、古参の職員を部下に抱えてマネージメントをしっかりやっていけるか、なぜ自分が最良の候補と考えるかなどが中心だった。私は、もともと考えることが大好きで、受験勉強も得意だったから、最初の二問はすらすら答えることが出来た。ワシントンでの経験、国問研での経験、部下の能力を引き出す必要などを論じ、上手くいったと思う。ただ、最後の質問には少し苦戦した。私は、一度も自分が最良の候補だと言ったことはなかったからである。というのは、他の候補について情報がない以上、論理的に言って自分が一番と主張する根拠はどこにもないからである。そこで、自分は極めてよい候補だと思っているが、他の候補について情報がない以上最良の候補かどうかは判断できない、そもそも誰が最良かは採用者が決める問題で私が決める問題ではない、などの理屈を述べ担当部長と少し言い合いになってしまった。理屈の整合性にこだわるのは私の悪い癖だが、言っていないことを言ったと言われるのは大嫌いである。ひょっとすると不採用になるかもしれないと思ったが、結果的には無事採用された。

OECD東京センター所長

OECD広報センター所長に着任してすぐ気づいたことは、職場が荒れていることである。定年退職した私の前任者には一度も会ったことがないが、占領軍とともに来日した米軍属だったそうで、センターが開設して以来何年にわたり占領軍気分でセンターに君臨していたらしい。他の職員は日本人が七、八人と外国人一名。副所長は出版社の元職員で、所長が去ったあとは当然自分が所長になれると思っていたのに私が来たのだから面白いはずがない。私のことを「お役人さん」と呼んで、ことあるごとに衝突した。小さい所帯なのに職員同士の仲が悪く、いがみ合いに発展することもあった。もちろん中には、穏やかな職員もいたが、そういった職員はなるべく他の職員とはかかわらないように行動していた。

このような職場でどう振舞えばよいか、私にとっても経験のないことなので、大いに面食らった。考えた対策は、第一には隙を見せないことである。勤務時間は正確に守り、公私混同は一円にいたるまで絶対に避ける。それでも、「レセプションに行けば食事代が浮くので、お金がたまるでしょう。」とか「事務所に新聞があるので、家で新聞を購読するお金がいらなくなりますね。」といったいやみを言われる。第二に、前任の所長や今いる他の職員が出来ないことをして、職員に結果を見せる。たとえば、ＯＥＣＤ出版物の販売先を日本国内からアジア一円に拡大し、売上高を一億円から二億円に拡大した。また、当時は韓国がＯＥＣＤ加入を目指していたので、その情報を収集してパリの本部に報告した。第三に、職員規則を頭にいれ、ルールに基づいて対処する。たとえば、当初は私の言うことなど歯牙にもかけなかった副所長も、私が書面で指示し、コピーを本部の担当部長と人事部長に配布すると、手のひらを返したように指示に従うようになった。書面による指示の不履行は悪い評価につながり、また、警告が二回以上繰り返されると解雇の対象になるからである。

こうして次第に仕事は軌道に乗ったが、給料が良い割には仕事らしい仕事もない。ＯＥＣＤの書籍を販売するのが主な任務で、広報とは名ばかりで権限もなければ予算もない。それなら、貯金でもして将来に備えればよさそうなものだが、もともと貯金の習慣などなかったので、もらった給与はすべて旅行や遊びに使ってしまった。馬鹿なことをしたと言えばそれまでだが、三年も大した仕事もせず遊びほうけていると、いい加減それにも飽きてくる。当時はバブル全盛のころ、住んでいた渋谷南平台の近くのバーによく行ったが、客の中には銀行員もいれば、札びらをきる成金風の人物もおり、都会特有の小綺麗な女性もいた。危険とスリルのある中で、肩書きではなく一人の個人として多くの人と交わることは、対人関係を上手く処理して行く上で勉強になった。「遊びも仕事のうち」といえばいかにも古臭く響くが、遊びが人間修行にも役立つと言うのは事実だと思う。

もう一つプラスだったのは、徹底して公私混同を避けるという習慣が身についたことだ。職場が、少なくとも当初は敵対的だったので、お金の問題などで少しでも隙があれば何を言われるかわからない。幸い給与は十分貰っていたので、遊びにかかる経費については一点の疑問の余地もないよう気をつけた。接待されたり贈り物をされれば、誰だって得した気分になるだろうが、それで一生を棒にフルにしては割が合わない。そこで、こういった話はすべて断ることにした。とは言うものの、実際には灰色部分もあるので、私は「法令・規則の違反、公私混同は絶対不可、公かワタクシか区別が難しい場合はワタクシとして処理する」という規律を自分に課し、今も守っている。

ＯＥＣＤ時代のもう一つの思い出は、初めて自分のヨットを持ったことだ。自分のヨットといっても、三人で共有しているヨットの仲間に入れてもらっただけである。係留場所は学生時代からなじみのある佐島マリーナ、船は年代物の二五フィートの中古艇、少しうねりが出ればたちまち水しぶきを浴びるような代物だったが、初めてヨットのオーナーになれて嬉しかった。リーダーは中島さんという編集者で、学習院大学のヨット部出身、ただし、海洋小説にあこがれ学習院大学を中退し甲板員になったという強者だ。中島さんとはいつか外国で一緒にヨットに乗ろうという約束をしていたが、残念なことに数年前に亡くなってしまった。

ＯＥＣＤ時代には、随分国内旅行もした。外交官生活を送っていると、外国を旅行する機会はあるが、国内旅行の機会は少ない。そこで、自費で四七都道府県すべてを回る計画を立て、達成した。行っただけではだめで、少なくとも一泊しなければ、行ったとカウントしないというルールも自分に課した。国内旅行には随分、時間もお金もかかったが、行ってよかったと思っている。仕事でもプライヴェートでも、実にさまざまな出身地の方にお目にかかるので、「あなたの出身地に行ったことがあります。」というと話に花が咲くからである。それは別にしても、日本の地方は世界のどこにも負けないくらい美しいので、また時間ができたら、家内と一緒に全国旅行を再開したいと思っている。

こうしてOECD生活も三年近くになり、そろそろ限界が見えてきたころ、人事課長に呼び出され、重要な課の課長にするので本省に戻ってこないかという打診を受けた。これが三回目かつ最後の打診ということだったが、「一晩考えさせていただきます。」と言って辞去した。私としては、辞表まで出している以上外務省に戻る気はなく、OECDを離れるにしても他の国際機関か外資系企業に行きたいと考えていたが、一晩考えるうち気持ちが変わった。外務省に戻ったとしても、また、辞めることもできるので、とりあえず戻ってみることにしたのである。そこで、翌日早速人事課長に会って、外務省に戻りたいと言うと、びっくりしたのは課長である。「君があんまり気のない返事をするものだから、あのポストは別の人にオファーしてしまったよ。まあ、私から言い出したことだから、どこかの課長ポストを用意はするが、大したポストは期待するなよ。それから、任期は一年、その後は在外公館に出てもらう。」ということだった。ただ、これがその後の私の人生を大きく変えるきっかけになった。

第四章　ライフワークとの出会い

外務省への復帰

私が外務省に戻ったのは、一九九二年夏、配置されたのは科学課というところである。科学課は文字通り諸外国との科学協力を担当する課で、その歴史は古い。しかし、省内ではどこか毛色の変わった課とみなされており、組織改革が検討されるたびにその廃止が槍玉に挙がった。着任してからも、「科学課長です。」というと、「文部省の方ですか?」とか「科学技術庁の方ですか?」と聞かれたことが何度もある。もっとも、科学課の仕事は科学技術協定に基づき協力案件の取りまとめと内外関係者との窓口業務を行うことだった。実際の仕事は文部省や科技庁が行っていたので、科学課が外務省の課ではないと思われても不思議はなかった。

科学課は外務省の中では多少異色であるとはいえ、外国での注目度は高い。日本人の目から見れば、外国との協力といえば経済協力、技術協力、文化協力が頭に浮かび、科学協力を思い浮かべる人は少ないだろう。私としても、経済協力や文化協力の優先順位が高いことに異存はないが、だからといって科学協力が重要でないということにはならない。外国、特に開発途上国から見れば、国の将来のために科学技術分野で日本と協力したいと考えるのは当然だろう。また、先進国の中でも日本と科学技術の分野で協力したいと言う国は多い。

私自身、一度は生化学の研究者を目指したこともあるので、科学課長というポストを与えられた以上、少しでも各国との科学技術協力の力になりたいと思った。しかし、それには従来の科学課のやり方は改善する必要がある。国と国との科学技術協力は多くの場合二国間の取り決めに基づいており、その下で運営のための委員会などが設けられ、定期的に会合を開いて協力を促進する仕組みになっている。この仕組み自体が悪いとはいえないが、協力相手国の数も多いため、実際には多くの時間と人手が会議の準備、出張、報告などに取られ、肝心の協力に向けられる時間とエネルギーが制限されてしまう。要するに官僚化し、マンネリ化していたのだ。他方、大学の教授、研究所の所長、研究者が中心になってプロジェクトを進めている場合には、中身のある協力が行われているケースが多い。政府対政府、組織対組織の間で文書を交わせばよいというものではなく、人対人の関係が重要だということだ。科学課長在任中は協定や取り決めに縛られているので、出来ることに限界があったが、IAEA事務局長になってから科学課長時代の経験が大いに役立った。初めに協定ありきではなく、初めにプロジェクトありきに変えたのである。時代が変っても、人と人との繋がりが重要なことは今も昔も同じであり、科学技術は人から人に伝わっていくものだ。

短い期間であったが、私が科学課長として取り組んだ仕事の一つにSSCへの取り組みがある。SSCというのは、SUPERCONDUCTIVE SUPER COLLIDERの略称で、テキサスの地下に巨大な環状のトンネルを掘り、その中に超伝導磁石を使った超大型加速器を設置し、光速近くまで加速した粒子同士を衝突させ、謎のヒッグス粒子を発見しようという試みである。この装置を使ってヒッグス粒子が発見されれば、物質の究極的な成り立ちや宇宙の起源がわかり、ノーベル物理学賞間違いなしというメガ・プロジェクトだった。

問題は、その規模と資金である。正確な予算はおぼえていないが、全体で兆円単位の経費がかかることは確実であり、日本には当時のお金で約一七億ドルの拠出が期待されていた。私は、その一七億ドルの資金手当ての為に四苦八苦することになるのだが、こんな大金の手当てがまともに相手にされるわけがない。幸いというか不幸にしてというか、ブッシュ政権（父）の終わりに近づくにつれこの話は立ち消えになったが、もし本当に資金手当てを迫られたらどうなったかと思うと今でも背筋が寒くなる。

もう一つ記憶に残るのは、日米宇宙協力である。協力の中心は宇宙ステーションで日本の実験設備を使って実験を行うことであるが、そのためにはスペースシャトルで設備を運んでもらい、宇宙ステーションの一角を使わせてもらわなければならない。ＮＡＳＡの法務部は、日本の実験設備が原因で事故が起こった場合には日本が全責任を取るべきだと主張して譲らない。「全責任」というのは、日本の器機材などが原因でＮＡＳＡの組み立て施設で事故が起こった場合は、日本がその施設にかかわる全ての損害につき責任を取らなければならないという意味である。また、宇宙ステーションとドッキングした後で事故が起これば、その被害はステーション全体に及びかねない。ＮＡＳＡの法務部は、いずれの場合も全責任は日本にあるといって一歩も譲らない。この理屈に従えば日本の賠償責任は膨大なものになるが、運搬用に使うロケットを含めほぼすべてをＮＡＳＡに握られているので日本の立場は弱く、泣く泣くＮＡＳＡの主張を大幅に受け入れざるを得なかった。他国に依存せざるをえないということは、例え同盟国であっても実に惨めなものである。

ロシアの海洋投棄

私は、科学課長に就任したときに人事課長から申し渡されていたとおり一年もすれば外国に転勤になるものと思っていたが、意外なことに一九九三年夏の人事異動で、原子力課長に発令された。原子力課も科学課と同様、外務省の他の課と比べると多少毛色が異っていたが、原子力課長になったことが私の人生の更なる大きな転換点になった。

事件が起こったのは一九九三年一〇月一七日のことである。ちょうど日曜日で友人のフジテレビの記者と一緒に相模原のゴルフ場に行き、ハーフを回ってクラブハウスに戻ってきた時のことだった。今はゴルフはやらないが、当時は人並みにゴルフも練習していた。ロビーに設けられたテレビに人だかりがしており、画面には日本海の海上でロシア船が放射性廃棄物を投棄する様子がリアルタイムで映し出されている。映像を送っているのはグリーンピース船だ。そういえば一週間くらい前から、グリーンピース船が日本周辺にいるという話は聞いていたが、私の頭の中ではロシアの海洋投棄とは結びつかなかった。ニュースでは影響を心配する漁民の声が紹介され、テレビをみている人たちからも「これは大変なことになったなあ！」という声が聞こえてくる。

ロシアはソ連時代から、原子力潜水艦の解体から出てくる大量の汚染水を日本海とバルチック海に投棄しているといわれていたが、ソ連時代は秘密のヴェールに包まれて実態がわからなかった。しかし、ソ連が崩壊したことにより、海洋投棄の実態がある程度わかるようになったのである。私も原子力課長に就任して間もなく、ロシアに再発防止を申し入れてきたが、残念ながらロシアは我々の申し入れを無視したわけだ。特に今回は海洋投棄の現場がリアルタイムで放映されているので、その影響は桁違いである。私は、ただちにゴルフを切り上げ、外務省に向った。

外務省に到着してみると、日曜日にもかかわらず続々と課員が集まり、内外からの問い合わせに対応している。官邸、国会議員からの問い合わせも殺到し、原子力課は次第にパニック状態に陥っていった。私は、課員にとりあえずの指示を出した後、長期戦が予想されたので、渋谷の自宅に戻って背広に着替え、徹夜に備えて着替えの下着などを用意して外務省に戻った。

仕事の指示を出したとはいうものの、果たして今後どうしたらいいのか？　海洋投棄を行っているのはロシア船であり、日本が実力で阻止することはできない。できるのは、当面の危機管理と再発を防止すべくロシアを説得することだった。着任直後で不慣れではあったが、私は上司の林暘《あきら》軍縮科学審議官、柳井俊二総政局長、西田恒夫ロシア課長の助言や指示を受けながら、必死の対応をした。一番大事なのは、海洋投棄を行ったロシアによる情報開示と再発防止であるが、軍事機密のヴェールに包まれ情報さえなかなか出てこない。

中でも難しかったのは国会対策だ。当時の政府は、細川護熙首相、羽田孜外務大臣という布陣だったが、野に下った自民党は橋本龍太郎議員以下、政権と激しく対立していた。そのため、自民党の政府追及の手は日ごとに厳しくなってゆき、「外務省をはじめとする政府は、ロシアの海洋投棄の情報を事前に知っていたのではないか?」「知っていたとすれば、何故情報を隠蔽したのか?」「知らなかったとすれば、怠慢無能ではないか?」という論法で攻めてくる。私と一緒に国会答弁に当たっていた科学技術庁の職員は、「一キュリーの放射能というのはどの程度のレベルか。」と聞かれ、大したレベルではありませんという趣旨の答弁を行い、以後国会には出入り禁止になってしまった。あとで、聞いたところでは、様々な前提を付けたうえで大したレベルではないと答える予定だったが、途中で頭の中が真っ白になってしまい、前提をすべて端折ってしまったそうである。外務委員会での答弁は、羽田外務大臣が対応したが、攻める自民党はさまざまな委員会や部会でこの問題をとり挙げるので、林軍備管理科学審議官、私も国会答弁に狩り出された。こうなると、一番不慣れで攻めやすいのは私だということは一目瞭然となり、私に質問が集中した。質問の中心は、日本政府がロシアの海洋投棄につき事前に知っていたかどうかである。我々としてはそういった情報は持ち合わせていなかったが、グリーンピース船の存在を知りながら、海洋投棄に思いが至らなかったのは迂闊であった。この点を厳しく追及されれば、いくら説明しても聞いてもらえず、万事休すだ。しかも攻める側は、まず私の責任を問い、それを突破口にしてさらに上層部の責任を追及する構えらしい。こういう場合の国会は異様な熱気を帯び、追及される側としては生きた心地がしないものである。

連日の徹夜と国会答弁で、関係者一同疲労困憊したころ、ロシアが再度海洋投棄を行う見込みという情報がもたらされ、省内の空気は一挙に緊迫した。いままで、多少のほころびを見せながらも何とか国会での論戦は持ちこたえてきたものの、ここで再びロシアが海洋投棄を行えば本当に万事休すだ。すでに、国内世論は沸騰し、海上保安庁は巡視船を日本海に配備し警戒に当たっている。後で聞いた話だが、我々が対応策に奔走していたころ、海上保安庁船は既に日本海の中央境界線まで達し、いざ命令が下されれば一挙に境界線を突破しウラジオストック方面を目指す構えだったそうだ。丁度、深夜に近づこうという時間帯で、ブリッジは異様な興奮に包まれていたという。

時間がない。外務省では、西田ロシア課長が先頭に立ち、枝村純朗駐ロ大使を通じてコーズイレフ外務大臣への申し入れを試みるが、ロシア側の担当局長は電話口に出ようともしない。西田ロシア課長は、こういう状況では羽田外務大臣からコーズイレフ外相に直接電話で申し入れをする以外にないとの意見だった。陽はとっくに暮れ、羽田外務大臣はすでに宿舎に戻っていたが、電話をするとちょうどお風呂からあがったところで、コーズイレフ外相と電話で話す用意があると言う。すぐにロシア語通訳と電話会議用の機材が用意され、いつでも羽田外務大臣の宿舎に向う準備が整った。

そのとき、総合外交政策局長室に現れたのが野村一成欧亜局長である。「おいおい、君たち、僕の了解も取らずにこんなことをしてくれては困るじゃないか。羽田外務大臣は電話をする用意があるそうだが、ロシア側は逃げ回っているのだろう？　よしんば、先方が捕まったとしても、ノーと言われたらどうするのだ？　大臣に責任を負わせる気か！」日ごろから慎重で知られる野村局長の声は次第に大きくなり、われわれを見据える目には力がこもっている。野村局長の頭越しにコトを進めてきた我々は誰も口を開こうとしない。そのとき口を開いたのは、柳井総政局長である。「野村君。もう、そのくらいでいいじゃないか。羽田大臣が電話するとおっしゃっているのだ。」一瞬部屋の中の空気が止まったようになり、全員が次の一言を待つが、野村局長を含め誰も口を開くものがいない。しばらくして、野村局長は無言のまま部屋を去り、その瞬間各自が持ち場に向って散っていった。

羽田外務大臣とコーズイレフ外相の電話会談は随分長引いたが、コーズイレフ外相は、結果は約束できないが出来るだけの努力はする旨述べたそうで、その後海洋投棄が再開される気配はなかった。そして、この日を境に政府追及の動きにもかげりが見え、私はほぼ一〇日ぶりに家に帰った。毎日徹夜が続いたので一日二日休みたいと申し出たら、上司から「休むべきなのは君ではなく、君の部下だろう。君には、まだ、やらなければならない仕事がある。」と言われた。確かに、当時原子力課の首席事務官をしていた山田淳君には大いに助けてもらった。ロシアに精通しているうえに、ワープロで文書を作成し、プリントアウトしている間に数分間仮眠をとるだけで十分と言う才能の持ち主である。仕事も一段落したので、その日の夜は行きつけの近所のバーに行き、「シャバに出るってこういう気分なのだろうな。」と言ったら、知り合いの飲み仲間が「みんな心配していたよ。」と言ってくれた。

当面のところ第二回海洋投棄が回避されたとはいえ、いつまた海洋投棄が再開されるかわからない。そのために、ロシアに行って交渉する必要があるということになり、私に白羽の矢が立った。だが、私としては何故私がロシアに行かなければならないのか、行って何ができるのか今一つ納得がゆかなかった。ロシア側は原潜解体のために大量の汚染水が出るので、海洋投棄する以外ない、投棄するなというのであれば、日本側が具体策を提案すべきだとして、責任を日本側に押し付けてくる。私は、この件でロシア側を援助するのは筋違いであり、そんなことをすれば国会で袋叩きになるに決まっていると思った。そもそも、原因を作ったのは、ロシアなのだから、海洋投棄をやめればいいだけの話ではないか？　よしんば、交渉するのであればロシア課が行うべきではないか？　私が不在の間の国会対策は誰がするのか？

考えれば考えるほど見通しは暗く、これでいよいよ自分の外務省人生も終わりかと思っていたころ、柳井総政局長から局長室に来るように言われた。「天野君、ロシアに行って交渉してきて下さい。」「でも、ロシアに行って交渉する意味はあるのでしょうか？　私にはロシアが見返りもなしに海洋投棄を断念するとは思えず、援助を約束すれば、国内世論の反発が高まることは目に見えています。」「そうでしょうか？　こういう時は、国民にも見える形で外交を行なうことが大事です。交渉の成否など気にせず、君の思ったとおりのことをロシア側にぶつけてきて下さい。」「そうですか。局長がそこまで言われるなら、行かないという選択肢はありません。」「ありがとう。ただし、タイミングが大事ですよ。この事件は一〇月一七日に起こっているので、君は必ず一〇月中にロシアに行ってください。」と総政局長。私としては、勝算のない交渉を引き受けてしまったことで、打ちのめされた気持ちで局長室を後にした。ところが、廊下で出会った同期の石橋太郎君（後の国内広報課長）にこのことを話すと、「いいなあ！これで、君の将来も開けるよ。」と言われた。数々の修羅場をくぐってきた石橋君にはきっと未来が見えていたのだと思う。

私がモスクワに到着したのは一〇月二九日、寒い年で空港はすでに雪に埋もれていた。空港からすぐに大使館に向い打ち合わせ、直ちに外務省に行き交渉するが、ロシア側は海洋投棄をやめろというなら日本側が対案を出せ、金も日本側が負担すべしというばかりでラチが明かない。驚いたことに日本大使館もこの考え方に傾いている。交渉は堂々巡りになったが、唯一合意したのは現地ウラジオストックで話を聞く必要があるということで、私はその足でロシア外務省から空港に向った。空港に着いた頃にはあたりは暗くなっており、ウラジオストック行きの搭乗口はすでに閉鎖、私たちは氷で覆われた滑走路の上を重い荷物を引きずって走り、ようやくタラップにたどり着いた。

ウラジオストックは海を見下ろす丘の上に建てられた美しい町である。とはいえ、街には失業者があふれ、日本の中古車が走り回り、暴力団風の男が闊歩して、異様な雰囲気を醸し出している。現地の声を聞くために来たといっても、現地には十分話が伝わっていないらしく、会議場さえ用意されていない。そもそもそういった場所がありそうにもなく、あっても手配する金がない。仕方がないので、オケアン号という海洋調査船の食堂を会議場として使うことにし、現地側には出来る限りの関係者を集めるよう依頼した。

こうして、とにかく会議だけは開催されることになったので、オケアン号が係留されている桟橋に向かうと、日本人報道関係者が一〇人近く我々を待ち受けている。マイクを突きつけられコメントを求められたが、こちらはそれどころではなかったので、一切取り合わず船内に入って交渉が始まった。

交渉が始まったとはいっても、対処方針も何もなく、お互いに声を荒げて相手側を非難するばかりである。非難の応酬も一段落したころ、ふと気がつくと会議場の入り口からマイクとカメラが突き出され、先ほどの報道関係者らしき人物が覗き込んでいる。しまった！　ロシア側に対する非難・詰問がすべて録音・録画されてしまったと思うとともに、私はいまどきの言葉でいうとブチ切れてしまった。会議は直ちに中断、私は報道関係者のもとに突進して録画を消すように要求するも、後の祭り。中でも小柄で地味な感じの女性レポーターは平謝りに謝りながらも執拗に私のコメントを求めてくる。私の怒りは頂点に達し怒鳴りまくったが、後で聞くと件の女性は有名なバラエティー番組のレポーターで、この場面と会議の模様が繰り返し放映されたそうである。しかし、日本に帰ってからの反応は予想外だった。報道関係者相手に大失態を演じてしまったと言う私の後悔とは裏腹に、日本ではこの場面が好評だったそうだ。知り合いの記者に尋ねてみると、机をたたかんばかりにロシア側に怒りをぶつけている姿勢には好感が持てる、レポーターの挑発に乗って怒っているのも素直な反応でよろしい、という説明だった。そして、「もし、あの場でニコニコしてロシア側と握手でもしていたら、君の外交官人生も終わりだったよ。」と言われた。

その後の詳しい経緯は省略するが、この交渉を通じてわかったことは、ロシアといってもモスクワとウラジオストックでは大きな立場の違いがあること、ウラジオストック側にすれば、したくもない海洋投棄をせざるを得ないのはモスクワの無策のなせる業と考えていること、海洋投棄をやめるために汚染水の浄化装置の供与を切に望んでいること、それと何よりの収穫は交渉が行われている間はロシアとしても海洋投棄は控える旨約束したことであった。私としては、最後まで十分納得は行かなかったが、日本のためと思って、浄化装置の供与と原潜解体に協力することにした。この協力の良し悪しは別にして、その後、日本海で海洋投棄が行われたことはなく、また、ロシア極東部の原潜もすべて解体された。

ジュネーヴ赴任と核廃絶決議

ロシアの海洋投棄は私が責任者として取り組んだはじめての大事件であり、問題が解決するまで見届けたかったが、一九九四年夏、ジュネーヴ軍縮代表部転勤の辞令が下った。

当時の軍縮代表部大使は、田中義友さん、ロシア語の専門家で、お父上は旧陸軍幹部、大使ご自身も実直な旧軍人といった風貌の方だった。そして、着任直後大きな案件が持ち上がる。当時河野洋平大臣が外務省の指揮をとっていたが、大臣の肝いりで新しい核廃絶決議案を提出することになったので、軍縮代表部で案文を作成せよとの指示がきた。案文を作成せよと言われても、日本代表部には決議案作成・提出の経験もノウハウもないので、どうしていいかわからない。とはいえ、できませんと言うわけには行かないので、田中大使の指揮の下、私が中心になって案文作成に取り組んだ。決議案の要点は、ＮＰＴ（核不拡散条約）に従い、段階を踏んで核兵器を削減し、核のない平和で安全な世界の実現を目指すという内容である。これは、ＮＰＴの考えに沿ったものなので、出来る限りＮＰＴの文言を使い、新しい表現振りを使うことは極力避けた。その上で、本省の許可を得て一〇月から開かれる国連第一委員会に提出すべく、九月から核兵器国を皮切りに根回しを始めた。

我々としても、新しい決議案を出す以上ある程度の抵抗は予想していたが、ふたを開けてみて反発の激しさに驚いた。まず、徹底的に批判されたのはタイミングの遅さである。新しい核関係決議案を提出するなら、出来れば一年前、遅くとも六ヶ月前には相談があってしかるべきである、一ヶ月前では遅すぎて話にならない。第二にNPTは全体としてはじめて意味を成すのであって、一部のみ勝手に引用すれば意味が違ってしまう、NPTのいいとこ取りは受け入れられない。第三にコメントすることは日本を利することになるので一切コメントしない、唯一可能なコメントは、提出を断念すべしということである。これでは取り付く島もない。我々としては、外務大臣の肝いりで決議案提出に取り組んでいる以上、断念はありえず、協議の続行を申し入れる以外なかったが、次第に米国をはじめとする友好国とのアポイントメント取り付けさえ難しくなっていった。

今でも忘れられないのは、西側協議で田中大使から初めて日本の核軍縮決議案を説明したときのことである。西側諸国は核兵器国から事前に情報を入手していたのか、会議室には緊張感が張り詰めていた。田中大使の説明の後に最初に発言したのは、レドガー米国大使、日本の決議案提出に反対の理由を述べた後、「このグループの中に日本案に賛成する国はよもやないだろうな。」といって部屋中をぐっと睨みつけた。続いて、エレーラ仏大使。いつもの通りの雄弁で反対論を展開した後、「さくらんぼをつまむように、NPTのいいとこ取りすることは許さない。」と締めくくった。これに比べれば、ウェストン英国大使の発言は、穏やかだったが、随所に胸に突き刺さるものがあった。こうなると、他の西側諸国大使も下を向いたまま誰も発言しようとしない。

西側協議以外の場で、普段親しくしていた大使連中に出会っても、我々と目を合わせるのを避けるようにして、すっと離れてゆく。日本決議案については、日本国内には核兵器国寄りといった批判があるようだが、この場の凍りつくような雰囲気の中に身を置いた者から見れば、いわれなき非難といわざるをえない。

こういう中で救いになったのは、田中大使の実直・素朴な人柄である。「天野君、困ったなあ。」と言いながら一向に困った様子も落ち込んだ様子もない。断られても断られても知り合いの大使をたずねて説得を続ける。熱意と誠意は通じるもので、そうこうするうちに西側穏健派諸国、途上国から賛成する国もぼちぼち現れてきた。転機となったのは、一〇月にニューヨークで行われた仏大使との協議である。その頃になると、さすがに面会のボイコットはなくなっており、代わりにフランス大使が英米大使の窓口となっていた。面会はエレーラ大使の優雅なスイートで行われ、先方は大使一人、日本側は田中大使と私。「日本提案の撤回を改めて提案する。このまま投票に持ち込んでも、可決される見通しはない。」とエレーラ大使。「いや、我々の票読みは異なる。反対票や棄権票が多数出るかもしれないが、可決される見通しである。」「見通しが甘すぎる。この決議案を票決に持ち込むのは、あの窓から飛び降りるようなものだ。」といって窓を指差す。ここで、いたたまれなくなった私がつい口を挟んでしまった。「エレーラ大使、票決には勝つと思いますが、勝つか勝たないかは、我々にとって最重要問題ではありません。我々には、死を顧みず戦った歴史があります。コメントしないのはフランスの勝手ですが、それならこのままの案文を票決にかけるまでです。核兵器国の反対に屈せず決議案を出せば、同情を集めるのは日本であって、核兵器国ではありませんよ。」エレーラ大使は私をじっと見てしばらく考えていたが、やがて一枚の紙を取り出し、我々との文言交渉が始まった。

我々は、こうして纏まった修正決議案を事務局に提出すべくその足で国連本部に向ったが、途中でメキシコのマリンボッシュ大使に出会ったので修正決議案を見せ、支持をお願いした。マリンボッシュ大使は決議案を一読した後、「核兵器国の手が入ったな。これでは我々は賛成できないが、まあいいんじゃないか。」といってニヤッと笑った。

票決結果は賛成一六三、反対〇、棄権八、想定した以上の結果だった。票決を終え代表部に戻ると河野外務大臣から電話がかかってきた。田中大使が不在だったので私が電話口にでると、大臣から丁寧なねぎらいの言葉をかけられた。私にとって大臣は雲の上の人だったので、すっかり上がってしまった。

NPT延長・運用検討会議

一九九五年のNPT延長・運用検討会議は、世界の安全保障体制の根幹に関わる重要な会議として世界中の注目を集めていた。NPTのことを簡単に説明すると、NPTは軍縮、不拡散、原子力の平和利用の三本柱からなる多国間条約で、一九七〇年に発効し有効期間は二五年、発効後五年ごとに運用検討会議を開催し、二五年目に条約を無期限に延長するか一定期間に限って延長するかを決めることになっている。一定期間の延長ということは、その期間を過ぎればＮＰＴはなくなることを意味する。一九九五年の会議は、延長に関するこの重要な決定を行う任務を担っていた。

ＮＰＴ延長問題に関する各国の立場は、核兵器国をはじめとする多くの西側諸国は無期限・無条件延長を支持、一部の途上国は核軍縮が遅々として進んでいないこととＮＰＴの不平等性を理由に無期限延長には慎重ないし反対という立場であった。ちなみに、日本は無期限延長には賛成はしたものの、延長支持を表明したのはＧ７諸国の中で最も遅く、かつ、無条件と言ったことは一度もない。

しかし、クリントン政権の無期限・無条件延長にかける決意は固く、会議の始まるはるか以前からカナダを通じて無期限・無条件延長に賛成する国の署名を秘密裏に集めて回っていた。ある時などは、ジュネーヴの西側会合で英国からもっと公の形で署名集めをしてはどうかという提案があった。私は、会議が予定されているにもかかわらず、各国の正式な意見も聞かないうちから結論ありきと言うのはおかしいと考えたので、田中大使にその旨発言していただき、署名集めを公に進めることは沙汰止みになった。

一九九五年五月、スリランカのダナパラ大使の議長の下でＮＹで会議が始まると、南アフリカ（以下南ア）が中心になって妥協文書の作成が行われるという流れになった。日本はその集まりに招かれてさえいない。中心になっていたのは南アのミンテイ副大臣。少し前までロンドンに亡命していたアパルトヘイトの闘士であり、南アの核廃棄、NPT加盟の立役者として知られた大物だ。強いカリスマ性を持った人で、まさか十数年先にIAEA事務局長選で私と死闘を演じる相手となろうとは想像すら出来なかった。日本としてはひたすら情報収集に徹するしかなかったが、その頃になると米国代表部員の一人が毎日私のもとを訪ねてくるようになった。情報交換のためということであるが、これと言った情報を持ってきたためしがない。会議が終わったあと、親しくしていた米国代表部の外交官に、「NPT延長・運用会議の期間中、毎日決まった人が一名情報交換といって打ち合わせに来たが、本当は日本の動きを監視するためだったのではないか?」と聞いてみたが、「いや、それは間違っている、我々は一名でなく二名を日本の監視につけたはずだ。」という答えだった。

会議が進展するにつれ、次第に方向性が明らかになってきた。一つは西側諸国が進める無期限・無条件延長支持の署名集めが勢いを増していること、もう一つは南アを中心とする文書作りが順調に進んでいること、三つ目が一回限りの延長論は頓挫しつつあることである。無期限・無条件延長支持派は、NPTの延長が一定期間に限られてしまうと、期限切れ後はNPTがなくなってしまいその後の核拡散に歯止めがかからなくなるという主張を繰り広げた。他方、多くの途上国は、NPTを無期限・無条件に延長してしまえば、永久に核廃絶の機会が失われることを危惧していた。また、一部強硬派は、一回限りの延長を主張したが、延長の期間をめぐりさまざまな意見がありグループとしてまとまることが出来なかった。

私としては、無条件延長には釈然としないものがあったが、細川総理の下で決まった無期限延長の方針に反するわけにもゆかず、南アを中心とする起草グループにも入れず、有効な手が打てない状況であった。何か波乱でもあれば一役買いたいと思っていたが、実際には五〇人を超える日本代表団の取りまとめに忙殺され、一役買えるような状況ではなかった。こうした中で、日に日に無期限・無条件延長派の勢いが増して行き、ついに無期限・無条件賛成派の署名が過半数を超えた。この署名簿を突きつけられたダナパラ議長は、無期限延長を支持している国が過半数を占めているので、NPTが無期限に効力を有することを決定するという提案を行い採択された。ここで言っているのは、すべての国がNPTの延長に賛成したということではない。延長賛成派が過半数を占めているという事実があるので、NPTを無期限に延長するということである。また、この決定と同時に三つの文書が採択されているので、無条件延長でもない。この決定の後、ある日本側関係者から無期限延長が決まってよかったですね、シャンパンでも開けましたかと聞かれたので、私は「嬉しさも中くらいなりおらが春、という気持ちです。」と答えた。

NPTをめぐるその後の展開を見ると、NPTの信頼性は低下しつつあると思う。核軍縮については、核兵器の数が減っていることは否定しないが、そのペースは遅々としている。核廃絶の見通しはなく、また、それを真剣に議論する安全保障状況にもない。中東非核地帯の設立の見込みもない。インドはNPTに加盟せず核兵器を保有するに至ったが、国際社会はその事実を受け入れた上で、インドを国際社会の責任ある一員として迎え入れようということになった。現状追認以外の何ものでもないが、それを受け入れることが国際社会のプラスにもなるという現実がある。北朝鮮はNPT脱退を宣言し、核兵器を持つに至った。イランも、核兵器製造に関する実験・研究を行った。更に、核兵器廃絶条約交渉が妥結し、将来NPTと競合する可能性が出てきている。NPT運用検討会議は、実現性の乏しい約束をした時は合意が成立し、現実を直視すると合意が成立しないというパターンを繰り返している。私は、NPTが近い将来崩壊するとは思わないが、現在のような状態を繰り返していると、NPT体制に対する信頼が低下してゆかざるを得ないと思う。

軍縮会議といえば、最近は開店休業状態であるが、私がジュネーブにある軍縮会議の日本政府代表部に勤務した一九九四年から九七年の期間は重要な交渉が行われていた。CTBT（包括的核実験禁止条約）、生物化学兵器禁止条約の付属議定書、特定通常兵器禁止条約の第五議定書（レーザー目潰し兵器）などの交渉が行われ、カットオフ条約（核兵器用核分裂性物質生産禁止条約）の交渉開始の準備が進んでいた。軍縮代表部大使は田中大使の後、登誠一郎大使、黒河内久美大使に交代したが、どの大使の下でも力一杯仕事をさせていただいた。

当時の各国の軍縮代表部大使の方々も多士済々だった。米国のレドガー大使は、巨漢であることに加えいつも大きな靴を履いていたので、「ビッグフット」、フランスのエレーラ大使は、頭が切れ攻撃的なので、「マッドドッグ」と呼ばれていた。イギリスのマイケル・ウェストン大使は、クウェートがイラクに侵攻された際、大使公邸から退去することを拒否し、プールの水を飲んで生き延びたと言う英雄だ。また、その功績でサーの称号を授けられている。途上国側では、イランのナセリ大使とハミード次席が出色だった。ハミードは私がＩＡＥＡ事務局長の時代にイラン問題で協議したイラン側代表の一人で、その後イランの核合意でも重要な役割を演じている。マリンボッシュ・メキシコ大使は、西側の大使に言わせれば狐のように狡猾であったが、西側が束になってもかなわないほどの影響力を持っていた。中国のシャー・ズカン大使は、外交官ながらも「将軍」と呼ばれる豪傑だった。大使はもとより次席にも優秀な人が多く、私はこの時期にジュネーヴに集まった才能ある人々に接し、外交官として多くのことを学んだと思う。

ジュネーヴ時代を振り返ると、私は西側会議に参加し、各国大使のやり取りを見聞きすることにより、大いに勉強になった。当時の西側協議の目的は、出来る限り西側諸国で共通の立場をつくりあげることであったが、実際には核兵器国と非核兵器国では立場が異なり、また、非核兵器国同士でも立場の違いはあったので、共通の立場作りは容易ではなかった。結論が最初からあるわけではなく、各国が異なった意見を出し合ってゆく中で、次第に意見が収斂し妥協が図られてゆく。このプロセスを通じ、西側の対応振りの強みと弱点、対立陣営から反論された場合の防御の仕方、また、対立陣営の政策の弱点などの検討が行われた。

外務省を離れてかなり時間もたつので最近の事情はよく分からないが、少なくとも私が経験した範囲では、日本の外交政策は反論に対する備えが弱いのではないか？　私は、日本人外交官の能力や外務省の組織力に疑問を持っているわけではない。長い間各国の外交官と接してきたが、日本のトップレベルの外交官の能力は世界の主要国の外交官と同等ないしそれ以上であり、在外公館が連携して行う組織的行動力は世界中を見ても一、二を争うレベルだと思う。

問題は、策定された政策に対する批判的検討が不十分だということだと思う。「本当にその政策が実現できるか？」「この角度から反論や批判が出た場合、どのように対応するのか？」「万が一、策定された政策が立ち行かなくなった場合の第二の案（プランB）はあるのか？」寡聞にして、わが国でこういった検討が組織的に行われたという話は聞いたことはない。これは、ある意味で「人から批判はされたくない、人のことは批判したくない」という人間の性に基づくもので、多くの国では事情は似たり寄ったりである。しかし、ある主要国では重要政策を決める場合には、「レッドチーム」を立ち上げ、あらゆる角度から批判的に検討し、政策の妥当性を評価するそうである。ただし、「レッドチーム」は外交上の重要機密事項とされているようで、その存在自体、構成、役割はヴェールに包まれたままである。ＩＡＥＡでもレッドチームとまではゆかないが、「悪魔の助言（Devil's Advocate）」という言葉がある通り、誰かがあえて批判的な立場をとり、政策の質を高めてゆくという手法もよく取られる。もっとも、中にはこれを個人攻撃ととらえる人もいるが、そういう度量の狭いことではそもそも重要案件にかかわる資格がないのではないかと思う。

ジュネーヴでの三年間は、西側協議に参加したり、ＣＴＢＴ交渉でラマカー議長から財政に関するとりまとめを任されるなど、大いに勉強になった。また、レマン湖畔の宿舎に同僚外交官を招き、多くの友人や知己を得た。当時、ＵＮＨＣＲに出向していた佐々江さん（後の駐米大使）夫妻とも親しくさせていただいた。三〇年以上の外交官生活の中で、もっとも仕事に集中し勉強になったのはこのジュネーヴ時代だったと思う。

マルセイユ総領事の時代

充実したジュネーヴ代表部勤務であったが、外務省に転勤はつきものである。ジュネーヴ勤務も三年になろうとする九七年の春、本省からマルセイユ総領事のオファーがあった。黒河内大使からはこのオファーを断り本省の重要なポストを目指すよう強く勧められたが、私は別の人生設計を持っていたので、大使の勧めはありがたく拝聴するにとどめた。確かに、当時の私は軍縮と言う仕事には興味とやりがいを感じていたが、本省での経歴もはかばかしくなくＯＥＣＤ出向によるブランクもあったので、外務省で出世街道を進むことには無理があった。それより、若い頃の思い出の詰まった南仏の地に再び行きたかったし、その後で、また、軍縮の仕事に戻れればラッキーくらいに考えていた。

マルセイユでの生活は、仕事の上では天下国家に関わるような出来事はなかったが、南仏在住の日本人の支援や文化交流を心掛けた。マルセイユの総領事公邸は二〇世紀初頭に建てられた由緒ある建物ではあったが、何分にも手狭だったので新館の建設に取り組んだ。どうも私は建築に興味があるらしく、情報課時代のオペレーションルームの改装、ジュネーヴ時代の食堂の増築、マルセイユ時代の新館の建設、IAEA事務局長になってからのサイバースドルフ研究所の改修など、どこに行っても建物の増改築に取り組んでいる。

マルセイユ総領事公邸は、二〇世紀はじめに建てられたお屋敷風の建物で、決して贅沢ではないが南仏特有の美しいフォルムと色彩を誇っている。ただ、公邸として使うには不向きな点もあったので、私は南仏の伝統を日本の力で残しつつ公邸としての機能も強化したいと考え、その増築に精魂を傾けて取り組んだ。公邸はプロバンス地方でよく見られる「バスティード（Bastide）」と呼ばれる形式に則っており、四〇センチ近くある黄色の石の壁に覆われ、建物の一角には尖塔が緑の屋根に覆われて聳え立っている。庭には、南仏特有のピンク色の砂利が敷き詰められ、庭の向こうにはセザンヌが描いたような岩山が遠望できた。門の脇には糸杉が三本植えてあったが、二本だとまた来てくださいという意味になり、三本だと何度でも来て下さいという意味になるそうだ。

ただ、増築となると面積を増やすこと自体は簡単だが、調和を保つのが難しい。その上に、新しい建材と昔の建材との相性が悪く、長い間には不具合を起こしかねない。私は、何時間も敷地の中を歩き回り、建物を眺め、どういった改装が可能かを検討した。その結果、増築ではなく別棟を建てることにし、本館と別棟をガラスの壁で連結した。こうすると少なくとも調和の問題は解消される。内装や調度品の選択についても、これ以外の選択肢はないと思えるまで考え抜いた。内装に使う資材は一つ一つ設計士とともに現場で吟味し、埃だらけで倉庫に眠っていた家具は修復し、調度品は骨董品を新品より安い価格で買い集めた。その結果、予算の範囲内で、かつ、予算を大幅に上回る品質の公邸を作ることが出来たと思う。マルセイユを離れてからも何度か公邸を訪れたことがあるが、訪ねるたびにその出来栄えに満足している。

これは建築に限ったことではないが、私は何かに興味を持つと、とことん納得ゆくまで考えぬく傾向がある。考えては振り出しに戻り、また、一からやり直すうちに、ある日突然、これ以上何一つ変えられないという心境に達する。その時、すべてが調和し、美しく輝き、心の底から満足感がこみ上げてくる。旅行の計画でも、将来の夢でも皆同じで、マルセイユ時代はたまたま私の関心が公邸の増築に向ったに過ぎない。仕事も同じことで、考えに考え抜くと、ある瞬間からこれ以外の解決策はないと思えるようになり、その解決策は調和が取れていて美しい。成功する仕事や政策は、美術品や建築物と同じで、美しく調和が取れていないとダメだと思う。

マルセイユでのもう一つの大きな出来事は、滞在中に妻と結婚したことである。二〇年近く前に一度結婚したことがあるものの、二年余りで別居し後に離婚した経験があるので、もう二度と結婚することはないと思っていたが、妻と出会って気持ちが変わった。出会ってしばらくした頃から、砂の中から見つけた砂金のような人だと思うようになり、スペインのジローナという町で結婚を申しいれた。妻は最後まで半信半疑だったそうであるが、出来るところまで行ってみようと思いプロポーズを受け入れたそうである。この結婚には思惑もなければ条件も打算も何もない。ただ、お互いにこの人ならいいと思い結婚しただけである。妻は愛情が深く、背骨がまっすぐで、努力の人だ。周囲には年齢差があることからうまく行くのかと危ぶむ声もあったが、結婚以来二〇年、くつろげる家庭を作り、仕事も順調に行っている。「幸せな家庭と、やり甲斐のある仕事」というといかにも古臭く聞こえるかもしれないが、男であれ女であれ、それ以外に何が必要だというのだろうか？　少なくとも私は、妻に出会い結婚したことを自分の人生で得た最大の幸運の一つと思っている。

マルセイユでのもう一つの思い出は、初めて一人でヨットを持ったことだ。二八フィートの中古艇で、少し鈍重だが安定しており、シングルハンド（一人で操船すること）に向いている。南仏の夏の日は長いので、仕事が終わった後で旧市街にあるマリーナに向かえば、なお三時間はサンセットクルーズが楽しめる。シングルハンドで操船することにより、ヨットの腕前はかなり上達したが、何回かミストラルにつかまった。ミストラル（北風）というのは南仏特有の風で、何の前触れもなく秒速一〇メートル近くの風が吹くのはざらだ。しかも、ミストラルに見舞われるとマルセイユ周辺では三角波が立ち、波の間隔も短いので、二八フィートのヨットで風上に向かうのは難しい。命を落としそうになったとまでは言わないが、何回か危ない思いをした。安全を目指すなら荒天は避けるに越したことはないが、それでは面白みもない。私など大したヨット乗りではないが、されどヨット乗り、リスクとチャンスのバランスを掴もうとするなら、ヨットに乗らない手はないと思う。できれば、シングルハンドで！

ヨットについては世の中に随分誤解があるようなので、ここで一言反論しておこう。まず、ヨットというと、必ず「贅沢ですね！」とか「リッチですね！」とか言われ、ムカッとする。もちろん、多少の資金がないとヨットが買えないということには異論はない。しかし、デインギーという小型ヨットの中古なら二、三〇万円、私が初めて一人オーナーになった二八フィート艇は軽自動車の価格で買うことができる。しかも、ヨットはあまり値下がりせずに転売もできる。現に、日本でも世界でも最大のヨット人口は年金生活者だろう。何が贅沢かは人によって様々なので一概には言えないが、ゴルフであったり、釣りであったり、スキーであったり、大人なら一つや二つは趣味があるだろうから、要は選択の問題ではないだろうか？

購入はそれでよいとしても、保管や管理に経費が掛かることも見逃せない。中には、ヨットは維持にお金がかかるので人のヨットに乗せてもらうか、必要な時にチャーターするに限るという人もいる。確かにそれも一つの理屈ではあるが、ヨットは所詮道楽なのでお金の勘定をしても始まらない。そんなことよりも、ヨットを持っていること自体が誇らしく、維持の苦労がかかること自体が楽しいのである。ヨットのためと思えば、働くことも苦にならない。そして、年に何回あるかわからないような鮮やかなブルーの海と心地よい風と輝く太陽に出会ったとき、ヨット乗りが決まって口にするのは、

「やっぱり海は良いなあ！」の一言である。人がどう思うかは知らないが、私にとっては一〇代の頃に初めて出会って以来、ヨットは何時までたっても変わらない憧れと執着の対象である。とはいえ、そろそろ年も年、さらに大きなヨットを目指すか、ダウンサイジングを図るか、陸に上がるか、ここが思案のしどころである。

本省勤務

マルセイユ総領事時代を振り返ってみると、大きな仕事にこそ出会わなかったが、プライヴェートな面では充実していた。特に、勤務後半で結婚もしたので、あと一年くらいは任地にとどまることを希望していたが、新婚早々本省に呼び戻されることとなった。ポストは軍備管理科学審議官組織の次席審議官である。当時のトップは阿部信泰さんで後任は服部則夫さん、タイプこそ違うがともに有能な外交官だったので、私は言われるままにその手伝いをしていればよかった。

私にとってこの時期に起こった最も悲しい出来事は姉を亡くしたことである。姉は小さい頃から病弱で、成人してからも病気が絶えなかった。五〇代半ばには乳がんを患ったが、五年間を無事に乗り切り根治したかと思った矢先に別の原発性がんが発見されたのである。ちょうどその頃、義理の兄が福岡で定年を迎えたので、姉夫婦はドライヴをしながら京都でお花見をしたり強羅で温泉につかったりしながら、二〇〇〇年の五月には東京に帰ってきた。しかし、久しぶりに東京に落ち着いたのもつかの間、六月には大塚のがんセンターに入院することになった。

姉の病状は日に日に悪化していったので心配ではあったが、お見舞いに行くと思ったより元気で、形見分けの話や、今までの人生を振り返って後悔することも選択を間違ったことも何一つないなどという話をしていた。そして、私が帰ろうとすると、「之弥さん、私の命は後どのくらいなの？」と聞いてきた。まさか二、三週間ともいえないので言葉を濁すと、「私はあなたから嘘を聞くためにここに来てもらったのではないの。本当のことを教えて！」といって私をきっと見据えた。私はすっかり動転してしまい、人の命ばかりは何ともいえない、二、三カ月ということもあれば病状が急変して二、三週間ということもあると答えた。勘の鋭い姉はこれですべてを悟ったのであろう、静かに「帰って！」とだけ言った。

一日、一週間を争うような状況ではなかったので、リスボンに出張したところ、容態が急変したので帰ってきてほしいという連絡が入った。空港から家に着くなり直ちに病院に来るよう連絡を受けた。病院では、姉は夫と我々三人の兄弟とその家族に見守られて静かに眠っていたが、やがてすうっと長い息を吐き、左の目から涙を一粒流して息を引き取った。葬式は東京の築地にある私たちのお寺で済ませ、葬儀場には姉が大好きだった銀座をゆっくりと回って街にお別れを済ませた。遺骨も姉の希望で築地の天野家の墓に収めてある。

ハーヴァード留学

私がマルセイユから帰ってからほぼ一年半たった頃、ハーヴァード大学留学の話が舞い込んだ。先輩の海老原紳さんが条約局長として呼び返されることになったので、その残りの期間を埋める必要があったためである。私は一も二もなく快諾、最初の半年はハーヴァード大学に行きその後一年間は軍縮・不拡散研究で知られたモントレー研究所に行くことにした。

ハーヴァード大学では、ウェザーヘッド・センターの客員研究員になったが、週一回研究所に行く以外これといった義務はない。おまけにボストンの冬は万年雪に埋もれるので、暖かい地方で育った私には、外を歩くことさえおぼつかない。ボストン滞在中、「今日は雪だから外に出られない。」と言って研究所を休んだら、金沢育ちの妻に笑われてしまった。そもそも研究とは名ばかりで、他の国から来ている外交官や軍人も国際問題の研究をしているわけではなく、中には音楽を研究しているイギリス人や小説を書いているペルー人もいた。ただ、共通していたのは、皆自分こそはトップエリートという雰囲気を身にまとっており、私にはなじめなかった。

ハーヴァード滞在は半年間で、その後ワシントンのモントレー研究所に移った。モントレーセンターの本部はカリフォルニアのモントレーにあったが、ワシントンにも事務所がある。所長のビル・ポッター教授は一九九五年のNPT延長・運用検討会議以来の知人であり、私にとっては居心地が良かった。私はここで、ハーヴァード時代から書き始めた「日本の軍縮外交」という小論文を完成し発表した。なお、この小論文は私がはじめて発表した英文の論文であるが、後に私がIAEA事務局長選に出馬した際、私の考え方を知る参考書として随分広く読まれたらしい。

ワシントン滞在中の最大の出来事は、同時多発テロ九・一一事件に遭遇したことである。その日もいつものようにワシントンD・C北西部のデュポンサークルにあるモントレー研究所ですごしたが、テレビをつけると燃え上がるNYの国際貿易センターとペンタゴンの建物が映し出され、CNNのレポーターがハイテンションでレポートしている。研究所の窓から外をみると、ペンタゴンの方面から煙が上がっており赤い火も少し見えたが、大写しにされるテレビの画像とは印象が違う。何か重大な事件が起こったのは理解できたが、実感がわかない。そうこうするうちに市内各地からヘリコプターが空に舞い上がる。部屋の窓から道路を見下ろすと、市外に向う車で道路は大渋滞をきたし、徒歩で脱出を試みる人々が川の流れのように市外に向っている。私が、自分も脱出しなければならないと思ったのはようやくその頃で、事件発生から少なくとも二、三時間はたっていたのではないだろうか？　不思議だと思われるかもしれないが、テレビの放送を見、ペンタゴンが燃え上がるのを目にしても、ありえないと思われた事件を実感として理解するにはそれなりの時間がかかるものだ。それにしても、私の市内脱出のタイミングは遅すぎた。道路は大渋滞し、一向に前に進まない。途中のスーパーマーケットに立ち寄り、水、ジャガイモ、スパゲッテイといった非常食を買い求めたが、多くの棚は空っぽで買えた食料はわずかだった。

ようやく家に帰り着いたのは数時間後、その頃になるとようやく事態の深刻さが実感として感じられるようになった。ブッシュ大統領は、テレビカメラの前で、全国民に対しテロとの戦いを宣言する。ワシントン上空では、戦闘機が低空で旋回し、次第にその数も増えてゆく。最も心配だったのは、NYとワシントンへの攻撃が一回限りで終わる保証はなく、より大きなテロ攻撃の前触れに過ぎないかも知れないという点だ。使われる武器も、航空機の体当たりに限らず、生物兵器や化学兵器が使われるかもしれない。われわれも、危険を避けるため数日家にとどまったが、日が経つにつれ周囲の家の芝庭に、アメリカの国旗と黄色の小さなリボンが立てられてゆき、タンポポの花が咲いたようだ。アメリカ人がこういった形で、テロの犠牲者への追悼とテロとの戦いの決意を表明したことに、アメリカの強い意志を感じた。

九・一一事件を通じて学んだのは、シンクタンクの仕事のやり方だ。テロ事件から二、三日たった頃、ポッター所長の発案で、ワシントンとモントレーを結ぶ電話会議が開かれた。会議には、ほぼすべての研究員が参加し、電話を通じて意見交換を行う。テロの専門家もいるにはいたが、多くの参加者は門外漢で、自分の専門分野に縛られず自由に意見を述べる。もちろん、意見は一方通行ではなく、反対意見があれば発言機会はいくらでもある。こうして概ね意見が出尽くした頃、ポッター所長から若手研究員に議論の概要をペーパーにまとめるよう指示が下り、会議はお開きになる。そして、およそ半日もしてペーパーがまとまると参加者全員に配布され、再び電話会議が招集され、今度は作成されたペーパーをベースに議論が再開される。そして、このプロセスを何回か繰り返すうちにペーパーの質が高まり、最後はポッター所長の責任でとりまとめが行われ、モントレー研究所の意見としてウェブサイトに掲載される。

私が衝撃を受けたのは、その作業方法とスピード感だ。まず、議論を戦わせる段階では、専門分野の壁もなければ、経験・ランクに基づく分け隔てもない。全員が自由に思ったままのことを言い合う。遠慮もなければ、空気を読もうとする気配もなく、若手から長老まで我先に発言する。次に驚かされたのは、若手研究員のペーパー作成の手際のよさとスピード感だ。まったく方向性のない議論をそれなりにうまく纏め上げ、しかも短時間で仕上げる。そして、最後は所長の権威と権限による決裁だ。ここでも、誰かの顔を立てるといった配慮はなく、とりまとめを任された所長が自らの権限と見識で一挙に最終文書まで纏め上げてしまうのだ。

これが日本の組織だったらどうだろう？　まず、局長から課長に指示が下り、課長は事務官に指示してたたき台を作るよう指示するかもしれない。指示された事務官にすれば、どうしてよいかわからず、何日もかけて原案を作ろうと四苦八苦するだろう。上からは、矢の催促が来るかもしれないが、だからといってよい知恵が出るわけでもない。そして、やっと出来たと思って班長に諮れば、原案をずたずたにされ、ようやく班長のゴーサインをもらえても、局長決裁までたどり着くまでには相当の時間がかかってしまう。逆の場合には、局長が自ら筆をとり部下に口述することによって、文書の作成が始まるかもしれない。霞が関用語で「御親筆《ごしんぴつ》」というが、実はこれが厄介だ。局長直筆ともなればめったなことでは修正は出来ず、叱責を覚悟で直言するか沈黙を決め込むか相当悩むはずだ。

これは、簡単に言えば組織をタテに使うかヨコに使うかと言う問題だ。組織としてのスピーディーな意思決定を行うためには、組織のタテ関係をフルに生かし、決定した以上誰も異論を唱えられないようなプロセスを踏むに限る。他方、幅広い意見を反映させた質の良い文書を作ろうとすれば、上下関係にとらわれず多くの意見に耳を傾けざるを得ない。私が見たモントレー研究所の方式は、組織をタテとヨコに縦横無尽に使い分け、スピードと質を維持しようとしていることだ。全研究員に自由に意見を言わせるのは、組織をヨコに使う良い例だ。他方、若手研究員がペーパーを作成する段階で、すでに意見の取捨選択が行われるのだから、所長から委任されたタテの権限がすでに行使されている。このペーパーが再び議論される段階で、組織は再びヨコに使われ、所長が最終稿をまとめる段階では組織は完全にタテに使われている。このような意見集約の方法は、アメリカのシンクタンク間の激しい競争の結果だと思うが、私も後にＩＡＥＡ事務局長になったとき大いに活用させてもらった。

モントレー研究所では、ワシントンで半年、モントレーで半年滞在する予定であったが、モントレーに移ってしばらくしてから帰朝命令が下った。二〇〇二年はじめのことである。発令当時、外務省のトップは田中真紀子外務大臣だったが、日本に帰ってみると大臣は辞任しており、私の人事もその余波を受け、ようやく私が軍備管理・科学部長（当時の名称は軍備管理・科学審議官）に就任したのは、その年の夏のことだった。

イラク戦争

私が軍科部長に就任した頃の米国大統領はジョージ・W・ブッシュ、軍縮担当の国務次官はジョン・ボルトン、軍縮・不拡散にとっては舵取りの難しい時期であった。当時の最大の課題はイラクの大量破壊兵器の問題で、戦争の足音が一歩一歩近づいていた。軍備管理・科学部はイラクに大量破壊兵器があるかどうかをフォローする立場にあったが、イラクに核兵器がないことはほぼ間違いなかった。確かに、当初の段階でこそイラクがニジェールからイエローケーキを輸入したと言う情報が流れたが、この情報には信憑性がなかった。問題は、生物・化学兵器、特に、化学兵器である。ハンス・ブリックス元ＩＡＥＡ事務局長が率いたＵＮＭＯＶＩＣ（国際連合監視検証査察委員会）がいくら査察を行っても生物・化学兵器を発見できなかったが、他方、イラクによる査察への協力は不十分だったので、化学兵器がないとまでは断定できなかった。こうした中で、米国からはイラクが生物・化学兵器を隠し持っているという情報が盛んに流された。特に、生物兵器と見られる貨物を積んだトラックが国境を移動する様子を捉えた衛星写真は衝撃的で、我々も戦争が不可避であることをひしひしと感じた。

それでは、なぜイラクは国連決議があるのに査察に協力しなかったのだろうか？　今となっては確かなことはわからないが、一般論としては軍事施設への査察には強い抵抗がある。このことは私自身イランの核査察に取り組んで実感した。また、推測に過ぎないが、イラクにすれば、生物・化学兵器を「持っていること」を隠したかったのではなく、「持っていないこと」を隠したかったのではないかという見方も成り立つ。イラク側の状況判断が甘かったことも間違いない。私がIAEA事務局長になった後、UNMOVICに参加した査察官から面白い話を聞いたことがある。その査察官によれば、イラク戦争開戦直前にイラクを訪問した査察団がイラクの情報大臣に対して「これが最後の査察になるかもしれない。先のことはわからないが、健康に気を付け、ご無事で！」と言って別れを告げたそうである。すると、先方の大臣は非常に驚いた様子で、「えっ！　アメリカは本当にイラクを攻撃するのか？　それなら、なぜもっと早く言ってくれなかったのだ！　直ちに、サダム・フセイン大統領に報告しなければならない。」と応じたそうである。査察官は、あれほど何回も査察に協力しなければ戦争になると伝えていたのに何を今更と思ったそうであるが、これが情報大臣を見た最後になったと語っていた。

ところで、日本はどうだったのだろうか？　外務省について言えば、イラク問題について責任を持つ中近東アフリカ局や北米局は対米協力に積極的だった。軍備管理・科学部も、当時はイラクが生物・化学兵器を持っている可能性はきわめて高いと思っていたが、断定できない以上「イラクは、生物・

化学兵器を持っている。」と明言することは出来ないと考えていた。こういう中で、夏も終わろうとする九月ごろには、誰の目から見てもイラク戦争開始は既定の事実となり、また、日本が米国を支持することも明白となった。アメリカと言う国は、ある段階までは国内外を問わず、異なった意見にも耳を傾けるが、ある段階を過ぎるともはや誰の言うことも聞かず、誰も止められなくなるという特徴がある。イラク戦争のときもそうだった。

不拡散への取り組み

軍科部長になった二〇〇三年よりずっと前から、北朝鮮などによる大量破壊兵器の開発は大きな懸念事項になっており、日本市場も貨物や技術の調達に利用されている可能性もあった。日本では比較的最近までリスト規制と呼ばれる制度が存在しており、大量破壊兵器やミサイルに利用される貨物や技術を特定して輸出規制を行っていた。だが、これではリストに記載されている貨物や技術は規制できるが、そうでない場合は規制の網を潜り抜けてしまう。

米国は、日本が北朝鮮に利用されることに強い懸念を持っており、私のもとにもボブ・アインホーン不拡散部長が何度も訪れ、キャッチオール規制の導入を働きかけていた。キャッチオール規制と言うのは、リストに記載されているか否かに関わらず、大量破壊兵器やミサイルに利用可能な貨物や技術については、事前の申請と輸出許可の取り付けを義務付ける制度で、輸出規制を強化する上で大きな効果を発揮する。日本でも国内の状況も変わり、二〇〇二年四月にはキャッチオール規制が導入され、より効果的な規制が可能になった。

私が、軍科部長を勤めていた当時も、北朝鮮は日本で大量破壊兵器の開発・製造に必要な貨物や技術を調達すべく、活発な工作を行っていた。そこで、私は経産省、財務省と連携しながら、輸出規制の強化に取り組むことになった。もちろん、通常であれば新たに導入されたキャッチオール規制を用いて事前に輸出を規制できるのであるが、北朝鮮フロント企業も必死になって規制の網をかいくぐろうとする。北朝鮮が狙っている貨物の一つは、エアコンなどにも使われている周波数変換器である。もちろん、これらの機器自体は汎用品であるが、改造してスペックアップすれば、ウラン濃縮用の遠心分離機にも使えるといわれていた。また、大型タンクローリーやトレーラーも狙われており、これは移動式ミサイル発射台のランチャーとして使うことが出来た。日本の大手商社やメーカーは不正輸出に巻き込まれるリスクを熟知していたので慎重な審査を行っており、余り心配する必要はなかった。しかし、経営不振に陥った中小企業がリスクを覚悟で高値のオファーに応じてしまうこともあり、また、北朝鮮のフロント企業の手口も巧妙だった。

こうした中で私のもとにも、「不審な貨物を積んだ便宜置籍船が横浜港を出港して、大島沖を航行中なので、貨物を押さえて欲しい。」といったような連絡がもたらされることがあった。私は、深夜週末を問わず、関係省庁、海運会社に連絡して協力を要請し、会社側も社会的評判を恐れ要請に応じてくれるケースが多かった。場合によっては日本の領海内で押さえ損ない、香港で検査のため陸揚げしてもらったケースや、香港でも押さえ損ないバンコクまで行ってしまったケースもある。ただし、こうして貨物を押さえても、数ヶ月もすると同じ荷物が別の会社から別の品目名で輸出されそうになるので油断もすきもない。

私は、このような経験をつむうち、国内だけではなくアジア諸国との協力が必要だと考えるようになった。米国やボルトン国務次官は、アジア諸国がしっかり取り組まないのが問題だとしてこれらの国を責めるが、責めたからといって問題が解決するわけではない。今と違って二〇〇〇年代当初は、まだアジア諸国による取り組みも弱く、しっかりした規制の枠組みも十分な人材もいないのが実情だった。そこで私は、「ASTOP（Asian Senior level Talk On Proliferation の略）という枠組みを立ち上げた。この枠組みの特徴は、一年目は日本がアジア諸国の専門家を日本に招き、二年目は日本の専門家がアジアを訪問するという交流のパターンを繰り返す、会議の内容は知識の共有とネットワーク作りに設定し会議の結果としての文書や宣言はまとめない、などである。米国やカナダからは、せっかく日本に招いておきながら何も具体的見返りを求めないのは甘すぎるなどの非難はあったが、私は「アジアにはアジアのやり方があるから、任せてほしい。」といって自分の考えを貫いた。確かに、当初はアジア諸国の参加者からこれと言った反応がないので、私も少々不安になった。しかし、二年目に専門家をバンコクに派遣してみると、タイ側の関係省庁の専門家が四〇人近く集まり質問攻めにあったそうで、私も意を強くした。最初の会合で静かに聴いていたタイの専門家は、日本で学んだことを帰国後関係省庁と共有し、一年後には全関係省庁を集めるまでになったのである。二〇〇〇年代初めごろのアジア諸国は、不拡散の取り組みでは欧米に比べて後れをとっていたが、今や、世界に引けをとらないまでのレベルに達しているのは心強い。

不拡散について、もう一つだけエピソードを紹介しておこう。私が、軍備管理科学部長だった頃、今度は船でなく飛行機を使って特殊な浸透膜を中東方面に輸出する計画がある、フライトはすでに三〇分前に日本を飛び立っている、至急荷物を押さえて欲しいという要請が来た。輸出先は中東方面ということであったが、とりあえずはインド行きということだった。我々としては、インドでの対応を考えたが間に合わず、荷は積み替えられてアンマンに向っていた。やむを得ず、アンマンで荷を押さえるべく、わが方大使館員を空港に向わせたが、空港で受取人の代理人と称する人物と鉢合わせしてしまい、航空会社・税関は両者への引渡しを拒否した。そこで、一旦大使館に引き上げるように指示したが、再び空港に行ってみるとすでに荷はダマスカスに向け転送済み。今度こそダマスカスで荷を押さえるために大使館員を空港に派遣すると、例の代理人がまたもや姿を現した。代理人は後で話し合おうと言って、宿泊先のホテルヒルトンの電話番号を残して行ったが、電話してみるとすでにチェックアウト済みであった。シリア当局に事情を説明すると、この件の背後には大規模な密輸組織が絡んでいるかもしれないので、シリア当局に任せ日本側は手を引いたほうが良い、なお、代理人は交通事故にあい意識不明のまま集中治療室で治療中だと言われた。こうなると、私もむやみに大使館員や私の部下の命を危険にさらすわけには行かなくなる。紆余曲折の上、この荷は結局日本に送り返されたが、いったい真相は何だったのだろうか？　特殊浸透膜はどこの国で何のために使う予定だったのだろうか？　シリアか、国境を越えたイラクか、はたまたその先か？　あるいは、シリアから再び極東に転送される予定だったのか？　闇は限りなく深く、今も不拡散との戦いは続いている。

軍科部長時代の思い出の一つとして是非挙げておきたいのは、ジョン・ボルトンとの交流である。ジョン・ボルトンといえば、米国きってのネオコン、超保守派、国連嫌いとして悪名が高い。特に、公の場での発言は激しく、北朝鮮やイランや国連に対しては、容赦のない発言を繰り返す。北朝鮮からは、「人間の屑」とまで言われた人物だ。独特の鋭い眼光と真っ白な口ひげ、怒り出すと真っ赤になる顔色、常識や建前論にとらわれぬ言動、どこから見ても一筋縄ではゆかぬ人物だ。それ故、多くの軍縮関係者や国際機関関係者は、ジョン・ボルトンを恐れ、嫌い、口をきこうともしない人が多い。

私は、軍備管理科学部次席審議官、軍科部長を務める間にG7（当時はG8）でジョン・ボルトンと席を同じくすることが重なり、次第にこの人物に興味を覚えるようになった。確かに、取りつきにくいことこの上なし、内容的にも同意できないことは多い。しかし、公の場での発言とは異なり、普段は物静かで、知的能力は驚くほど高い。耳障りなことも言うが、発言に一貫性があり、彼なりの論理があり、嘘をつかないから信用できる。

Ｇ７の会合などを通じ何回か会ううちにお互いに親近感を持つようになり、Ｇ７の会合の場でも二人で共闘することが多くなった。ジョン・ボルトンは周囲に「天野とだけは喧嘩したくない」といっていたそうで、西側外交官の中には、「ジョン・ボルトンに言いにくいことは、天野を通じて伝えよう。」と言っていたものもいたという。最近、ある記事で読んだところでは、スタンフォード大学出身ではあるが豊かな家庭で育ったわけではなく、大学時代は奨学金が頼りだったそうだ。私も、似たような環境だったのでどこか通い合うものがあったのかもしれない。

その後、私はＩＡＥＡ事務局長になり、ジョン・ボルトンは国家安全保障委員会の議長になったので、再び一緒に仕事をするようになった。ウィーンの大使連中に対して、「ジョン・ボルトンに会いに行く」と言うと、「大変ですね。」と言って同情されるが、私はむしろ会うのを楽しみにしている。ホワイトハウスに会いに行ったときは本当に喜んでくれ、公式の会議が終わった後二人だけで北朝鮮、イラン、ＩＡＥＡの将来などについて話し合った。特に、北朝鮮については、しっかりした安全保障観に裏打ちされた考え方を聞き安堵した。

退出際にはボルトンから二人で写真を撮ろうと言い出し、周囲をびっくりさせた。強面の見た目とは違い、普段はとてもシャイな人で、自分から写真を撮ろうと言い出すことなどないからである。

最後の本省での日々

私が軍科部長に着任した時の次官は竹内行夫さんで、仕事への厳しさで知られた人だった。新聞記者の間では、「千本ノック」というあだ名で知られていた。私は八〇年代初め、所属は違ったがワシントンで竹内さんと仕事をしたことがある。確かに、仕事には厳しい人で、私もよくしかられた。次官になってからも変わらないというか更に厳しくなったようで、幹部が叱責されることがよくあった。もちろん私も例外でない。週末の自宅に電話がかかってくることも度々ある。私も任期途中で首になるか、長くても二年の任期を全うし、ジュネーヴ軍縮代表部大使に転出するのを心待ちにしていたが、民間大使の活用と言うことで猪口邦子さんがジュネーブ大使に任命されてしまった。私は待ちに待ったジュネーヴ大使のポストを逃しただけでなく、三年間にわたり軍科部長の職にとどまり、千本ノックにさらされ続けることになった。

竹内次官で思い出すのは、なんと言っても小泉総理の北朝鮮訪問である。二〇〇二年九月一七日、いつものように部長室で仕事をしていると、突然館内放送のアナウンスが流れ、次官主催のブレーンストーミングを行うので、幹部は至急会議室に集まれと言う。今まで、次官の下でブレーンストーミングが行われたことはあるが、勤務時間中ということはなかったので何かおかしいとは思ったが、それ以上深く考えずに指定された時間に会議室に向った。

会議室に入るや否や、何か大変なことが起こったことは手に取るようにわかった。やがて次官が入室し、小泉総理の訪朝が行われたこと、日朝共同宣言が合意されたこと、拉致被害者五名は生存しているが他八人の方はすでに亡くなったこと、このあと日朝共同宣言が発表されることなどの説明があった。続いて、田中均アジア・大洋州局長から、補足の説明があった。普段から、下を向いて小さな声でしゃべる人だったが、その時は更に下を向き声も小さかった。

最後に外務省機密費流用事件の不祥事についても一言触れておこう。外務省不祥事の第一報は二〇〇一年一月一日の読売新聞で報じられたが、普段は穏やかな河野外務大臣が新年の辞の中で非常に厳しい口調でこの事件に触れられた。私はその直後にハーヴァード大学での研修に行き、一年ほど本省を留守にしたので、直接事件の処理に関わったわけではないが、外国での生活、本省での生活を通じ不祥事の影響を肌で感じた。問題を起こした三人の初級職職員は私くらいの年代の外務省職員には良く知られた存在だった。三人とも有能で、本来不可能な金の算段も可能にしてしまうので、大きな金を動かす部局には便利な存在だったのだろう。ただ、三人のかもし出す雰囲気は異様だった。毎日、朝一番で外務省の食堂に集まり、コーヒーを飲みながらひそひそ話を繰り返す。気に入らないことがあると部下でも上司でもお構いなしに怒鳴り散らす。目立った存在であり、目障りな存在でもあったが、省内にはどこか腫れ物に触るような雰囲気があった。私などから見ると、省内の決まりやしきたりを無視した振る舞いは不愉快であったが、三人組と接触する機会もなかった。外務省幹部が高級料亭に出入りしていると言う噂も耳にした時は、そういう習慣はとっくの昔になくなっているはずなのに変だとは思ったが、それ以上詮索する気もなかった。あとから考えれば、多くの職員が何かおかしいと感じながら、自分とは関係がないと思って、関わるのを避けていたのだろう。

しかし、一旦事件が公になるとそれでは済まされなくなる。外務省に対する風あたりは日に日に厳しくなる。外交案件の取り扱いが良いか悪いかについてはさまざまな意見がありうるが、公金をめぐる詐欺や横領は言い逃れの仕様がない。たとえ、個人的に関与していなくても、世間から見れば外務省員は皆同じと見られるので、何の言い訳にもならない。今まで外務省の言うことだから多少疑問があっても受け入れてくれた人たちが、逆に外務省が言っていることだから信用できないという立場に変わる。信頼回復のために膨大な人と時間をとられ、本来の仕事に手が回らない。要するに、不祥事を起こすと言うことは、組織を弱くし、個人を弱くすることだ。この事件は、私にとっても大いに教訓になり、ＩＡＥＡ事務局長になってからは不祥事に関しては軽微な規則違反であっても厳しく罰するゼロ・トレランスという方針を徹底している。

あの事件が起こってから、もう一五年以上経つが、外務省が昔日の権威と信頼を取り戻したとは思えない。私が入省した頃の外務省では、皆よく遊び、仕事をし、自由に発言し、個性にあふれ、「根拠のない」自信に満ちていた。多少金銭や女性関係にルーズな点はあったが、外務省不祥事で暴かれたような極端な例はなかった。私腹を肥やすことは許されないが、国のために働いてさえいれば、多少のことは大目に見ると言う雰囲気があった。現在の基準から見れば許されないことだが、私のような世代の外交官から見れば、戦後・昭和の外務省は国力が絶頂期を迎える中で、省員も古き良き外務省を謳歌していたように思える。

ウィーン国際機関日本政府代表部大使への転任

軍科部長としての本省生活は、予想以上に長引き、ようやく二〇〇五年五月にウィーン国際機関日本政府代表部への発令が下った。本省の部長や局長はストレスの高い仕事で一箇所二年以内が普通なので、三年というのは異例の長さだ。

当時の次官は谷内正太郎さん、次官室で行われた訓達式では、谷内次官から「IAEA理事会議長になること」「二〇〇七年NPT準備委を成功させること」「日本人国際職員を大事にすること」の三つの目標を達成するよう訓達された。そこで、私からは、「二〇〇九年にはIAEA事務局長選が行われ、二〇〇七年から正式に選挙戦が始まります。日本は一九八三年の選挙戦に挑戦して敗れた経験がありますが、二〇〇九年の選挙戦では私を含めた日本人が次期事務局長に挑戦すべきと考えるので、この点も達成すべき目標に加えてください。」とお願いし、了承された。

ＩＡＥＡ理事会議長就任とノーベル平和賞

私が、ウィーンに到着したのは二〇〇五年八月三一日、ウィーンの町は美しく、気持ちの良い初秋の気配が立ち込めていたが、こちらはそんな感傷に浸る余裕はない。ＩＡＥＡ理事会開催は九月一二日、総会開催は九月一七日に迫っており、少なくとも総会終了までには、私が二〇〇五年―二〇〇六年のＩＡＥＡ理事会議長を務めることにつき、極東グループ全員の了解を取り付けなければならなかったからである。

しかし、ウィーンに到着してみると、私の理事会議長就任についてウィーン代表部は何の働きかけも行っておらず、しかも、前任の高須大使は引き続き公邸を使っている。これでは、公邸を舞台にした多数派工作を行うことも出来ず、また、大使が二人いる状況は他の関係国に不審を抱かせる。止むをえず、私は着任の表敬訪問に名をかり、極東グループのメンバー国の大使を矢継ぎ早に訪問して私の理事会議長就任につき働きかけを行った。各国からは、日本が理事会議長に手を挙げるなら何故もっと早く働きかけがなかったのか、タイミングが遅すぎる、すでに別の国の大使を議長に推薦する方向で調整が進んでいるなどの反応があった。ただ、こちらとしても大使に着任した早々から使命達成に失敗するわけには行かない。しかも、その成否にＩＡＥＡ事務局長という大きな目標の成否もかかっているのであればなお更だ。過去にもあったことだが、私は絶体絶命の状態に陥ると、何か自分以外の何者かが自分を突き動かしているような錯覚に陥ることがある。このときも、そんな感覚に囚われ、その後の二、三週間、必死で理事会議長就任のための根回しを行った。そして、同僚に支えられ、代表部の部下に支えられ、家内に支えられ、ほんの短い期間で状況を逆転し、理事会議長に就任することが出来た。何よりも幸運がついて回ったことは見逃せない。私は、ウィーンに着任した二〇〇五年から今に至るまで、お天気のような小さなことからイラン問題のような大きなことにいたるまで、いつもここぞという時には信じられないような幸運に恵まれてきたような気がする。

苦労して手に入れた理事会議長のポストであるが、着任早々の一〇月初旬エルバラダイ事務局長とＩＡＥＡがノーベル平和賞を受賞するというお目出度いニュースが飛び込んできた。そのニュースに接した時には、エルバラダイ事務局長の長年の努力が報われて良かったと思ったが、まさか自分まで巻き込まれるとは思わなかった。この年のノーベル賞はＩＡＥＡも受賞の対象になっているので、私がその年のＩＡＥＡ理事会議長であったためＩＡＥＡを代表してオスロでノーベル賞を受け取ることになったのである。こうなるとＩＡＥＡ全体がお祭り気分に包まれ、誰も彼も授賞式に参加したいと言い出し、その調整に一苦労した。

二〇〇五年の冬の訪れは早く例年になく寒い年で、日本から持参したコート類では寒さを防げない。そこで、私も家内もバーゲンシーズンの値下がりを待たずに暖かいコートを買い求めざるを得ない羽目になった。このコートは、今でもノーベル・コートと名づけて愛用している。それにしても、北欧の冬は寒い。オスロのホテルでは、集まった群集に手を振ろうとして窓を開けると、雪混じりの外の寒気が容赦なく部屋の中に吹き込んでくる。家内は、寒さのためか熱気のためか、旅行中ずっと高熱を出してしまったが、授賞式や国王ご一家との会食を乗り切った。私は、市庁舎で行われた授賞式に出席し誇らしい気分に浸ったが、自分自身何かを成し遂げたわけではなかったので、晴れの舞台に立ちノーベル賞を受け取ることには違和感があった。それでもせっかくいただいたノーベル平和賞は、一晩くらい手元に置いておくことにした。エルバラダイ事務局長とアイーダ夫人は、家族や親族に囲まれ、さすがに嬉しそうであった。エルバラダイ事務局長と私がノーベル賞を手にした写真が今でも残っているが、その時は誰も私が第五代事務局長になるとは思わなかっただろう。今から振り返ってみると、この時がエルバラダイ事務局長の絶頂期だったと思う。その後は、次第に言動が加盟国の期待とは異なったものになり、加盟国の気持ちが離れて行った。口の悪い大使連中はエルバラダイ事務局長のことを、「ファラオ」とか半日しか働かないので「ハーフタイム事務局長」と呼ぶようになった。私とエルバラダイ事務局長は、ものの考え方や政策では違いがあったが、人間としては尊敬していた。このとき以来家族ぐるみで親しくしていただき、交流は私が事務局長になるまで続いた。

二〇〇七年NPT準備委員会議長として

私が理事会議長を務めた二〇〇五年から二〇〇六年は、イラン問題を初めとしていくつかの案件で動きがあったが、その顚末は後の章にゆずることにし、私が議長を務めた二〇〇七年NPT準備委会合につき記すことにしよう。

NPT運用検討会議は、一九七〇年にNPTが発効して以来五年ごとに開催されているが、会議と会議の間には準備委が開催されることになっている。特に、一九九五年に開催されたNPT延長・運用検討会議では準備委の強化が合意され、運用検討会議の年とその翌年を除くすべての年に準備委が開催されることになった。

このルールに従えば、二〇〇五年に運用検討会議が開催されているので、準備委は二〇〇七年に開催することになり、私の発案でその議長は日本が務めることになっていた。この決定が行われたのは二〇〇五年春で、その時点では私がウィーン代表部大使に転出することは決まっていたわけではない。しかし、自分から言い出した以上、逃げ隠れは出来ず、私が準備委議長を務めることになった。

ところが、二〇〇四年の大統領選挙でブッシュ大統領が当選しジョン・ボルトン軍縮担当国務次官が誕生すると、米国の立場はにわかに保守的になり、二〇〇五年のNPT運用検討会議では最終文書は採択されずに終わった。これは、とりもなおさず二〇〇七年準備委の議題も合意されなかったことを意味し、私は議題への合意取り付けから始めなければならなかった。たかが議題と思われる方があるかもしれないが、実は議題が曲者である。外交の世界では、「手続きは中身、中身は手続き」といわれるくらいで、手続き如何で会議の行方まで決まってしまうことがある。ブッシュ政権は軍縮問題を議論することとさえ受け入れず、中東非核地帯設立にも積極的でない。他方、ＮＰＴの違反問題などには熱心で、フランスと協力して議題に盛り込もうとする。

私は、軍縮問題はＮＰＴの根幹を成すので議題から外すのは論外だと考えており、また、中東非核地帯設立も一九九五年の合意があるので議題に盛り込むべきだと考えていたので、これらの点では米国との対立も覚悟していた。他方、ＮＰＴの運用検討会議では不拡散問題も扱うので、保障措置違反問題を取り上げるのは妥当な考えであり、米国の立場に共感していた。そこでこの方向で調整を行い、準備委会合直前にはほぼすべての国の合意を取り付けた。

ところが、会議を始めようとするとイランが保障措置違反問題を取り上げることに強硬に反対して、議題が採択されない。イラン外務省から出張してきたハミード・バイデイベジャド軍縮局長は、この議題の下ではイランの核問題が槍玉に挙げられることを鋭く見抜いたようだ。議題が採択されなければそもそも準備委が開催できない。そればかりか、二〇〇七年準備委の議題は二〇〇八年、二〇〇九年の議題としても使われることになっていたので、二〇〇七年の失敗は準備委のプロセス自体が失敗することを意味する。そうなれば、ＮＰＴの運用検討というプロセスが信任を失い、議長を務めた日本および私の信用は地に落ち、私自身の将来も危うくなる。ジュネーヴ時代からハミードと親しくしていたことが幸いし、何とか議題の採択にこぎつけ、暴れん坊で知られたソルタニエ・イラン大使とも何とか折り合いがついた。

しかし、議題が合意されたと言うことは単に会議を始められると言うことに過ぎず、議長総括の承認と言う次の壁が立ちはだかっていた。議長総括では、イランの保障措置協定違反にも言及したため、イランの反発は更に激しくなった。ここでも最終的には、イランを含めすべての国の了承を取り付けたが、成功はまさに間一髪と言うところだった。会議最終日の朝、私は家内に向って「もし、今日了承が取り付けられなければ、私の外務省人生は終わりになる。ただし、そうなったらイランは決して許さない。」と言って家を出た。会議場でも交渉が断続的に行われたが、いくら話し合っても最後までイランとの合意の見通しはたたなかった。最後の話し合いで私はソルタニエ大使に、「議長総括の内容にはお互いに合意できないが、これ以上お互いに話し合っても意味がないということには合意できると思う。今から会議場に向かい議長総括を採択に付すので、意見があればその場で言っていただきたい。長い人生の中では、困難であってもやらなければならないこともある。」と言って別れた。結果はロシアがイランの顔を立てるための小さな修正を提出し、イランも最終的には異を唱えなかった。会議終了後、旧知のロシア代表のアントノフ次官（後の駐米大使）が私のところに来て、「おい天野、ソルタニエの足が震えていたのに気がついたか。あいつだってこのままでは、国に帰れないんだよ。帰れば、イランで何が待ち受けているかわかるだろ。」と言った。

こうして、二〇〇七年のNPT運用延長会議準備委は終わり、ウィーン外交団の関心事は、二〇〇九年のIAEA事務局長選に移った。IAEA事務局長選挙の様子は第五章に譲ることとするが、私がOECDから外務省に戻ってから退職するまでの約一五年間が、私が外務省でもっとも集中的に仕事をした時期だと思う。スロー・スターターといえばその通りだが、初入省してからしばらくは学生気分が抜けず、普通なら仕事にも慣れるころには自分が何をしたいかわからず彷徨い続け、ようやくこれだと思う仕事に巡り合ったのが、外務省生活最後の一五年間であった。丁度この頃、良い伴侶に巡り合い仕事は忙しいながらも生活も落ち着いてきた。回り道や無駄の多かった外務省人生ではあったが、無駄と思われた時期に得たものや最後の一五年間に集中的に得たものは、外務省を離れた後の私の人生に大いに助けになったと思う。

第五章　ＩＡＥＡ事務局長選挙

乾坤一擲の戦い

七〇余年の私の人生の中で、最大の出来事は二〇〇九年のＩＡＥＡ事務局長選挙である。私はこの選挙で、それまでに外交官として培った力のすべて、一人の人間としての力のすべてを出しきって戦ったが、一度目の選挙では残念ながら当選を果たせなかった。しかし、その三か月後に行われたやり直し選挙に再度挑戦し、ようやく当選を果たしたのである。妻にも大変な心配と迷惑をかけたが、最後まで一緒に戦ってくれたことが大きな力になった。同時にこの選挙は、国際機関の選挙で苦杯をなめ続けてきた外務省が乾坤一擲をかけた戦いであり、自民党にとっても下野の足音がひたひたと迫る中で、関係者が一丸となって取り組んだ選挙であった。国際的に見れば、冷戦が終了したとは言え一向に行方の定まらない国際社会の中で、さまざまな鬩ぎ合いや権謀術数が繰り広げられた選挙でもあった。私は、無我夢中でこの選挙に取り組んだが、二年以上にわたり毎日毎日が戦いで、感慨に浸る余裕などなかった。

私は入省以来、外務省人生の中でいつか大きなチャンスにめぐり合うことを夢見てきた。しかし、待てど暮らせどそんなチャンスは訪れないばかりか、年月は足早に過ぎてゆき、このままでは平凡な外交官としての一生を送る以外ないと思うようになった。五〇歳を過ぎて妻にプロポーズしたとき、「私はこれから本省に帰って幹部ポストに就くのか、人工衛星になるのか（外国勤務を繰り返すこと）わかりません。どちらにしても、外務省で脚光を浴びるような仕事に就くことはないと思いますが、それでもいいですか？」と言ったものだ。こうして、職業人生にも終わりが見えかけた頃、待ちに待った大きなチャンスが訪れた。ＩＡＥＡ事務局長ポストへの挑戦である。はじめは遥かかなたにぼんやりと浮かんだ希望は、見る見るうちに現実のものとなり、やがて、私は嵐の中に巻き込まれていった。

ここで、ＩＡＥＡ事務局長選挙の仕組みを簡単に説明しておこう。選挙は、全加盟国ではなく三五カ国の理事国による投票で行われる。投票方式は一カ国一票の秘密投票、理事国数の三分の二にあたる二四票を獲得した候補者が当選する。棄権した国や欠席した国はカウントされないので、当選に必要な票数は、三五から棄権・欠席した国の数を引いた数の三分の二になる。たとえば、棄権した国が一カ国あれば、当選に必要な票の数は二四票ではなく二三票になるといった寸法だ。

三五カ国による選挙と言うと、形式的な選挙と思われる方もいるかもしれないが、実体は各国が国の利益とメンツをかけて戦う熾烈な選挙だ。イメージ的には山崎豊子さんの書いた「白い巨塔」の教授選が二年以上にわたり、国際的規模で行われると考えればよい。候補者受付期間は、正式には選挙の行われる年の前年の秋から年末までであるが、公職選挙法もなければ事前運動の禁止もないので、実際には選挙の二年近く前から事実上の選挙運動が行われる。選挙運動期間はあってなきがごときだ。投票は選挙の年の三月に行われるのが通例で、これが本選挙である。この選挙で決着がつかない場合は、すべてを一旦白紙に戻し、新たに候補者を募ってやり直し選挙を行うことになる。

次に、過去の選挙の実態も見ておこう。三分の二の理事国の支持が必要というのは極めて高いハードルで、どの候補者にとってもこのハードルを越えるのは至難の業だった。理事会の議席は、先進国・途上国でほぼ半々に分配されていることもあり、実際には二四票はおろか二〇票を超えることも難しい。そのため過去の選挙では、ほとんどの場合話し合いか現職の再選で当選者を決めてきた。ＩＡＥＡの事務局長は、初代事務局長を除いていずれも三期以上勤めているが、この数字は当選の難しさを如実に反映している。私の記憶では、本選挙で三分の二の票を獲得して当選したのは、一九五七年のコール事務局長と一九六一年のエクランド事務局長だけである。その後はいずれも現職が続投するか、話し合いで選ばれた。本選挙で当選を逃した候補がやり直し選挙に立候補することはルール上は禁止されていないが、一旦「弱い候補」というレッテルを張られた候補者が当選することはあり得ないというのがこの選挙の常識であった。私の場合は、二〇〇九年の本選挙で敗れ、やり直し選挙に再立候補し、話し合いではなくガチンコ勝負で三分の二の票を得て当選した。これはＩＡＥＡ設立以来はじめての出来事である。

ＩＡＥＡ事務局長選挙は、日本にとって無縁の選挙ではない。古い話になるが、一九八三年の選挙では当時原子力研究所の高崎所長を勤めていた今井隆吉さんを候補者に立てて闘い、フィリピンのシアソン大使（元外務大臣、日本大使）と死闘を繰り広げた。しかし、どちらも当選に必要な票を獲得することが出来ず、話し合いの結果、スウェーデンのハンス・ブリックス元外務大臣をやり直し選挙の候補者に推すことが決まり、決着がついた。

一九八二年当時、私は国連局軍縮課の首席事務官（他省庁で言う筆頭課長補佐）というポストについていたので、同じ局内という至近距離から選挙戦の顚末を見ていた。この選挙での敗北は、外務省を含めた原子力関係者の間にトラウマを残し、「日本はＩＡＥＡ事務局長選挙には勝てない。」という諦めが定着した。時が過ぎ、私が軍科部長に着任した二〇〇二年の頃には、事務局長ポストへのチャレンジを考える者さえいなくなっていた。

しかし、私の見方は違っていた。確かに主要国際機関の事務局長に当選するのは容易ではない。最近では、元首相や外務大臣が立候補することはザラで、外務省の部長や局長といった経歴では知名度からいって、勝負にならない。しかし、ＩＡＥＡの場合には一般論は当てはまらないと考えた。たとえば、一九九〇年代から二〇〇〇年代初めにかけて、日本は米国、フランス、英国とともに原子力分野のトップリーダーの一角を占めていた。軍縮・不拡散には人材が多く、原子力分野では関係省庁や民間にも豊富な人材がいた。ＩＡＥＡ事務局長には専門的知識が要求されるので、仮に他の国が推す対立候補が大臣や首相経験者でも勝てる可能性がある。ＩＡＥＡでは、日本は他の一〇カ国とともに常に理事会メンバーに選ばれる仕組みになっており、いわば、事実上の常任理事国としての影響力を持っていた（事実上の常任理事国の数は日本を含め一一）。しかも、不文律によって核兵器国の出身者は事務局長になれないが、日本にはその制約がない。また、拒否権という制度もないので、日本が立候補しても拒否権ゆえにつぶされる恐れもない。やりようによっては勝てるかもしれない選挙だと考えた。

当時の外務省・関係省庁の関心は事務次長ポストを獲得することに集中していた。そもそも、事務局長を目指すと言う発想がないのだ。幹部人事の相談があるたびに私は、「どうして、事務次長なのですか？　なぜ、事務局長を目指さないのですか？」と聞いてみたが、何時も返ってくる返事は、「おっしゃる通りなのですが……」というもので、誰も頭を切り替えようとはしなかった。

だが、私は諦めなかった。ただし、ＩＡＥＡ事務局長選挙にチャレンジするのであれば今までとは違ったやり方と入念な長期計画が必要だ。外務省に限らず日本の官庁では、自分からどのポストに就きたいというのは慎むべきこととされており、推薦を受けて「神輿に乗る」のが定石だった。しかし、これでは国内的には丸く収まったとしても、国際的な戦いに勝つためにはひ弱すぎる。強い意志をもって目標に立ち向かい、深謀遠慮をもってことを進め、強運に恵まれなければことは成就しない。それに加えて、どこから叩いても埃の出ないよう身ぎれいにしておかないと、とんでもないところで足を掬われる。

準備に要する時間も日本の物差しでは測れない。日本では、役人の任期である二年（一ポスト）という単位でものを考える傾向があるが、大きな国際機関の選挙に取り組むには、七、八年くらいの準備期間が必要だ。ＩＡＥＡの事務局長選のケースでは、二〇〇九年の選挙に挑戦するためには、その一つ前、すなわち二〇〇五年の選挙にどう取り組むかが重要になる。二〇〇五年の選挙が開始されるのは、正式には二〇〇四年の秋、事実上は二〇〇三年の夏ごろになる。したがって二〇〇九年の選挙に取り組むのであれば、遅くとも二〇〇三年、出来ればそれより前から準備をはじめることが必要だ。これは、常に現職の事務局長の動向に目を光らせ、現職が最後の任期に入った瞬間、水面下での準備を始めなければならないことを意味する。

私は、二〇〇二年から二〇〇五年にかけて軍科部長という立場にあったので、まず、間近かに迫っている二〇〇五年の選挙戦への取り組みから始めることにした。状況は悪くない。一九九七年に選出されたモハメッド・エルバラダイ事務局長は、当初こそ米国の支持を得ていたが次第に関係が悪化し、特にブッシュ政権になってからの関係は最悪だった。他方、イラク戦争反対がきっかけになってマスコミへの露出度が高まり、途上国や北欧諸国から強い支持を得ていた。理事会でも票の分布を考えれば、一部の強い反対はあるものの熱狂的な支持もあり、全体的としてかなり多くの国から支持を得ていると見るのが妥当だった。

そこで私は、二〇〇五年の選挙では日本から候補者を立てることを見合わせ、二〇〇九年に備えるという方針を立てた。二〇〇五年の段階では、依然としてエルバラダイ事務局長への加盟国の支持は強く、同事務局長が三期目を目指す場合には、仮に日本が候補者を立てても勝ち目に乏しいと考えたからである。

二〇〇五年の選挙戦に臨む方針を確認するため、私は二〇〇三年夏にウィーンに出張し、高須大使の話を聞くことにした。高須大使は、日本では国連のプロとして知られた外交官で、国連の話を聞くことも有益だし、大使自身がＩＡＥＡ事務局長選挙に関心を持っている可能性も考えられたからだ。

その時の話し合いは、ウィーンの大使公邸の大広間の一角で、昼食をとる形で二人だけで行われた。このコーナーは私も公邸に住むようになってからよく使ったが、南向きの窓から陽が降り注ぎ、緑の庭園を見下ろす気持ちのいい一角だ。込み入った話をするときは、こういった心安らぐ場所に限る。「ところで大使、二〇〇五年のＩＡＥＡ事務局長選挙が迫っていますが、高須大使は立候補する意思はありますか？」「ありません。私は、もっと大きな仕事をすることを考えています。」「えっ！　もっと大きな仕事というのは一体何ですか？　国連代表部大使ということですか？」高須大使は笑って答えない。高須大使の言葉には、大いに興味をそそられたが、私にとっては、大使が二〇〇五年のＩＡＥＡ選挙に立候補する意思がないことが確認できれば十分だった。それ以上余計なことに首を突っ込む必要などどこにもない。

二〇〇五年の選挙に日本が候補者を出さないことについて、竹内次官の了承を取り付けるのは容易だった。慎重な人だったので、日本からＩＡＥＡ事務局長を出し、エルバラダイ事務局長のようにアメリカとの板ばさみになるのは得策ではないと考えていたのではないかと思う。一方、アメリカのボルトン国務次官はエルバラダイ三選反対の立場だった。ボルトン次官の場合は単に反対というだけでなく、強力な反対運動を繰り広げていたが、これがかえってエルバラダイ事務局長を硬化させてしまったらしい。後から聞いた話であるが、当初エルバラダイ事務局長は三選に興味がなかったが、ボルトン次官に反対されたので逆に三選の決意を固めたということである。真偽のほどは定かでないが、あとで自分が事務局長になってみると、引きずり下ろしの動きがあれば逆に続投を目指す以外ないという気持ちはよくわかる。物理の法則と同じで、作用があれば反作用があるということであるが、科学者の多いＩＡＥＡの世界でもこの基本原則は往々にして忘れられがちだ。

ボルトン次官との確執もあって、エルバラダイ事務局長は二〇〇四年夏には続投の意思を事実上表明、Ｇ77（アジア・アフリカ・ラテンアメリカの開発途上の七七カ国で形成されたグループ）が支持、欧州諸国の多くも内々に支持を決め、三選の流れが出来上がっていった。収まらないのが、米国、とくにボルトン次官である。ボルトン次官は、対立候補探しのため多くの国に働きかけた模様であるが、候補者として名乗り出るものはいなかった。これは、私の推測に過ぎないが、ボルトン次官の意中の人は、当時化学兵器禁止機構（ＯＰＣＷ）の事務局長を勤めていたフィルテル事務局長（アルゼンチン出身）ではなかったかと思う。フィルテル事務局長は手堅い能吏として知られた人で、しかも、任期途中で退任させられたブスターニ事務局長（ブラジル出身）の後を受け、米国の肝いりで事務局長になったという経緯もあった。米国のおメガネにかなうＩＡＥＡ事務局長候補としては、うってつけだ。

しかし、フィルテル事務局長とすれば、わざわざエルバラダイ事務局長に挑戦する必要はなく、ＯＰＣＷ事務局長を二期無事に勤めた後、二〇〇九年のＩＡＥＡ事務局長選に立候補すれば熟柿が落ちるように当選すると考えたとしても不思議はない。

こうして、対立候補者が出ないまま二〇〇四年一二月三一日の立候補締め切り日が過ぎたが、それでもボルトン次官はあきらめなかった。翌二〇〇五年の初めに日本を訪れた際にも、ＩＡＥＡ事務局長選挙が会談の中心となった。「米国としては、エルバラダイ事務局長の続投に断固反対である。多くの国に働きかけた結果、米国の立場を支持する国が多数ある。候補者さえ出れば何とかなるので、日本から候補者を出してもらえないか？」「しかし、立候補締切日はとっくに過ぎている。」「そんなことは、どうにでもなる。自分が何とかするので、任せてほしい。」「しかし、日本にはエルバラダイ事務局長に対抗できるような候補者はいない。」「それは謙遜だ。高須大使、阿部大使あるいはあなた自身立候補する気はないか？」「そこまで具体的に考えているのであれば、率直に言わせていただこう。先ほど貴次官（ボルトン）は多数の国が米国を支持していると言われたが、米国は何票固めたのか？私の票読みでは、どうひいき目に見ても米国が確保した票は一〇票に届かない。」「いや、一二票に届く可能性がある。三月の投票で一二票以上取れれば、現職の続投を阻止でき、その結果生じた混乱のなかで何とかなる。」「それではダメだ。仮に日本人候補が本選で一二票以上とって現職の続投を阻止できたとしても、多くの国の怨嗟の的となってしまうのでやり直し選挙に進めず、第三の候補が事務局長に就く。日本は、上手くいくかどうかわからないが試してみようといったような中途半端な気持ちで候補者を立てることはない。候補者を立てる以上は、国の威信をかけて必勝の覚悟で臨むので、当選に必要な二四票を確保できる見通しがなければならない。貴次官の言っていることは、日本に捨石になれと言っているに等しく、いくら同盟国だといっても米国のために自殺的な行動をとることは出来ない。今回はエルバラダイ続投を支持するのが最善だと考える。」「日本が候補者を出せないのなら仕方がない。票読みもあなたの見方が正しいかもしれないが、まだ諦めるのは早い。米国としては、引き続き候補者探しと多数派工作を続ける。」「時間が必要という点はわかった。日本はエルバラダイ三選支持をほぼ決めているが、私の判断で正式決定と発表はしばらく見合わせる。今回は無理だが、二〇〇九年の選挙では日本からの立候補を検討する。」ボルトン次官は気づかなかったかもしれないが、この時私は二〇〇九年選挙で日本から候補者を出すことを固く決意した。ずっと後になってのことであるが、二〇一九年四月にボルトンＮＲＣ議長を訪ねた時、「約束は果たしましたよ。」といったら、心から喜んでくれた。

ところで、エルバラダイ事務局長については、私としても政策には賛成できない点があったが、立派な人物だと考えていた。また、ＩＡＥＡが強力な国際機関として機能して行くためには、事務局長は米国を含めた全会一致で選ぶのがベストだとも考えていた。そこで、二〇〇五年三月に開かれたＩＡＥＡ理事会では、英国と協力して、全会一致を実現するにはあとしばらく時間が必要である旨主張し、三月理事会での投票を阻止した。そして三月理事会終了後の四月はじめ、米国に対し日本としてはエルバラダイ続投を支持する旨決定した、三月理事会の結果を見ても流れは明らかなので米国も全会一致に加わってほしい旨伝えた。その後も米国は反対運動を繰り広げたようだが、時すでに遅し、流れはもうとっくに出来上がっていたのである。

私としては、やがて米国も現実を直視せざるを得ないので、全会一致による再選は間違いないと考えたが、見通しが甘かった。トラブルの原因は米国ではなく、日本のウィーン代表部だったのである。私は三月理事会が終わった後のタイミングでエルバラダイ続投を支持するよう訓令を出したが、ウィーンの出先公館はいつまで経っても訓令を執行しない。督促すると、執行はするが現地には現地の事情があるのでタイミングは任せてほしいというので、しぶしぶ了承した。後から考えるとこの判断が甘かった。エルバラダイ事務局長の三選問題は六月理事会で取り上げられることになり、私としてはすべて上手く行くものと思っていたが、理事会初日、家に帰ってくつろいでいると、バドル在京エジプト大使から突然電話がかかってきた。バドル大使というのは、日本語がうまい上にカラオケが得意で、日本の政界にも深く食い込んでいるなかなかのやり手である。話を聞くと、高須ウィーン大使が手続き問題で反対しているため、会議が中断したまま再開の見通しが立たない、外務大臣に抗議したいのでアポイントを取り付けて欲しいという要請である。これは、うまく対応しないと厄介なことになる。私は狐につままれたような思いで、直ちにウィーン代表部に電話をかけると、次席大使が電話口に出て理事会が高須大使の要請により議事が中断しているのは事実だが事情は大使でないとわからないと言う。それでは大使と話したいといっても、大使は電話口に出ない。そこで、次席大使に対しウィーン時間一五時までに理事会を再開し、エルバラダイ事務局長の三選を支持するよう厳命した。紆余曲折ののち、結果的には一五時を少し遅れて会議は再開され、エルバラダイ続投が全会一致で決定されたが、何とも後味の悪い出来事であった。

エルバラダイ事務局長をはじめ多くの途上国は、日本が米国の意を受けて「嫌がらせ」をしたと受け止めたようで、長い間関係者との間でしこりが残った。私としては、三月理事会で投票阻止という悪役を買ってまで全会一致を目指し、エルバラダイ事務局長続投に協力したつもりであったが、ウィーン代表部の独走の結果思いもかけない展開になってしまった。なぜ、こういうことになったのか今でも良く分からないが、日本にとっては具合の悪い展開だった。ベテランのキューバ大使から、「多国間外交では、小さなことから大きなことまで、すべてのことが意味を持つ。」と言われたことがあるが、けだし名言である。

私が三年間の軍科部長を終えウィーン代表部大使として着任したのは、エルバラダイ三選問題が決着した二〇〇五年八月終わりのことである。ウィーンに着任してから理事会議長になるまでの顚末は、すでに書いたのでここでは繰り返さない。この日から四年間、私はウィーンに所在する国際機関に関わる仕事をすることになるのだが、最大の関心事項は二〇〇九年のＩＡＥＡ事務局長選挙であった。

着任してしばらく経ったある日のこと、西側主要国大使の集まりで、将来の多選を阻止し、ひいてはエルバラダイ事務局長の四選を阻止するため、二期限定ルールを作ろうと言う話になった。私としては、そんなことをしても現職の力が強ければルールは簡単に破られると思ったので、「エルバラダイ事務局長の政策が気に入らないのであれば、誰かが立候補し、戦って勝つ以外ないのではないですか。」と言ったが、何の反応も無かった。もちろん、二〇〇九年選挙での日本からの立候補を示唆したのであるが、その時点では私の意図に気づくものは誰もいなかった。どうも、日本人は先を読むのが早すぎるらしい。他方、二期限定ルールは、翌二〇〇六年三月の理事会に提案されたが、案の定、結論は出ず見送りとなった。

私が理事会議長に着任した二〇〇五年秋、エルバラダイ事務局長とＩＡＥＡにノーベル平和賞が授与されることになり、一時ＩＡＥＡもお祭り気分に包まれた。私も、オスロに行きＩＡＥＡを代表してノーベル賞を受けとるという珍しい経験をした。しかし、その一方でイランの核問題をめぐる状況は悪化し、年が明けた二〇〇六年二月にはイランの保障措置協定違反がＩＡＥＡから国連安保理に報告され、一二月には制裁を含む安保理決議が採択された。エルバラダイ事務局長は従来からイランを追い詰めることは良くないと考えており、また、イラク戦争の経験から情報機関が提供する情報に極めて懐疑的だったので、欧米との関係は更に悪化していった。

私たち夫妻とエルバラダイ事務局長夫妻は、ノーベル賞受賞を機会に親しくなり、ノルウェー大使夫妻、スウェーデン大使夫妻と持ち回りで、ほぼ三カ月おきに一回「ノーベル・デイナー」を開くようになった。ノーベル・デイナーでの約束事は、話の内容を一切記録せず口外もしないと言うことだったので、私は今でもその時見聞きした内容を披露する気はない。ただ、こうした中で知ったエルバラダイ事務局長の考え方や人柄については、理想家、インテリである一方、内気で政治性に欠けるという印象を受けた。後に大統領候補になったことを考えると、私のこういった印象を奇異に思う人もいるかもしれない。だが、逆に大統領にならなかったことを考えると私の観察が当たっていることになる。私も事務局長になってから多くの政治家や政府高官に出会ったが、遠くから見る印象と近くで見る印象が大きく違っていたり、一人の人物のなかに相矛盾する性格が混在することは往々にしてある。

ノーベル・デイナーを通じて親しくなったこともあり、翌二〇〇六年の暮れにエルバラダイ夫妻を日本に招待し、一週間ほど東京、京都など日本国内を旅行した。大変楽しい旅行であったが、私はエルバラダイ事務局長を見送った後、谷内事務次官に報告すべく外務省に向かった。「エルバラダイ事務局長夫妻と一週間行動を共にしましたが、二〇〇九年の選挙で続投を目指す兆しはありません。ついては、いよいよ日本が次期事務局長を目指す計画を発動させたいと思います。選挙戦を有利に進めるためには、二〇〇七年の春ごろから動き始めるということでよろしいでしょうか?」「そうしてください。」「ところで、候補者は誰にしますか?　外務省内外に有力な候補者は何人かおりますし、訓達式でお願いしたとおり私も候補者の一人に加えていただければと思います。」「君がやってください。」私は余りのことに息を呑んだ。こんなにもあっけなく次官の判断をいただけるとは思っていなかったので、しばらくその場に立ち尽くしたが、谷内次官は何事もなかったかのように、机の上の書類に目を落としている。私は、次官の決断が固いことを知り、一言だけ「ありがとうございます。」と言って次官室を後にした。この瞬間、待ちに待ったチャンスがいよいよ私にも訪れたのである。昨日までエルバラダイ事務局長夫妻と行動をともにしていたことを思うと、多少違和感はあったが、生き馬の目を抜く多国間外交の場ではそんな感傷に浸っている余裕はなかった。

私は、飛ぶようにしてウィーンに戻り、選挙戦の準備に取りかかった。天の配材により、一二年に一度だけめぐってくるチャンスに出会ったわけだ。ＩＡＥＡ事務局長選に取り組む上で、ウィーン代表部大使を務めているというのは、地の利がいい。投票するのは、ほとんどの場合ウィーン駐在の大使であり、そうでなくても本国から出張してくる理事なので、皆と顔なじみである。更に、世界各国の首都で実際に選挙活動を行ってくれる日本の大使は、ほとんど私の期の前後の外交官だ。孫子言うところの、天の時、地の利、人の和が揃ったのだ。幸運が私に微笑んでいる。そういえば、二〇〇五年のＮＰＴ運用検討会議に出席した際立ち寄ったニューヨークの町中華で出されたフォーチュンクッキーを開けたら、「幸運の金の卵が、今月あなたの膝の上に落ちてくる。」とあった。私がウィーン代表部大使の内示を受けたのはまさにこの年の五月である。ラッキーナンバーは三、六、一二、一三、二六、四二とあったが、私の事務局長当選を決めたのは一三票である。縁起を担ぐわけではないが、幸先が良いに越したことはない。このおみくじは、今も大事に財布の底にしまっている。振り返ってみれば、丁度二〇〇六年の暮れまでが私と妻にとっての穏やかで静かなウィーンの日々であったと思う。

さて、選挙に打って出る以上、なぜ立候補するかを説明できなければならない。私は、しばらく前からこの立候補するに当たっての大義名分に思いをめぐらせていたが、反エルバラダイ色を明確に打ち出したくはなかった。政策面で意見が一致しない点はあったとしても、人物的には尊敬していたし、個人的にも親しくしていた。もちろん、反エルバラダイ色を鮮明に打ち出せば、一定の票は集まるがエルバラダイ支持派の反発を招くという計算も働いた。しかし、エルバラダイ事務局長のイランやシリアに対する対応には賛成できなかったので、保障措置の厳格な適用という点は譲れなかった。特にイランは、国連安保理決議に公然と挑戦し、ＩＡＥＡの要請にも応じていない。こんなことを容認すれば、査察自体の信頼性が問われると思ったので、「私は、広島、長崎を経験した国の出身なので、核兵器の拡散問題には厳しい態度で臨む。イランを含めすべての国は、ＩＡＥＡとの保障措置協定および関連のルールを完全に守らなければならない。」と述べた。関連のルールというのは、言うまでもなく安保理決議などを指す。また、若い頃生化学の研究者を目指したこともあるので、原子力技術の途上国への移転を重点項目と位置付けた。私に批判的な国は、技術協力重視は単なる票目当てのリップサーヴィスと受け止めたようであるが、私は本気だった。

マネージメントについては、企業は家族と言う日本的要素、飛び切り優秀な人材をトップ周辺に集めるフランスのキャビネ方式、アメリカのシンクタンクで学んだ政策立案の手法を取り入れることにした。国際機関の欠点は口ばかりで具体的成果に乏しいことである。そこで、「ＩＡＥＡはディベート・クラブではない。具体的な成果を出すのが、我々のやり方だ。」と主張した。要するに、ＩＡＥＡ憲章に定められた目標を実現するために効率の良い組織運営をしようということであるが、残念ながらこれでは大義名分としてはパンチにかける。後知恵ではあるが、遠慮せずに反エルバラダイ色も少し明確に打ち出したほうが分かりやすかったのではないかと思う。

選挙戦略についても、考え抜いた。最初から名乗りを挙げ他を圧倒するのか、直前まで我慢したうえで名乗りを挙げゴール直前で抜き去るのか、それが問題だった。当時の国際選挙の常識では、早い段階で名乗りを挙げると各国から標的にされるので、最後のぎりぎりまで待って名乗りを挙げるのが定石と考えられていた。いわゆる「後出しジャンケン方式」である。特にＩＡＥＡの場合は、本選挙で当選者が決まらず、やり直し選挙になった場合が多く、この方式がものの見事に機能する。しかし、私は、「後出しジャンケン方式」は日本には当てはまらないと考えた。やり直し選挙は事実上話し合い選挙である。話し合いで選ばれる候補は、往々にして国家グループのリーダー的立場にある国か、または、北欧諸国のようにニュートラルな国の出身者であって、日本はその範疇に入らない。また、やり直し選挙に臨むには、最後まで意図を隠しチャンスが生まれた時にすばやく決定することが必要だが、日本は巨大な官僚機構・政府を抱えているので、そんな小細工はできない。

これに対し、最初から名乗りを挙げ、正々堂々と闘う「先行逃げ切り方式」は日本のお家芸である。明確な意思決定を行った上で選挙戦に臨めば、日本の組織はウィーンフィルの演奏のように一糸乱れぬ選挙戦を展開する。多くの国は個人技は得意であるが、組織だった行動は不得手なので、日本の真似はできない。また、日本は多くの国と良好な関係にあり、国際社会では日本自身が考えている以上の影響力があるので、それを生かせる。他方、「先行逃げ切り方式」の弱点は、多くの国から狙い撃ちにされることである。選挙戦の期間が二年近くに及ぶので候補者本人、日本政府にとって大きな負担となる。途中で息切れしたりミスを犯せば、一気に失速するリスクもある。しかし、この点をさし引いても、日本の場合には、出る以上必ず勝つことを目指し組織的な選挙戦を行う以外ないと考えた。

最近の国際選挙の例を見ると、早い段階で名乗りを挙げた候補が勝利を収めるケースが多い。たとえば、二〇〇六年行われた国連事務総長選では、韓国のバン・キムン外相は最初から名乗りを挙げ、いつか本命が出る出ると言われ続けながら、そのまま当選した。また、二〇一六年の国連事務総長選挙でも、次期事務総長は女性と言われつつ、最初から名乗りを挙げ、安定した支持を取り付けていたグテーレス元ポルトガル首相が勝った。他方、一九八三年および一九九七年のＩＡＥＡ事務局長選挙を見ると、早くから名乗りを挙げた候補者はすべて脱落し、最後に名乗りを挙げたハンス・ブリックスおよびモハメッド・エルバラダイが最後の勝利を手にしている。

グループ候補を目指すか否かも選挙戦略上重要な要素であったが、私はグループ候補となることは現実的でなく、かつ、効果的でもないと考えた。グループ候補を目指すとなれば、まずアジアが頭に浮かぶが、グループのなかには中国もいれば韓国もいればＡＳＥＡＮ諸国もいる。これらの国すべての支持を取り付けるのは容易ではない。支持取り付けに失敗すれば、アジアグループの支持さえ取り付けられなかったということになってマイナスである。アジアグループの次に考えられるのは、西側グループであるが、そもそも西側グループは国際機関の選挙で統一候補を立てるほどの固い結束力はなく、まして日本支持で結束する可能性は乏しい。さらに、アジアであれ西側であれ、一つのグループの候補になることは、他のグループによる支持を危うくするリスクもある。

こうした準備も次第に整い、日本政府内部での意思決定は順調に進み、二〇〇七年夏ごろから友好国への水面下の働きかけが静かにスタートした。投票の二年前、正式な選挙戦開始の一年以上前のことである。この段階では、極秘の含みで日本の意向を伝達したが、当然のことながらすぐに支持を表明する国はなく、反対に、難色を示す国もなかった。ほとんどの国は、一言で言えば「早い段階で知らせてくれてありがとう。」というものであったが、中には驚いた国もあったようだ。前に述べたように、これは私の推測であるが、一部の西側諸国はＯＰＣＷのフィルテル事務局長を推す方向で考えていたのではないか。そうだとすれば、いくつかの国が驚いたのはよくわかるし、また、流れが出来ないうちに日本の立候補の意図を伝えたことは大正解だったと言える。

時の経過とともに、働きかけの対象は次第に広がっていったが、こうなると情報が漏れる可能性が高まる。いかなる国でも、第三者から聞くより直接聞くほうが良いに決まっている。特に、エルバラダイ事務局長への通報をどうするかはデリケートな問題であった。我々としては、エルバラダイ続投はないと見ていたが、直接本人の口から聞いたわけではない。過早に通報して反発を買うことは避けたかったが、だからといっていつまでもダンマリを決め込むわけにもゆかない。両方のオプションの利点弱点を検討した結果、二〇〇七年九月の総会のあとで私から直接伝えることになった。会談は一対一で行われ、私から日本の立候補の意図を伝えると、予想していた通り、四選出馬は考えていないということだったのでその点は問題なかった。しかし、「それで、候補者は誰ですか?」と聞かれたので、「私です。」と答えると、エルバラダイ事務局長は余程意外だったらしく、しばらく絶句していた。エルバラダイ事務局長に限らず、私の立候補を意外と受け止める向きが多かったが、これには私も驚いた。私は、軍縮・不拡散分野の経験は長く、それなりの知名度はあると思っていたが、意外感をもって受け止められた。日本のような大国がよもや候補者を出すとは思っていなかった為かもしれない。

こうして、選挙戦を進めるうえでの大きな制約要因が消えたので、二〇〇七年秋以降、日本の選挙運動は次第に活発になった。我々は、「時期がくれば（二〇〇八年秋）正式に意図表明するが、日本としては二〇〇九年のＩＡＥＡ事務局長選挙で天野大使を候補に立てたいと考えているので、内々に伝えると共に支持をお願いしたい。」という言い方で半ば公然と選挙活動を強化していった。外交の世界では、「内々に伝える」と言っても、内々であるはずがない。外交官は、ゴシップ好きである。特に大きな国際機関の選挙のように人事にかかわる話であればなお更であり、一人の外交官に話せば二四時間以内にウィーン中が知ることになる。予想にたがわず、日本が候補者を立てるという話は、たちまちのうちにウィーンどころか世界中に広まった。

しかし、たとえ一票とはいえ票を獲得するのは難しい。東京での働きかけ、出先在外公館を通じての先方政府への直接の働きかけ、ウィーンおよび私自身の出張を通じた働きかけが、繰り返し重層的に行われた。働きかけを行う相手政府の選択、働きかけを行う場所とレベル、タイミング、説明振りを緻密に調整し、組織的な活動を行うことは容易ではないが、このような能力では日本の外務省は他国の追随を許さない。間違いなく、世界のトップレベルの実力であろう。しかし、支持を取り付けるにはこれだけでは不十分で、高い政治レベルでの働きかけが決定的に重要である。というのは、主要国際機関の事務局長への支持・不支持は、ほとんどの場合は少なくとも外務大臣レベル、多くの場合は首相・大統領レベルで決まるからである。二〇〇九年の選挙では、幸いにして福田総理、麻生総理、中曽根外務大臣以下、強力な支持をいただき、心から感謝している。

各国が支持・不支持を決める要素は複雑で、国によっても違う。まず、第一に候補者の資質が問われる。その国際機関の長に相応しい人物か、知能・識見・専門知識・リーダーシップを備えているか、十分な国際経験を持っているか、大臣などの要職の経験があるか、英語はもちろんのこと出来れば他の国連公用語が使いこなせるか、語学を含めたコミュニケーション能力があるか、マネージメント能力はどうかなどが縦・横・斜めから見られる。候補者になった途端、どこにいても何をしていても、誰もがこれらの点を観察している。私の場合、軍縮・不拡散分野での知識と経験では自信があり、この分野での知人・友人は多かった。外国語は余り上手くないが、英語とフランス語が話せる。大臣・副大臣といった輝かしい経歴はなかった。また、口八丁手八丁の途上国の外交官などに比べればコミュニケーション力は弱く、性格的にも自分を等身大以上に見せるのが苦手だった。ただ、後々知ったことであるが、あるEUの小国は「もの静かではあるが、大国の言いなりになるような人ではない。」と考えて私を支持したそうである。外交というと、とかく技巧に走りがちであるが、人は意外に本質的なことを見ているものだ。

資質は大事だが、仮に資質を満たしたとしても、それで支持が得られるわけではない。票のやり取りは、時に決定的な役割を果たす。国際機関の選挙では、たとえば、A国がIAEA選挙で日本の候補を支持する代わりに、日本が別の選挙でA国の候補を支持するという約束を交わすことがある。これを相互支持と言う。日本とA国の間で、一旦相互支持が成立すれば、その国の票は確実に獲得できる。しかし、対立候補を出している国が、先にA国と相互支持の取り決めを結んでしまえば、日本は絶対にA国の票は取れない。相互支持は、候補者の資質云々など吹き飛んでしまうほど決定的な要因になる。これは、候補者を出した国が、どれだけ真剣にその選挙に取り組むかという問題でもある。あの選挙も重要この選挙も重要というようなメリハリのない選挙戦を行うと、相互支持に関する判断ミスを犯し、苦境に陥る。もっとも、相互支持で票が動くケースはそう多数あるわけではなく、二〇〇九年の選挙戦の場合大きく見積もっても数票であった。しかし、選挙は一、二票差で決まるので、数票の差は致命的である。

二〇〇九年三月に行われた選挙では、あと一票差まで迫りながら当選を果たせず、原因は「甘い判断」の結果に帰せられている。私としても判断が甘かったことには異論がないが、初動の段階で相互支持に応ずれば獲得できたのに、相互支持を断った結果二票を落としていることも失敗の大きな原因だったと思っている。繰り返しになるが、これは選挙戦序盤に起こったことで、まだ、外務大臣、次官などへの報告・協議が十分行われていなかった頃のことである。こういう状況での判断は、通常大使、局長クラスで行われるが、そうなると役人特有の筋論、前例、しがらみなどで決まることが往々にしてある。しかし、選挙における唯一無二の判断基準は、「勝つか、負けるか」の一点にあるのだから、この点がおろそかにされてはならない。さすがに、選挙戦が進み、次官、大臣、官邸が直接関与するようになると、選挙戦にかかわる判断は鋭さを増し、判断ミスはなくなる。ここで記した初期段階での相互支持に関する判断ミスは、多くの人が知らない話であり、また、知っている人にとっては忘れたい話であろうが、これを単に「甘い判断」で片づけてしまっては、後世の参考にならないのであえて記録にとどめる次第である。

候補者への支持・不支持を決めるその他の要素としては、人事がある。国際機関で、より多くのポスト、より高いポストを獲得することは、各国の強い関心事項なので、候補者に対しては激しいポスト要求が行われる。支持を約束する見返りに特定のポストを約束するよう求められることは、選挙活動中の日常茶飯事である。私の場合にもそのような要求は数限りなく寄せられたが、これには約束はしないがニュアンスをつけて対応することにした。一つでもポストを約束すれば、たちまちのうちに噂が広がり、ポストを約束しなかった国の票を失うことになる。かといって、はっきり断れば票は離れて行く。言い方が難しい。「原則の問題としてポストはお約束できません。」と言うのか、「原則の問題としてポストのお約束は出来ませんが、その件は選挙が終わったあとお話ししましょう。」と言うか、「原則の問題としてポストはお約束できませんが、あなたを含め今まで一緒に働いたお国の方はすばらしい方ばかりでした。」と言うのでは、印象も異なるし意味も異なる。

現実の問題として、いくら冷静、公正に振舞おうとしても、選挙は極めて人間くさい営みである。暖かく支持してくれた国には親近感がわき、苦しい中で支持してくれた国には借りを感じる。そういう国に良い候補者がいれば気持ちが動くのは人情であり、相手国にもその気持ちは以心伝心で伝わる。逆にまともな理由もなく支持しなかった国や約束しながら裏切った大使は顔も見たくない。私としては、常に能力本位、公正な人事をしてきたつもりであるが、心のどこかに選挙中の気持ちが残ったとしたら、不徳の致すところである。

選挙運動につきものなのは、支持要請のための出張だ。出張と言ってもはじめはよいが、度重なってくると経費もかさむし疲れも蓄積する。理事国三五を全部訪問するためには、どうしても一年半から二年はかかる。我々はこの点も計算に入れて選挙運動期間を設定したが、後に選挙で争うこととなるミンテイ副大臣陣営はそこまで計算しなかったのではないか？　情報収集の結果、ミンテイ候補が早い時期から立候補を考えていたことが分かってきたが、その割には立候補のタイミングが遅れたことが敗因の一つといわれている。出張では、出来る限り外務大臣以上と面会し、支持要請を繰り返す。出張したからと言って支持してもらえるわけではなく、長い時間をかけ出張し支持を要請したにもかかわらず、にべもなく不支持と言われれば、腹も立つし泣きたい気持ちにもなる。ただ、いくつかの国はミンテイ副大臣が訪問しなかったのに対し、私が訪問したと言う理由で、ミンテイ副大臣への支持を断ったそうである。もちろん、本当の理由はほかにあるが、来たから支持、来なかったから不支持というのは明快でわかりやすい。

選挙運動中、健康には気をつけたつもりだが、ウィーンでの活動は二年間続くどぶ板選挙であり、レセプションは立ち仕事である上に、狙った相手と話し始めた瞬間から、次の相手を探しその位置と距離を計算するハンテイングのような仕事なので疲れる。広い空港を重い荷物を引きずって歩き、徹夜便の乗り降りを繰り返し、時差調整を繰り返すうちに疲労が蓄積してくる。こうしているうちに、私はとうとう半月板断裂を起こし、膝が痛くて広い空港が歩けなくなってしまった。手術を受ける以外なかったが、執刀医の腕が良かったらしく、全身麻酔はしたものの翌日には退院、一週間後には再び出張に出かけた。良い医者にめぐり合うのも運のうちだ。

ところで、支持・不支持の判定はどのように行うのか。我々が取った方法は、支持しないという発言は無論のこと好意的に検討するという発言も「支持なし」と判定、外務大臣以上から支持するという言質をもらえれば「ほぼ支持」、公式文書で支持を約束してもらった場合は「支持」と判定した。しかし、厄介なのは秘密投票の場合どこまで約束が守られるかである。これに関しては、「高須の法則」（私の前任のウィーン代表部大使）という経験則があり、公式文書で支持を約束した票数の八割が本当に支持してくれる票数と考えられている。この法則を適用すると、IAEAの場合、対立候補が一名だった場合、自国を含めて三〇か国から公式文書で支持を取り付けた場合には、（35－5）×0.8＝24となり、当選に必要な二四票を確保することが出来る。しかし、公文書で支持を取り付けられない国が六カ国以上になると、（35－6）×0.8＝23.2となり、二三票しかとれず、落選の憂き目にあう。実際問題として、自国を含め三〇か国近くから公式文書による支持を取り付けるのは至難の業だ。もちろん公式文書以外の支持もあるが、信頼度が落ちるのは間違いない。IAEA選挙で当選することがいかに難しいかは、このことからも分かると思う。

二〇〇九年の選挙を含め、何回かの選挙戦を戦う中で、どういう国が日本を支持し、どういう国が日本を支持しないかも分かってきた。日本では、選挙というとアメリカが支持してくれると思いがちだが、これは甘い。日本にとってアメリカは唯一の同盟国かもしれないが、アメリカの同盟国は日本以外にいくらでもある。トランプ大統領に限らず、「アメリカ・ファースト」は以前からのことだ。アジアの国なら支持してくれると考えるのも、こちらの勝手な思い込みだ。ＡＳＥＡＮをはじめとするアジア諸国はれっきとした開発途上国の集まりであるＧ77（一〇〇カ国以上がメンバー）あるいはＮＡＭ（Non-Aligned Movement）のメンバー国で、Ｇ77やＮＡＭとしての立場もあれば義理もある。欧州は、日本と同じ西側の一員だから支持してくれるだろうと思うのも大間違いだ。多くの場合、欧州自身候補者を立てており、しかも、地域内で意思統一が行われることも稀だ。まして、同じ西側だから欧州が日本を支持してくれるということにはならない。この点、意外に親日的なのが旧東側諸国で、二〇〇九年の選挙でもおおいに助けられた。欧州とロシアという強力な勢力に挟まれているので、そういった関係のない日本に親近感を感じるのかもしれない。アフリカ諸国、特にアフリカの小国は親日的で、ありがたい。しかし、二〇〇九年のように地域内の強国が立候補すると、彼らも域内国の候補と日本の候補の間で二者選択を迫られ、窮地に陥ってしまう。

国際機関の選挙との関係で考えると日本の弱点は、国として重要過ぎるという点だ。多くの日本人の認識とは異なるかもしれないが、日本はＧ７の一角で、世界第三位の経済力を持つ世界の主要国だ。さらに、米国と強固な同盟関係にある。多くの国、とくにＰ５（米・英・仏・露・中。国連安全保障理事会の常任理事国）のような国にとって、国際機関の長は、中小国かつ出来れば中立的な国の出身の方が都合がいい。これは、ＩＡＥＡに限らず、国際機関の現在および過去の事務局長の出身国を見れば一目瞭然である。もう一つの日本の弱点は、多くの国と良い関係にあるが、いざと言うときに本当に力になってくれる国が少なく、また、グループにも所属していないことだ。たとえば、ミンテイ副大臣のケースのようにＧ77やアフリカ・グループの後ろ盾があれば有利だ。ＥＵやＡＳＥＡＮのような後ろ盾も有利だ。だが、日本にはそういった後ろ盾はない。いってみれば友人は多いが、いざという時力になってくれる仲間は少ないということになる。

こう考えてみると、二〇〇九年のＩＡＥＡ事務局長選挙に挑戦したことは無謀とも言えるが、逆に、それでも勝ったことを考えると挑戦してみる価値はあったことになる。日本にとって、国際機関の事務局長選挙に挑戦することは決して容易でないが、一つ一つの選挙は異なるので一般論では論じられない。過去の選挙にしろ将来の選挙にしろ、個別のケースをよく観察・分析して、勝機を見つけてゆく以外ないと思う。

選挙での支持・不支持が何で決まるか、どう判定するかという話が長くなってしまったが、要は国際機関の選挙は一筋縄ではいかないということである。候補者の資質、相互支持やポストの約束、援助を含め長年積み上げてきた国と国との関係、国家グループ間の力関係、相手国に出向いての支持要請の有無などさまざまな要素が複雑に絡み合う。とはいえ、最後は個人の力と意思と言う面もある。突き放されても食い下がり、確実だと思っても念をいれて支援を頼んで回ることは国際機関の選挙に勝つための必須要件である。私が言うのも口幅ったいが、選挙は勝負事であり、「背広を着た戦争」ではないかと思う。どんなに努力しても考え尽くしても、破滅の淵まで追いやられることもあれば、思ってもいなかった幸運に恵まれることもある。準備や努力が必要なことは言うまでもないが、成功と失敗、天国と地獄を最後に分けるものは、意思と熟慮と強運だと思う。選挙に限らず、事務局長になって国際社会を相手に難問に取り組むに当たっても、意思と熟慮と強運が明暗を分けることには変わりない。

年が明け二〇〇八年を迎えると、日本の先行逃げ切り体勢が強まり、快進撃が続いた。立候補すれば強力なライバルになるはずだったフィルテルＯＰＣＷ事務局長は、大統領が代わったことにより、本国の支持が得られなかった。フィルテル事務局長以外にはこれといった候補も見当たらない。一時は、対立候補が出ないまま逃げ切れるかとさえ思ったが、現実はそう甘くはなかった。二〇〇九年五月のさわやかなある日、ウィーン代表部日本大使公邸の庭にテーブルを出し、南アに対する支持要請を行っていたところ、ミンテイ副大臣から「天野さん、実は私も立候補することになったのです。私から望んだというより、いくつかの国から推されたので、断り切れなかったんですよ。」と静かな口調で切り出された。驚きとショックで顔面から血が引く思いがしたが、これは疑うべくもない立候補宣言である。実は我々も、ミンテイ副大臣は潜在的候補としてマークはしていたが、当時六九歳ですでに過去の人と思われていたこと、および欧米との関係があまりよくなかったことから、立候補はありえないと考えていた。しかし、ミンテイ副大臣は、我々に気づかれることなく着々と選挙準備を整えていたのである。

立候補宣言後のミンテイ副大臣の動きはすばやかった。「エルバラダイ路線の継承」を高々と掲げ、アフリカ連合（AU）の統一候補となった。G77有力国の支持を取り付け、さらに、G77全体の支持取り付けに乗り出す。こうして、二〇〇九年のIAEA事務局長選は、天野対ミンテイという構図が出来上がっていった。選挙戦が正式なスタートを迎える二〇〇八年一〇月ごろの情勢では、依然としてわが方優位は動かなかったが、ミンテイ副大臣を支持する勢力は一二票に迫る勢いになり、その後、二〇〇九年三月の投票に至るまで一進一退が続いた。

それでは、この選挙の対立軸は何だったのであろうか？　候補者の顔ぶれから見て、「先進国対途上国」の闘いという人がいるが、この見方は単純すぎる。確かに、「先進国対途上国」という側面があったことは否定できないが、それでは二三対一一棄権一という最終結果を説明できない。選挙が「先進国対途上国」であったら、いずれの候補も二〇票を超えることはできず、第三の候補が事務局長になっていただろう。事実、途上国がすべてミンテイ副大臣を支持したわけではなく、かなりの途上国が困難な状況の中で私を支持してくれた。逆に、先進国の中でも私を支持せずミンテイ副大臣を支持する国もあった。

私は、二〇〇九年の選挙には「既存勢力と新興勢力」というのが大きな対立軸だったのではないかと思う。二〇〇九年当時といえばBRICSの勢いが盛んなときであり、その結束は固かった。BRICSというのは、ブラジル、ロシア、インド、中国、南アのことで、G7（当時はG8）何するものぞという雰囲気にあふれていた。ＢＲＩＣＳのメンバー国は、Ｇ77の中でも強い発言力を持っており、ＢＲＩＣＳの雄、南アが支持を要請すれば、それを拒否することは容易でない。しかし、アフリカ諸国の中には、域内の大国である南アより、むしろ日本に親近感を抱いている国もあった。アジアやラテンアメリカの途上国においても同様である。とは言え、南アに勝ち目がないことが明らかになる中で、ミンテイ候補があそこまでがんばった背景には、新興勢力の意地のようなものがあったと思う。

それ以外の要素としては、冷戦時代の名残もある。冷戦はとうの昔に終了していたが、新しい枠組みが出来たわけではなく、東西の関係は引き続きギクシャクしていた。そういう中で、米国の同盟国である日本からＩＡＥＡ事務局長が出ることは旧東側主要国にとって面白いはずがない。

さらに、「エルバラダイ継承路線対反エルバラダイ路線」という対立軸もあった。私は、一度も反エルバラダイと言ったことはなく、人物的には尊敬もしているが、ミンテイ副大臣が明確に「エルバラダイ路線の継承」を打ち出しているのに比べれば、私が反エルバラダイ路線と受け止められるのは避けられない。ただ、エルバラダイ事務局長の路線は、既存勢力への対抗を支柱にしていたので、大きく言えば新興国対既存勢力の対抗軸に含まれるのかもしれない。

最後に、西側諸国の一部は、ミンテイ副大臣に投票しても当選しないことを見越した上で、ミンテイ候補を支持し、天野当選を阻止するという作戦に出た。本選挙では当選者なしという状況を作り出した上で、やり直し選挙に持ち込み、自国候補を立てようという作戦だ。イタリアの戦略家、マキャべリの教訓は五〇〇年経った今でも、国際政治の中で脈々と受け継がれているということだ。

話を選挙戦に戻すと、二〇〇八年一〇月から一二月末までの候補者受付期間中、他の候補が立候補を模索する動きがなかったわけではない。中には本国政府の了承を前提に、立候補の意思を伝えてきた大使もいたが、最終的には本国政府の許可は下りなかった。フィルテル元OPCW事務局長もマスコミを通じて勝算があることをアピールしたが、かえって逆効果だったようだ。こうして他に誰も立候補するには至らないまま、立候補締め切りの一二月三一日を迎え、二〇〇九年の事務局長選は、私とミンテイ副大臣の間で争われることが確定した。

次のステップである投票日については、ミンテイ副大臣に好意的な国々は、遅れて立候補したミンテイ副大臣に時間を与えるため、出来るだけ後倒しするよう工作した。これに対し、日本を支持する国々は早めの投票日を設定するよう主張した。二〇〇八年―二〇〇九年議長であるアルジェリアの議長は、一時途上国案に傾いたが、西側が押し戻した結果、妥協策として三月理事会のあとの三月二六日と二七日に特別理事会を開くことで決着した。

こうした中で、両陣営の票集めはますます激しさを加えていった。ミンテイ陣営も必死だったが、我々も必死である。日本陣営は少しずつではあるが支持を拡大し、二月の段階で当選に必要な二四票を確保し、さらに一、二票積み上げたという感触を得た。票読みはどの選挙でも秘中の秘であり第三国に知らせることはない。ただ、我々は「勝ち馬に乗りたい」という加盟国の気持ちに訴えるため、票読みの上で圧倒的に優勢であることを匂わせる作戦に出た。後から考えると、焦りや驕りが背景にあったと思うが、この作戦は裏目に出た。日本と南アの板ばさみになっていた国々に、仮に日本に投票しなくても大勢は変わらないと思わせてしまったからである。

投票日直前になって中国大使から、「欧州サイドの新しい動きはあるか？」と聞かれたときも、一切ないと答え気にも留めなかった。今から考えれば、その質問自体に意味があると考え、もう少し注意深くフォローすれば、「欧州サイドの新しい動き」が何を意味するのか把握できたかもしれない。もっとも、仮に把握できていたとしても、阻止できたかどうかは疑問であるが、ヒントがあったにも関わらず十分な注意を払わなかったということは、失態といわざるを得ない。

三月理事会では両候補に所信表明の機会が与えられた。私としては内容を練り上げ、十分練習したつもりであるが、後から振り返れば不十分であった。日本人とくに私は物事を良く考えた上で簡潔に説明するのが好きなので、内容的には充実していたと思うが、相手に十分伝わったかというと自信がない。また、プレゼンテーションの仕方も一本調子で、迫力に欠けていたと思う。当時の私は、プレゼンテーションの訓練一つ受けたことがなかったので、そこまで思いがいたらなかった。それに対し、ミンテイ副大臣は、さすがに反アパルトヘイト運動のスポークスマン的役目を担っていた人なので、プレゼンテーションは堂に入ったものである。迫力ある声、鋭い眼光、立派な英語、私から見れば内容不十分であっても、聴衆に与える印象はまるで違う。残念ながら、この時の軍配はミンテイ候補に上がった。

投票も目前に迫った数日の状況は楽観論と悲観論が交差した。直前まで各国首都とウィーンで行われた多数派工作の結果は、いずれもわが方優勢、当選に必要な二四票は概ね確保していると判断された。票読みにある程度の誤差はつきものだが、楽観的に見れば二四票を超え、最大二、三票当選ラインを上回るかも知れないと思われた。他方、投票日の数日前にウィーン入りしたミンテイ候補は強力な切り崩し工作を行い、アジアを含む二、三票が切り崩されたという噂も流れた。また、欧州諸国の間に不穏な動きがあるとの情報が流れ、中国大使からの照会もあったが、よもやあり得ないという思いでそれを打ち消した。投票日の前日には、急に弱気が頭をもたげ、「もしかしたら、この選挙は駄目かもしれない。」と言って妻を不安にさせた。その反面、公邸では料理人が大きな尾頭付き鯛を手に入れ、当選祝いに備えた。投票を明日に控えた夜ベッドに入ると、本で読んだミッドウェー海戦前夜の模様が頭に浮かんだ。戦勝気分が横溢し、鯛の尾頭付きが用意されたという話は今のウィーンの状況にそっくりだと思うと、一瞬嫌な予感がしたが、それを振り払って眠りに落ちた。私は投票の前日でも国会答弁の前日でも、いつも良く眠れるので助かる。

そして、投票日。私の成功を誰よりも願っている妻に見送られ公邸を後にした。妻が私の手を両手で握って送り出してくれたが、わたしは何故か妻の手を乱暴に振り払ってしまった。この勝負に敗れれば、おめおめと外務省に残る気持ちはさらさらなかった。場合によってはこれが私の外務省生活の最後の日になるかも知れず、妻にも私にもその覚悟は出来ていた。その日の始まりは、ウィーン代表部会議室での出陣レセプション、集まりのよさに勇気付けられたが、偵察に来ている各国代表部員も多数いるように思われた。

そして、午後から投票。議長がテラー二名を指名し、投票の開始が告げられると理事会会議室のドアが閉められ、以後会議室への出入りは出来なくなる。それから、各代表団に投票用紙が配られ、議長の指示に従い各代表団は支持する候補者の名前を書き入れ、投票箱に入れる。全三五カ国の投票が終わると、テラーの見ている前で事務局員が投票箱を開け、一枚一枚ミンテイ支持、天野支持に仕分けしてゆく。遠くから見ている我々にも、天野支持が多いことは投票用紙の山の高さでわかるが、具体的な票数まではわからない。ただ、接戦が繰り広げられていることは間違いない。そして、発表された集票結果は、天野二一票、ミンテイ一四票、当選者なし。うまく行けば第一回投票で当選を期待していた私にとっては愕然とさせられる結果だ。あれだけ約束したのに、裏切り者がいる！　しかも、相当数だ。すぐ、電話で外務省本省に結果を知らせたが、報告を受けた藪中次官は、「話が違う。何をやっていたんだ！」といって激怒したという。続いて、第二回投票が行われる。結果は、天野二〇票、ミンテイ一五票、第一回投票より更に悪い結果で、崖っぷちに立たされた状態になった。理事国が「天野弱し」とみて更に票がミンテイに流れれば、二〇票を下回ることになり、過去の選挙パターンと同じになってしまう。絶体絶命だ！　第三回投票の結果は第二回と同じ天野二〇票、ミンテイ一五票。

かろうじて、最悪の結果は免れたが崖っぷちに立たされ続けていることは変わりない。

第三回投票が終わる頃には夕方の六時近くなっていたので、議長が休会を宣言し、我々は走るようにして代表部に戻った。そして、代表部に戻るや電話に飛び付き、本省関係者に不首尾を詫びると共に対応策を協議した。その結果打ち出されたのは、時差を利用して巻き返しを図る作戦だった。まず、時差を考えれば、北米および南米は、まだ、二六日午後という時間帯にあるので、これらの国に対して集中的働きかけを行う。ヨーロッパ・アフリカは、夜とはいえまだ、働きかけを行える時間帯なので深夜まで働きかけを繰り返す。続いて、夜が明けるのを待ってアジアでの働きかけを開始する。こうして太陽の動きを追いかけるように働きかけを行っていけば、我々には、まだ明日までに一二時間以上の時間が残されている。これは、世界中に散らばっている全在外公館が一糸乱れず行動できる日本にしか出来ない活動だ。もちろん私も、電話器を握り締め、時差と時間の許す限り、電話を掛けまくった。

迎えた二七日の投票日第二日目。第四回投票からは投票方式が変わり、どちらの候補を支持するかではなく、どちらが優勢候補であるかを決める投票だ。結果は、天野優勢と思う国二三、ミンテイ優勢と思う国一二、投票方式が違うとはいえ、昨夜からの徹夜の多数派工作が効果をあらわしているものと見られる。第五回投票では、優勢候補である私への信任を問う形で投票が行われたが、結果は信任二二票、不信任一二票、棄権一票、相変わらず決着がつかないばかりか、私への支持が一票減っている。第六回投票では、逆にミンテイ候補の信任を問う形で投票が行われ、信任一五票、不信任一九票、棄権一票。不信任票が上回ったとは言え、信任が一五票に上ったことは、ミンテイへの支持が根強いことを示している。

こうして、三月二六日、二七日の選挙では当選者が決まらず、改めてやり直し選挙を行うことになった。私とミンテイ候補はそれぞれ短いステートメントを行ったが、私は、当選を果たせなかったことに詫びると共に支持に感謝する旨発言した。自分としては、目の前で起こったことがスローモーションのテレビを見ているようで、落選したという実感は沸かなかった。しかし、後から人から聞いたところによると、ステートメントを読み上げる私の声が震えていたそうだ。

選挙で敗れた夜は、日中の興奮と熱狂は跡形もなく消え、広い公邸に妻と二人だけで残された。他に誰もいない静かで暗い夜だった。いつものようにベッドに入り眠りに落ちたが、時々起き出しては隣の書斎で考え事にふけった。妻は私が寝室を離れる度に自殺するのではないかと心配になり、息を潜めて様子をうかがっていたそうである。私は、自殺することなど考えたこともなかったが、妻が私の身をそこまで心配していることにも気がつかなかった。

翌日の三月二八日のことは、はっきり覚えている。霧雨が降り、靄がかかったような暗い土曜日だった。ほぼ手中に収めたと思った勝利が、手の中から砂がこぼれ落ちるように失われてしまったことをはっきり理解した。一度逃したチャンスは、二度と戻ってこないかも知れない。家にいると気分が塞ぐので、その日は乗馬に行った。乗馬というのは不思議なスポーツで、馬に乗っている間は何もかも忘れる。それに、あの大きな目と暖かい体は、人間の怒りや悲しみを吸い取ってくれるような気がする。だが、あの日だけは違った。並足でウォーミングアップをした後、いつものように速足、駆け足に進めても一向に気持ちが乗らず、目の前が次第にかすんできて、馬の制御が出来なくなってしまう。私は、めったにないことだが馬から降り、妻に騎乗を替わってもらった。そして、観覧席から妻の騎乗姿を見ているうちに新しい闘志がわき、白い紙に向かって鉛筆で対立候補の組み合わせと票読みを書き始めた。

やり直し選挙ではさまざまな組み合わせが想定されるが、フィルテル元ＯＰＣＷ事務局長が立候補した場合に一番苦戦するという結果が出る。しかし、どんな組み合わせを考えても私の優勢は動かない。その時想定したやり直し選挙の星取表は今でも妻が保管している。

翌三月二九日の日曜日は、天候も少し回復し、私たちは一時間余りのドライヴをして、ウィーン南東にあるノイジードラー・ゼー（湖）を訪れた。ちょうど野鳥の子育ての季節なのか、湖を囲む湿地帯では雛がかえり、母親に連れられてよちよちと道を渡っていた。私の選挙とは何の関係のないオーストリアの春の風景であるが、この自然の中で私は翌日の選挙対策会議に臨むに当たっての気持ちが固まっていった。もし、関係者の支持が得られるならもう一度やり直し選挙に挑戦しよう、しかし、そうでなければ敗戦の責任をとって辞職し、新しい道を歩もうと決めた。

やり直し選挙

三月三〇日の館内会議は、私の再立候補を含め今後の方針が議論された。誰の顔にも失望と疲労の色が浮かんでいる。藪中次官の発言から見ても、外務省が予想外の結果に強い失望と怒りを感じているることは間違いない。政治レベルでも、敗北は油断と慢心の結果と受け止められており、責任者は坊主になれという声が上がっていた。会議は、中根ウィーン選挙対策本部長が参加者に発言を求める形で進んだが、意見は大きく分かれた。かなりの数の参加者は、本選挙で敗れた候補者がやり直し選挙に再立候補した例はない、仮に再立候補しても弱い候補者というレッテルが貼られているので勝ち目はない、これ以上傷口を広げないためには撤退するのがベストという意見であった。他方、今回の選挙では最大二三票最低二〇票を取っているので過去の選挙と比べるわけにはゆかない、ここで撤退すれば日本の信頼が傷つき今後の選挙を戦えなくなる、可能性がある以上最後まで戦うべしという意見もあった。私は、再挑戦あるのみと考えており、撤退論に対しては反発を感じたが、敗北した張本人として口を差し挟む立場にはなかった。こうして、意見が出尽くしたところで、中根ウィーン選挙対策本部長が、「ここまで来て撤退と言うオプションはありえない。東京（外務本省）も必ずやウィーン代表部の意見を支持してくれるものと思う。」と述べ、会議を締めくくった。中根本部長の毅然とした一言がウィーン代表部の流れを変えたのである。

やり直し選挙での選挙活動は、基本的に本選挙と同じなので詳しくは記さない。ただ、変わったことといえば、本選挙と違って候補者が多数出たことだ。まず、スペインのエチャベリOECD・NEA（経済協力開発機構・原子力機関）部長。エチャベリは原子力分野では名が知れていたが、IAEA事務局長を目指すタイプとは思っていなかったので、正直驚いた。ただ、中国大使が言っていた「欧州での新しい動き」というのは、このことかと思いピンと来た。スロヴェニアのペトリッチ元ウィーン大使も立候補した。ペトリッチ元大使は、ウィーン大使として理事会議長も勤めたことがあるが、原子力というよりは法律の専門家だった。冷戦時代は東でもなく西でもないという立場を活用して、大いに活躍した人だ。夢よもう一度ということであろうが、何か場違いのものを感じた。また、ベルギーの元副首相でフランスのAREVA（仏の原子力総合産業会社。現在は「Orano」と改名）副社長を務めているポンスレも立候補した。こうなると、頼りにしていたフランス票が危ない。そこで、フランス大使に「元ベルギーの副首相でAREVAの副社長が立候補した以上、フランスとしては支持せざるを得ないのではないですか?」と聞いてみたが、「ヨーロッパの政治はそんなに単純ではありませんよ。」と言うことだった。南アのミンティ副大臣も予想通り立候補したが、私が、強力なライバルになりうると考えていたフィルテル元OPCW事務局長は最後まで出馬しなかった、というより本国政府の支持を得られず出馬できなかった。

それでは、我々の動きはどうだったのか?選挙戦の基本方針に変更があったわけではないが、一回目の選挙が余りにも日本を前面に出した力ずくの選挙であったことを反省し、静かな選挙戦に徹することにした。本選挙で支持してくれた国がやり直し選挙でも支持してくれるという甘い考えは一切捨て、完全にゼロからやり直した。私自身は、自分のコミュニケーション能力の不足を痛感したので、イギリス人の俳優に師事して演技を学んだ。発声、間の取り方、立ち位置の調整、アイ・コンタクトの取り方、一つ一つが私にとっては新しかった。一番印象的だったのは、こう言われたことだった。「私は俳優ですからせりふを覚えざるを得ませんが、あなたはせりふを覚えようとしてはダメですよ。下手でもいいから、自分の考えていること、心で感じていることを、自分の言葉で話してください。」選挙期間中は十分コミュニケーション能力を高めることは出来ず、相変わらず事前に用意したテキストを読み上げる方式にこだわっていたが、最近では小さなメモだけでスピーチが出来るようになった。

選挙戦の再スタートでは、ウィーンにあるすべての理事国代表部を再訪問し、また、毎日のように一人ひとり理事を公邸の食事に招いて支持をお願いすることにした。国際どぶ板選挙の再開だ。どの大使も厳しい表情で、簡単に支持を約束してくれる人は誰もいない。まず、やり直し選挙の顔ぶれを見極めてからという反応である。負けた候補者に向けられる視線は厳しい。私と妻は、ほぼすべてのレセプションに出席したが、今まで笑顔で迎えてくれた同僚大使が我々を見かけるとすっと視線をそらせ、立ち去ろうとする。それでも、私たちは追いすがるようにして話しかけ、支持を要請して回る。私は、当事者だから仕方がないが、妻には相当こたえたようで、その後も長い間トラウマとして残った。

選挙戦にはアップダウンが付き物であるが、情勢が悪くなれば私の落ち込みは妻にも伝染する。ただ、この時の経験のおかげで、「選挙に出る以上必ず勝たなければならない。」という気持ちが骨の髄まで染み渡った。東京にもお詫びとお礼のために帰ったが、「余り自信たっぷりだったから、私たちも心配していたのよ。」という女性議員もいた。中曽根外務大臣からは「火事は最初の五分、選挙は最後の五分」という言葉をいただいた。御法川政務官は、敗戦の責任を取って坊主になっただけでなく、私が当選する日まで手取り足取り選挙のやり方を指導してくれた。特に、やり直し選挙の数日前からウィーン入りし、最後の追い込みの陣頭指揮を執っていただいたのはありがたかった。

米国については、本選挙のときには余り米国が前面に立つことはかえってマイナスという考えもあったが、やり直し選挙になった以上なりふり構っていられなかった。そこで、私が訪米し再度支持をお願いしたが、その時対応した国務省高官はじっと私の話を聞いた後こう質問してきた。「お話はわかりましたが、あなたはやり直し選挙で必ず勝つと保証できますか?」「それは出来ません。この選挙は、勝利を保証できるほど甘くはないのです。」「それでは、米国は支持できません。国としてさまざまな判断基準はありますが、最後の決め手は米国の国益です。米国として、負け馬に乗るわけにはゆかないことはお解かりいただけるでしょう。」「それでは、こう申し上げましょう。私は、やり直し選挙で勝つと保証することは出来ませんが、私以外に選挙で勝つ可能性がある候補者はいないということは保証できます。本選挙でミンテイ副大臣は最大一五票を取りましたが、そのあたりが限界でしょう。

とても二四票には届きません。だから、私を支持することは米国の利益になるはずです。」「どういうことですか？」「私は、やり直し選挙で勝つことは保証できないが、私以外に選挙で勝てる候補者はいないと申し上げました。それは、仮に私が勝てなかった場合には、選挙ではなく話し合いで決まるということです。そして、話し合いで次期事務局長が決まるとすれば、その人はエルバラダイ現事務局長ではないでしょうか。」「面白い見方ですね。考えて見ましょう。」その時、国務省高官の表情に変化が現れたのを私は見逃さなかった。

各候補の動きも活発だ。中でも一番強力なのはミンテイ候補だったが、一二票以上に支持が伸びる気配はなかった。強い個性を反映して、ミンテイ候補には強い支持もあるが、逆に強い反対もあった。当選する可能性がないことはミンテイ候補自身が一番よく知っていたと思うが、それではなぜやり直し選挙に立候補したのだろうか？　どうして、名誉ある撤退の道を選ばなかったのか？　南アの意地か、支持した国の手前引くに引けなくなったのか、あるいは私の当選を阻止し第三の候補に道を開くためか？　エチャバリ候補は、「天野が撤退に追い込まれるのは時間の問題だ。」と吹聴して回っていた。その根拠は、欧州票はいずれ自分に集中する、スペインの影響が強いラ米もスペイン支持に回る、スペインはアフリカにも強い、そうなれば包囲されたアジアは天野を見放すというものだった。全盛期のスペインを彷彿とさせる雄大な構想だが、現実的とは思えなかった。ペトリッチ大使は盛んに西でもなく東でもない点を強調したが、二〇年前ならともかく二〇〇九年の選挙では通用しなかった。また、小国の悲哀を訴えるとともに日本が金に頼った選挙を展開していると主張して私に矛先を向けたが、全く根拠がないのでかえって逆効果だった。そういえば、以前ペトリッチ大使が私にこんなことを言ったのを思い出す。「議長フレンドとか、何々フレンドという言葉を聴くたびにぞっとする。スロヴェニアのような小国は、決してフレンドと見なされないからだ。」ベルギーのポンスレ候補は選挙運動らしい動きは見せず、影が薄かった。

私にとっても妻にとっても長く苦しい毎日だった。一票一票、票が固まって行く感触はあったが、私たちは誰に対しても劣勢を訴え支持をお願いした。その一方、私は俳優相手のリハーサルを繰り返した。公邸では、毎朝朝食を早めに切り上げ、ベランダに出て俳優から学んだ通りできるよう練習した。妻はストップウォッチで時間をはかり、演説の出来栄えを講評した。こうして迎えた五月二六日、すべての候補者が出席して、立会い演説会が行われた。エチャベリは早口で長い演説を行い、原子力の専門知識を披露した。ミンテイはジョークを交えて余裕綽々のスピーチをしたが、前回と変わらない。ペトリッチのスピーチは、手馴れてはいるが、選挙演説と言うより裁判官の判決申し渡しだ。私は、しめたと思った。私以外、誰もこの演説を特別に重視している候補者はいない。それに対し、私はこの演説こそが流れを変える決め手になると考え、割り当てられた十分間にすべてをかけていた。敵の油断をつき、一点に力を集中して、一気に突破してみせる。私は父親の遺言どおり、高橋の背広にパテックフィリップの時計を身に着け、エドワードグリーンの靴を履いて演説に臨んだ。身なりを整えると、気力を振り絞れるような気がする。背筋を伸ばしたまま一五度の前傾姿勢をとり、視線は右四五度と左四五度の方向にいる二人に定め、交互にゆっくり見つめる。こうすると、すべての聴衆が自分に向かって話しかけられていると感じるはずだ。ペースは思い切りゆっくりにし、重要な単語は更にゆっくり発音した。自信を示すため声量は大きめに調整し、大事なところでは二呼吸長くポーズを取った。そして満を持して口を開くと、マイクに乗った自分の声が壁に反射して、私の耳に聞こえてくる。手が自由に動き出し、体が前後左右に移動し、目の前の聴衆が私の言葉に反応する。自分ではない誰かが私に乗り移って話しているようで、たった一〇分足らずのスピーチが、三〇分にも四〇分にも感じられた。こうしてスピーチも終わると、会場からは長い長い拍手が起こった。少なくとも私には、そう感じられた。理事会のメンバーからも、「別人のようだった。」「事務局長になって何をしたいのか、よくわかった。」などと言われた。

このあと六月九日に行われた模擬投票の結果は、天野二〇票、ミンテイ一一票、エチャバリ四票、ポンスレ〇票、ペトリッチ〇票。結果が発表されるや会場からどよめきが起こった。天野強し！　本選挙で負けたにもかかわらず、一票も減らしていない。候補者が二名から五名に増えたため票が分散しているが、その票はすべてミンテイ票から流れている。私はこの時点でやり直し選挙の勝利を確信したが、油断してはいけない、本当の戦いはこれからだと自分に言い聞かせた。

ウィーンの春から初夏は気持ちが良い。木々の花が一斉に咲き、やがて新緑に覆われる。三月末、夏時間に切り替わると、日は一日一日と伸びてゆき、夏至の頃には夜の九時をすぎても陽が残る。この頃になると、ウィーンの各国大使館では、盛んにレセプションが開かれるようになるが、我々にとっては選挙運動の書き入れ時だ。中でも日本大使公邸でのガーデンパーテイは初夏のウィーンの風物詩で、沢山の人が集まる。そこで、私は日取りを七月二日の選挙の直前に設定したが、夏が近づくにつれ毎日のように夕立が降るので、このタイミングで野外の催しを開催するのは一種の賭けだ。案の定、ガーデンパーテイの準備のため代表部の仕事を早めに切り上げて公邸に向かうと、ドナウ川を越えるあたりで雨が降り出した。今更、中止するわけには行かず、かといって十分なテントの備えもない。決行だ！天佑を信じるしかない。レセプション開始三〇分前、奇跡のように雨が上がり、青空さえ見えてきた。私は、運命の女神に守られている！　外交団のレセプションは絶好の密談の場であるが、今回は特に秘密の保持に気をつけなければならない。そこで、二階の小部屋を打ち合わせ用に確保し、会場をこっそり抜け出しては、一対一で投票を依頼した。誰もが選挙を意識していたせいか、この日のレセプションはいつもより長く続いたが、九時を回ってようやく陽も落ちようとする頃、再び雨が降り出しお開きとなった。帰り際、私を支持してくれる何人かの大使は、「あなたは、本当に運がいいですね。」と言って片目をつぶった。

七月二日は、私にとって運命の日である。二、三日前から御法川政務官がウィーン入りし、選挙戦の陣頭指揮をとる。何度も衆議院選挙を勝ち抜いてきたプロの応援はありがたい。本国から、政治レベルが来ていること自体、日本の本気度を示す何よりの証拠である。我々は、政務官を前面に押したてて、断続的に会合や会談をセットして最後の支持要請を行った。そして、当日の朝。我々は、ウィーン国連本部の食堂を借り切って、レセプションを開催した。幸先は悪くない。支持国の大使は早々と会場に姿を現し投票を確約してくれる。不支持の国も、一応出席はするが、国によってレベルはまちまちである。

一〇時、予定通り選挙のための特別理事会が開催される。投票方式は前回と同じだが、七月二日までにポンスレ、ペトリッチが撤退を表明したので、選挙は天野、ミンテイ、エチャバリの三者の間で行われた。最初の投票は、最下位脱落投票と呼ばれ、三人の候補を二人に絞り込むのが目的だ。天野二〇票、ミンテイ一一票、エチャバリ四票の結果、エチャバリが脱落した。ロシアのベルデニコフ理事が、あたりに聞こえるような大声で、「エチャバリに騙された！」と言っているのが聞こえる。続いて行われた天野対ミンテイの決選投票、結果は天野二三票ミンテイ一二票となり、三月選挙の結果が再現される。またも、裏切りが行われている。ガーデンパーテイと御法川政務官の働きかけの結果では、ミンテイ支持国の一カ国が天野支持ないし棄権に立場を変更、更に二カ国が棄権を約束しているのに実行されていない。恩を着せるためにカードを温存しているのかもしれない。二回目、三回目投票での決着を期待するが、二三票対一二票で膠着したまま動かない。ここで昼食のため休憩に入る。休憩時間中、ある国の大使から重要ポストと引き換えに午後の投票で棄権するという提案があったが、ワナかも知れないと思い、「ポストの話は、当選してからにしましょう。」と言うにとどめた。そして午後の投票に入ったところで事態が動いた。天野二三票、ミンテイ一一票、棄権一票。会場から歓声が上がった。ついに勝った！　私は、つなぎっぱなしにしていた携帯電話で勝ったことを妻に伝えたが、妻は勝ったのはわかったが票数までは聞き取れなかったそうだ。

議長から私が第五代ＩＡＥＡ事務局長として任命されたことが発表され、各国代表からの祝辞が寄せられ、私とミンテイの挨拶が行われて、特別理事会は閉会となった。三カ国の大使が私のところに来て棄権票は自分だと告げたが、棄権票が一票しかないのに三カ国が棄権とは笑わせる。ちなみに、ＩＡＥＡ事務局長選挙は無記名投票であるが、投票が終わってしばらくすると、誰が約束を守り、誰が約束を破ったかはほぼ一〇〇％分かる。どうして分かるかは、企業秘密なので言わないが、必ず分かる。裏切りが分かった場合どうなるかについては、「多国間外交では、あらゆることに意味がある。」とだけ記しておこう。

話を七月二日に戻すと、ＩＡＥＡ理事会議長、御法川政務官、私の三人は理事会室の外に設けられた臨時の記者会見コーナーで記者の質問に答えたが、何を話したのか覚えていない。その後、代表部に戻り、公邸料理人が用意した鯛の尾頭付きと日本酒で乾杯、続いて、アメリカ大使公邸の独立記念日レセプションに行くと、全員が祝福してくれた。昨日までの緊張感が嘘のような華やかで賑やかで浮き立つような夏の夕方であった。こうして、私の人生で最良の日、七月二日が暮れていった。

なお、その数日後にアメリカ大使公邸で開かれた祝賀会のことも記しておこう。この場での私の発言がその後ウィキ・リークスで暴露され、批判を浴びたからである。私は不法に流出した情報にコメントすることは不法な行為を奨励することになると考えたので、今まで論評を控えてきたが、もうそろそろ時効だと思うので、少し説明しておこう。まず、第一点は「すべての問題でアメリカの側に立つ」と言ったと伝えられている点である。私が実際に行った発言の趣旨は、ＩＡＥＡ事務局長になれば、戦術的な問題ではアメリカと異なった立場を取ることも度々あると思うが、戦略的な問題ではアメリカの利益を損なうことはしないので、安心していただきたい、ということである。この発言は、実は前段が重要である。事務局長は国際機関を代表としてすべての加盟国の利益を反映しなければならないので、自国の国益を伸張しようと考えるアメリカとの間でも、短期的、部分的に見れば対立することもある。したがって、事前にその点を予告しておくという趣旨だ。後段は当たり前のことを言っただけある。国際機関の事務局長が、加盟国の戦略的利益を損なったのではそもそも事務局長としての資格がない。これは米国だけではなく、日本についても、イランについても当てはまる。事務局長の仕事は、すべての国の戦略的利益を拡大するような共通点を見出すことにある。そんな手品みたいなことができるのかと思う方もあるかもしれないが、国際機関の運用には多少は手品の心得も必要だ。日本では国際機関というと超国家的存在のように思われがちであるが、これは実体からかけ離れている。私の頭にある事務局長と加盟国の関係は、株主とＣＥＯの関係、あるいは、選挙民と議員の関係だ。

選挙で選出された事務局長は、加盟国の戦略的利益を増進するために選ばれたのであって、その逆ではない。

第二点の人事でアメリカの意向を尊重するという発言も批判を浴びたが、アメリカの言っていることは拠出金に見合ったアメリカ人を雇ってほしいということとエルバラダイ側近を引き継ぐことは控えてほしいという二点である。職員数については、IAEA憲章でも、職員の任命に当たっては能力を最優先とするが、各国の拠出も考慮すると定められている。米国が満足するレベルまで職員数を増やすことは出来ないが、米国は、通常拠出の約四分の一、任意拠出の半分を出しているので、その米国の意向を考慮するのは憲章上の要請だ。また、私が事務局長になった以上、エルバラダイ側近を引き継ぐつもりは全くなく、総入れ替えすることにしていたので、エルバラダイ側近が早晩IAEAを離れることは自然の成り行きだ。もっとも、エルバラダイ側近にも家族があり生活があるので、任期終了を待って辞めてもらうとか、配置換えをするとかの措置はとった。もっとも、祝賀会は当選直後の高揚した気分の中で行われ、話した内容がリークされることは思ってもいなかったので、言葉の選び方や説明のしかたに至らぬ点があったかもしれない。この点は大いに反省している。

天野之弥を偲ぶ

故天野之弥 ＩＡＥＡ事務局長を偲ぶ会

挨拶

内閣総理大臣　安倍晋三

天野之弥ＩＡＥＡ事務局長の逝去、そして本日のお別れの会、開催されたことに対しまして一言御挨拶を申し上げたいと思います。

天野さんは二〇〇九年以来、一〇年の長きにわたりＩＡＥＡの事務局長として、軍縮、不拡散、そして原子力の平和利用において、大きな貢献をなされました。私も日本人として本当に誇りに思うところでございます。この間、北朝鮮の核問題、核開発に対しましてはＩＡＥＡの体制を強化し、国際社会と連携しながらしっかりとした対応をしていただきました。また、イランの核合意におきましても、その履行と検証に際しては国際社会からの信頼の下に大きな仕事を成し遂げていただいたと思います。同時にまた、平和と開発のための原子力という新しいイニシアティブをスタートされまして、農業や環境や、あるいは災害対応といった新しい分野での原子力の平和利用を進められたのも天野さんであったわけでございます。

そして、何といっても日本においては、あの福島における過酷な原発事故に際して、天野さんの冷静な、そして知識に裏打ちされた、また国際社会から信任を得たアドバイス、支援がどれほど私たちにとって勇気を与えていただいたか、また、福島の再生に大きな力となったか、言葉では言い表せないところでございます。本当に骨身を削る、そのような毎日ではなかったのかなと思うところでございます。

天野さんの御逝去に対しましては、アメリカからはボルトン補佐官やポンペオ国務長官、そしてロシアからはラヴロフ外務大臣、そしてイランからはザリーフ外務大臣、正にあの核合意の履行において全てにわたって、いかに天野さんが立派な仕事をされたか、弔意を示していただいたことも忘れてはならないだろうと、このように思います。

いま、これから世界がますます厳しい状況を迎える中にあって、もっともっと天野さんにお元気で貢献をしていただきたかった、こう思っているのは、私一人ではないんだろうと思います。

天野さんが御帰国の際には、いつもお目にかかってお話を伺いました。天野さんは日本の御出身ではございますが、全く公平に仕事をフェアになされてきました。しかし同時に、例えば過酷事故の後、世界はどのように見ているのか。あるいは世界のスタンダードはどうなんだということをしっかりと私たちに伝え、また発信もしていただいたところでございます。汚染水の問題についても廃炉の問題についても、そうでございます。天野さんが果たしていただいた役割は本当に大きなものがあった。残念で残念でならないわけでございますが、病を得てからも、本当に最後の最後まで全力投球をされた天野さんのあのお姿、頭の下がる思いでございます。この遺志を私たちもしっかりと、受け継いでいかなければいけない。この思いを新たにしているところでございます。

どうか、本日御参会いただいた皆様、天野さんが愛された、今日は奥様の幸加さんも、お見送りされております。皆様方の御厚情を御遺族にも賜りますように、お願い申し上げまして、改めてもう一度、お別れの会に当たり、天野さんの御功績を称え感謝申し上げまして、お別れの言葉とさせていただきたいと思います。天野さん、本当にありがとうございました。

（令和元年一二月一七日）

故天野之弥ＩＡＥＡ事務局長を偲ぶ会

弔辞

元ウィーン国際機関代表部大使　北野　充

天野夫人、
ハインツ・フィッシャー元大統領閣下、
コーネル・フェルータ事務局長代行、
御列席の皆様

次の言葉を天野事務局長に手向けることとしたいと思います。

天野事務局長
ここでこうしてあなたを送る言葉を述べるとは予想もしていませんでした。今も、あなたがこれほど急にわれわれの前から去ってしまったことが信じられない気持ちです。

ここで、あなたの写真を拝見していると、ウィーンで一緒に仕事をしたこの五年間のことが思い出されます。

また、最初にお会いした時からの四十年のことが思い出されます。あなたに最初にお会いしたのは、私が日本の外務省に入省して一年目の新米外交官だった時のことでした。それから、多くの時が流れました。

天野事務局長
あなたは、ビジョンを持ったリーダー（visionary leader）でした。

世界の動きを見極め、各国の多くの人たちが求めているものを嗅ぎ分け、自分に何ができるかを考える。そうした作業により、ビジョンを示し、それを実行に移したリーダーでした。

原子力科学技術を世界の多くの人にアクセス可能なものにする。それがあなたのビジョンでした。

それは、確実に多くの人たちの生活を変えました。アフリカ諸国、ラテンアメリカ諸国でエボラ熱、ジカ熱が流行した際には、原子力技術が早期の診断を可能としました、ネパール、エクアドルで地震が発生した際には、原子力技術が被害状況の特定を助けました。こうした原子力技術のベースとなる研究所機能を強化するReNuALプロジェクトは、多くの国に支持され、三十六ヶ国と五つの機関が資金協力を行いました。

そして、こうした原子力科学技術の重視姿勢は、ＩＡＥＡにおけるダイナミズムを変えました。こうした分野の活動がＩＡＥＡのメインストリームの一つとなりました。あなたのビジョンはすべての国に支持されました。ＩＡＥＡの中で、対立よりは協調が、政治的論争よりは実際的協力がより多くの比率を占めるようになりました。

あなたが掲げた「平和と開発のための原子力」というモットーが多くの国に支持されたことは、あなたがビジョンを持ったリーダーであることを明白に物語るものです。

天野事務局長

あなたは、卓越した外交官でした。あなたが亡くなった後、世界各地の政治指導者からあなたの死を悼むメッセージが伝えられました。その中に、お互いに対立し合っている国々のそれぞれの政治指導者からのものも含まれていたことは注目に値します。

「ＩＡＥＡは技術的機関である」

あなたはよくそう発言しておられました。その通りと思います。しかし、同時に、ＩＡＥＡは、プロフェッショナルで中立的な機関であることに徹することによって、国際政治において重要な役割を果たしてきたとの逆説（paradox）に気づかないわけにはいきません。そのため、ＩＡＥＡ事務局長は、必然的に優れた外交官であることが求められます。イラン核問題でＩＡＥＡが置かれた位置を考えてみても、そのことは明らかと思います。

マルチ外交の要諦は、すべての参加者を同じように unhappy にすることだとよく言われます。それは、利害が異なる立場の国を同じように happy にすることなどできないから、皆を同じように unhappy にするしかないという考えによるものです。

しかし、あなたが亡くなった後、世界各地の政治指導者から寄せられたメッセージを見ると、こうした言い方が皮相的なもののように思えてきます。

あなたは、不拡散という国家の安全保障に関わる分野の仕事をしつつ、利害の異なる立場の国から同じように信頼を得ていたのですから。

あなたは、プロフェッショナリズムに徹し、自らの信念を貫くことで、利害の異なる立場の国から信頼を得ました。

それは、外交官の王道を行くものでした。

天野事務局長

あなたは、人生を楽しむことを得意とする人でした。あなたが日本の外務省に入省し、フランスに語学研修に行った際、あなたが選んだ場所は、パリではなく、ニースでした。あなたは海が好きでした。海から陸を眺めること、海をクルーズすること、島を訪ねることが好きでした。

あなたは、ユーモアを愛していました。あなたの周りには、多くの笑いがありました。ご自分が経験した失敗談を面白可笑しいストーリーにして話してくれたのを思い出します。

忙しくても、仕事のプレッシャーが大変でも、余裕と笑いをなくさない人でした。あなたは、一緒にいて楽しい人でした。

天野事務局長

こうしてあなたの写真を拝見していると、もっと長く一緒の時間を過ごしたかったと心から思います。あなたの早すぎる死が残念でなりません。

思いはつきませんが、ビジョンを持ったリーダーについて書かれたある引用を申し上げて私のメッセージを締めくくりたいと思います。

「人生や仕事における多くのものはうつろいゆくものであり、長く続くものは一つもないように思える。一方、ビジョンを持ったリーダーは（取り組んだ仕事の）意義は実際に長続きするもの、永遠に続くものと信じている。そして、自分たちの人生が終わった後も、それが大切な意味を持ち続けると感じているのだ。」

天野事務局長

私には、あなたの仕事がまさにそうだったと思います。あなたと話す機会が持てないことが残念でなりません。しかし、日本の代表として、このように傑出したＩＡＥＡ事務局長が日本から出たことは、大きな誇りです。

〈弔文　国連事務総長　アントニオ・グテーレス〉

THE SECRETARY-GENERAL

23 July 2019

Dear Mrs. Amano,

It is with profound sadness that I learned of the untimely passing of your husband. On behalf of the entire United Nations Secretariat, please accept my sincerest condolences.

I had the pleasure of working with Mr. Amano on a number of occasions throughout my time at the United Nations. I came away from our interactions deeply impressed by his dedication and professionalism. I have greatly admired the equanimity he possessed while dealing with the challenges faced by the Agency, as well as his tireless efforts to improve the lives of the people of the world. I know that these sentiments are widely shared by his staff and the diplomatic community.

As international civil servants, we are driven by a desire to make the world a better place. As heads of international organizations, we strive to do right by our colleagues and to better enable our organizations to fulfil their mandates. There is no question in my mind that Mr. Amano achieved these goals.

Mr. Amano's legacy will be an inspiration to the international community for many years to come. I consider myself fortunate to have known him and to have worked with him.

Yours sincerely,

with my deep solidarity

António Guterres

Mrs. Yukika Amano
Vienna

〈弔文　米大統領補佐官　ジョン・ボルトン〉

THE WHITE HOUSE

WASHINGTON

July 26, 2019

Dear Mrs. Amano:

It is with a great sense of loss and deep sadness that I send this note.

On behalf of the people of the United States of America, please accept my sincerest condolences on the passing of your husband, Yukiya Amano. I heard the news of his passing with deep regret and recall fondly our nearly two decades of collaboration.

The United States has worked side-by-side with Yukiya, and the International Atomic Energy Agency, to prevent the proliferation of nuclear weapons and the means to create them.

The IAEA has never been stronger or more professional than during his leadership. The success of the Agency has brought great honor to the Amano family.

He was a true servant and leader, and will be sorely missed.

With regret,

Ambassador John R. Bolton
Assistant to the President for
National Security Affairs

Mrs. Yukika Amano
c/o International Atomic Energy Agency
Room A2822
Vienna International Center
P.O. Box 100
1400 Vienna

モスクワ市クレムリン
２０１９年7月２２日

天野 幸加　様

ご主人様のご逝去の報に接し，謹んでお悔やみ申し上げます。

天野之弥氏は，傑出した外交官，生涯をかけて世界の安全と安定の強化を追求した偉人として，ここロシアにおいて永遠に記憶されることでしょう。

ＩＡＥＡの長として組織の実効性を向上させるべく，天野氏は個人的にも多大な努力を傾注されました。また，原子力の平和利用の進展と核兵器の不拡散体制の強化についても積極的にこれらを支援してこられました。

私自身，天野之弥氏と一度ならずお目にかかる機会を得，その度に同氏の非常な聡明さと長期的先見性，最も困難な状況下にあっても極限まで考え抜かれた判断を下される能力に深く魅了されるのが常でした。

どうかご親族や友人の皆様，故人の同僚の方々に，私の衷心からのお悔やみと励ましをお伝え下さいますよう。

Ｖ．プーチン

（日本語訳：在アルメニア山田淳日本大使）

〈弔文　ロシア大統領　ウラジーミル・プーチン〉

г.Москва, Кремль
«22» июля 2019 года

Уважаемая госпожа Ю.Амано,

Примите глубокие соболезнования по поводу кончины Вашего супруга.

В России Юкия Амано будут помнить как выдающегося дипломата, принципиального сторонника упрочения международной безопасности и стабильности. Возглавляя МАГАТЭ, он внес большой личный вклад в повышение эффективности этой организации, активно способствовал развитию мирной атомной энергетики и укреплению режима нераспространения ядерного оружия.

Я не раз лично общался с Юкия Амано и всегда восхищался его мудростью и дальновидностью, способностью принимать взвешенные решения в самых сложных обстоятельствах.

Прошу передать слова искреннего сочувствия и поддержки Вашим родным и близким, а также коллегам покойного.

С уважением,

В.ПУТИН

ГОСПОЖЕ Ю.АМАНО
г.ТОКИО

〈弔文　イラン原子力庁長官　アリー・アクバル・サレヒ〉

ISLAMIC REPUBLIC OF IRAN

Atomic Energy Organization of Iran

Message of Condolences

Despite high hopes and anticipations, I have just been informed with the utmost sorrow that Mr. Yukiya Amano, the respectful Director General of the International Atomic Energy Agency (IAEA), has passed away following a lengthy period of illness.

Late Mr. Amano was a dedicated and diligent director general who enjoyed of the respect of international community. He served sincerely for the betterment of our world through his personal capacity as well as professional career including his constructive involvement in the Joint Comprehensive Plan of Action (JCPOA) and its subsequent implementation through the issuing of 15 consequent reports on the matter. I had the honor of working with him for many years and I believe that the IAEA is deprived from the sincere serves of such a great man. Let's hope that his manner would be pursued by his successors.

Here, I would like to extend my heartfelt condolences to his bereaved family and all his friends and colleagues.

May God Almighty bless his soul in eternal peace.

Ali Akbar Salehi

VicePresident and the Head

Atomic Energy Organization of Iran

〈弔文　元カザフスタン大統領　ナザルバエフ〉

Қазақстан Республикасының
Тұңғыш Президенті–Елбасы

22/07/2019

Жоғары Мәртебелі,

Атом энергиясы жөніндегі халықаралық агенттіктің Бас директоры Юкия Амано мырзаның өмірден озғаны туралы суыт хабарды терең күйзеліспен қабылдадым.

Амано мырзамен бірнеше кездесуімнің барысында оның жоғары кәсіби қасиеттеріне, сондай-ақ күллі адамзаттың игілігі жолындағы ізгі ниетіне куә болып едім.

Қазақстан Республикасы мен Атом энергиясы жөніндегі халықаралық агенттік арасындағы нығайтылған ынтымақтастық Юкия Амононың жан-жақты қолдауының арқасында мүмкін болды.

Дүниежүзілік ядролық қауымдастықтың қайғысына ортақтасып, Амано мырзаның отбасына, Агенттік ұжымына және Жапон Үкіметіне көңіл айтамын.

Юкия Амано мырзаны беделді және халықаралық қауіпсіздіктің нығаюына орасан зор еңбек сіңірген тарихи тұлға ретінде әрдайым есте сақтайтын боламыз.

Ізгі ниетпен,

Нұрсұлтан НАЗАРБАЕВ

Жоғары Мәртебелі
Мәри Элис ХЕЙУОРД ханымға
Атом энергиясы жөніндегі халықаралық агенттік
Бас директорының міндетін атқарушы

Вена

Enfin, je n'oublie pas l'attachement profond qu'il portait au rôle essentiel des Laboratoires de l'Environnement de l'AIEA, installés en Principauté depuis 1961. J'ai ainsi eu l'honneur d'accueillir M. Amano à plusieurs reprises à Monaco et en particulier en 2011 à l'occasion de la célébration du cinquantenaire des Laboratoires. Sa présence a confirmé sa volonté de renforcer les relations étroites entre l'Agence et la Principauté. J'ai pu moi-même mesurer, au cours de nos entretiens, sa fidélité à cette relation privilégiée et le prix qu'il attachait à l'approfondissement de notre coopération, notamment en matière de protection de l'environnement marin.

C'est avec respect, que je m'incline devant sa quête d'œuvrer pour une utilisation pacifique de l'atome dans un souci permanent de sécurité et de développement des populations.

Je vous prie de croire, Monsieur le Directeur Général par intérim,

à l'assurance de ma très haute considération.

〈弔文　モナコ公国大公　アルベールII世〉

Palais de Monaco

25 juillet 2019

Monsieur le Directeur Général par intérim,

C'est avec beaucoup d'émotion que j'ai appris la triste nouvelle de la disparition de M. Yukiya Amano, Directeur Général de l'Agence Internationale de l'Energie Atomique. Je tiens en cette douloureuse circonstance à vous adresser, et à travers vous, à la famille et aux proches du défunt ainsi qu'au personnel de l'Organisation, mes condoléances les plus sincères et mes sentiments de profonde sympathie.

Depuis sa nomination au poste de Directeur Général de l'AIEA en 2009, M. Amano n'a eu de cesse de promouvoir un usage sûr et pacifique des technologies et des sciences liées au nucléaire.

Convaincu du rôle central de l'Agence dans la lutte contre les grandes menaces de notre époque qui ébranlent les consciences humaines, il a soutenu avec force le programme de coopération technique pour atteindre les objectifs de développement durable.

Par ses actions engagées et courageuses, M. Amano a également inlassablement œuvré avec détermination afin de trouver des solutions par le dialogue dans un contexte international de tensions croissantes.

- 1 -

天野之弥氏を偲ぶ

阿部信泰

天野之弥氏は今年七月に七二歳の若さで亡くなりました。ＩＡＥＡ（国際原子力機関）の事務局長としての三期目の任期半ばでのご逝去でご本人もさぞかし残念だったろうと推察します。

日本人初のこの重要な国際的組織のトップとして天野事務局長はＩＡＥＡのモットーを従来の「平和のための原子力」から「平和と開発のための原子力」へと改めて、原子力を従来のエネルギー（発電）利用だけでなく、農業・医療・工業への利用など広範な経済活動にも利用できる側面を強調、特に開発途上国支援に力を入れました。

二〇一一年の福島原発事故の後は事故直後の対応・除染・廃炉などへのアドバイスにＩＡＥＡの専門家チームを動員して事故への対応を支援しました。事故から間もない二〇一一年六月に原子力安全に関するＩＡＥＡ閣僚会合を開催、これを踏まえて九月のＩＡＥＡ総会で原子力安全に関するＩＡＥＡ行動計画が確定されました。

二〇一五年には、福島原発事故から得られた経験と教訓を各国と共有して国際的な原子力安全の強化に貢献するため、各国の専門家の参加を得て郡山市で閣僚レベル会合を開き、そうした結果を取りまとめた大部の福島事故報告書を発表するなど原子力安全強化に活発に動きました。

各国の原子力活動が核兵器製造につながらないよう確保する核不拡散の分野では、二〇一五年に、核兵器製造に向かっているとの疑惑が絶えなかったイランと主要国との間の核合意が達成される過程で天野之弥氏は大きな役割を果たしました。核合意の実施を確実にする検証・査察プロセスを任されることになるＩＡＥＡの代表としてその合意実現に尽力し、すべての関係国から高い評価を得ました。

一方、原子力技術の開発への貢献分野では、ウィーン近郊の原子力応用研究所を抜本的に強化するプロジェクトを立ち上げ、天野氏の他界までに主な建物の新築を完成しました。今年九月にはＩＡＥＡ加盟国の総意で、このプロジェクトで建設された建物に天野氏の名前を冠することが決まりました。

病状が悪化した六月頃にはＩＡＥＡ理事会に対し、任期満了を待たず来年三月に職を辞するので後任選任を進めてほしいとの意思を表明する用意をしていたと言われ、本人はその後、一か月足らずで世を去ることになるとは思ってもいなかったことでしょう。

天野氏はＩＡＥＡ事務局長になる前は外務省で科学原子力課長・ジュネーブ軍縮代表部参事官・米国モントレー不拡散研究センターでの研修・軍縮不拡散科学部長・ウィーン駐在のＩＡＥＡ担当大使などを歴任してＩＡＥＡ事務局長になる十分な経験と知識を積み重ねていました。

ここに至る彼の人生で最初の大きな試練は大学に進む以前に母親を、大学在学中に父親を病気で失ったことでそうした試練を乗り越えて外務省で仕事に取り組みました。ＩＡＥＡ事務局長を選ぶ選挙戦は接戦を繰り返し、当選が確定するまでに立候補から一年を要する激しいものでした。悩むことも苛立つこともあったに違いありませんが、常に温厚でやさしく人に接する人でした。

このように幾度か試練を経てきた天野氏だけに月刊『かまくら春秋』の対談には自己の人生経験を踏まえて後輩に贈りたい幾つかの教訓が披露されています。天野氏の人生を振り返りながら読むとその深さが感じ取られ心を動かされます。

二〇一九年一一月

「故天野之弥ＩＡＥＡ事務局長を偲ぶ会」代表世話人

（偲ぶ会配布冊子「逞しく生きてほしい―天野之弥の遺言」より）

nonitoring Iran deal

CHRISTIAN BRUNA/EPA, VIA SHUTTERSTOCK

:ernational Atomic Energy Agency in
ing pressures of powerful governments.

with a country that may be thinking of building nuclear weapons, it's best not to make them feel in a corner."

Born in 1947 in Yugawara, Japan, an area southwest of Tokyo known for its hot springs, Mr. Amano was a product of the postwar generation that was intent on rebuilding a destroyed country — and traumatized by the destruction of Hiroshima and Nagasaki. The specter of those attacks, two years before his birth, drove Mr. Amano to a life of diplomacy, he often said. He joined the Ministry of Foreign Affairs in 1972, as soon as he had graduated from the University of Tokyo, which feeds the ministry future diplomats. He was posted in Laos, Brussels and Washington, but his focus was on disarmament issues.

Ichiro Fujisaki, a former Japanese ambassador to the United States, recalled Mr. Amano as "eager to learn everything."

Mr. Fujisaki said that when Mr. Amano was Japan's permanent representative to international organizations in Vienna, he had visited Geneva, where Mr. Fujisaki was then a diplomat. Mr. Amano had learned ballroom dancing and said that he had been invited to compete in the European Championship, Mr. Fujisaki recalled. But Mr. Amano decided not to take part because he didn't want anyone in Tokyo "to think that he was not concentrating on the job," Mr. Fujisaki said.

In rising to lead the I.A.E.A., Mr. Amano emerged as the compromise candidate to succeed the more fiery Mohamed El Baradei of Egypt, who had crossed swords with Washington over its faulty intelligence on Iraq's nuclear weapons ambitions. Mr. Amano was the first Asian diplomat to hold the director-general's job.

In 2011, after an earthquake and tsunami destroyed a Japanese nuclear plant and radiation began to spread, making nearby towns uninhabitable, Mr. Amano found himself in the unusual position of calling out his own government for responding too slowly and failing to level with the Japanese people about the severity of the accident.

Historians have concluded that Japan badly mishandled the incident and hid many of the worst details.

Mr. Amano re-emerged at the center of diplomacy in the summer of 2015, when John Kerry, then the secretary of state, and his Iranian counterpart, Mohammad Javad Zarif, were closing in on what became the complex agreement to allow Iran to enrich small amounts of uranium but not enough to produce a weapon.

The arrangement hinged on Mr. Amano's ability to enforce inspection provisions, providing the raw data to assure that Iran was in compliance and that it would take more than a year for the country to amass enough nuclear material to make a bomb. He did so, and inspectors remain to this day.

But his critics said that when Iran submitted an account of its past nuclear activity, he let them whitewash history — an allegation reinforced by documents that Israel stole from an Iranian nuclear archive last year, showing that the Iran had worked on weapon designs through 2003.

Mr. Amano's own report said that those efforts had continued, in smaller ways, through 2009.

He died before he could tackle what he often said would be the hardest problem: verifying that North Korea was dismantling its nuclear complex.

During his tenure, Mr. Amano established a team to prepare for the resumption of I.A.E.A. inspections in North Korea if an agreement were reached between Washington and Pyongyang. But while President Trump heralded his agreement with Kim Jong-un in Singapore last year, and predicted rapid action, Mr. Amano's team has yet to be invited back into North Korea.

Motoko Rich and Makiko Inoue contributed reporting.

2019年7月24日 The New York Times

Diplomat led global nuclear agenc

YUKIYA AMANO
1947-2019

BY MEGAN SPECIA
AND DAVID E. SANGER

Yukiya Amano, a Japanese diplomat who played a central role in inspecting Iran's compliance with the landmark 2015 nuclear deal as the head of the International Atomic Energy Agency in Vienna, has died, the organization announced on Monday. He was 72.

The agency, part of the United Nations, did not cite a cause of death or say when and where he died, but word had begun to spread last week that Mr. Amano had planned to step down from his position as director-general after nearly a decade because of an unspecified illness. He was two years into a third term as the agency's leader.

His death left the agency leaderless at a critical moment: just as Iran is edging away from the nuclear agreement and beginning carefully calibrated violations of the limits on how much nuclear material it can produce, and at what level of purity.

That puts the I.A.E.A., which is still conducting inspections inside Iran, in the position of monitoring how close Iran may be getting to producing a nuclear weapon.

Mr. Amano had to maneuver amid the competing pressures of powerful governments, as President Trump pressed for more intrusive inspections and European nations tried to keep the deal together.

At his death, Mr. Amano was engaged in a diplomatic challenge with little or no precedent: He was trying to convince Iran to stay within the strictures of the nuclear deal even though Mr. Trump had abandoned it last year. His effort worked until recent weeks, when Iran began inching away from compliance in an effort to force Europe to compensate it for sanctions imposed by the United States on oil revenues.

Finding a replacement for Mr. Amano will not be easy; large and small powers always struggle over who should run the agency. Mr. Amano was sometimes accused by the Iranians and others of being too solidly in Washington's camp. But the Trump administration and critics of the Iran deal — including the Israelis — argued that Mr. Amano was not aggressive enough in demanding access to suspected nuclear sites and that he too easily accepted Iranian declarations about the history of its nuclear program.

At his death, however, even some of the I.A.E.A.'s critics inside the Trump administration praised Mr. Amano's efforts to navigate some of the world's most perilous nuclear politics. John Bolton, for one, President Trump's national security adviser, said in a statement that Mr. Amano's death was a "great loss for Japan, the United States, and to many, many people from around the world."

Even the Iranians said they mourned the man with whom they had argued with over what the agency could inspect and what they thought was off-limits. Seyed Abbas Araghchi, Iran's deputy foreign minister and a negotiator on the nuclear deal, said on Twitter on Monday that he had worked closely with Mr. Amano.

"I commend his skillful & professional

Yukiya Amano in November, as head of
Vienna. He had to maneuver amid the c

performance" as the head of the agenc Mr. Araghchi wrote.

Fluent in English and French, M Amano often showed that he was in f command of both the technical details producing nuclear fuel and the politi of keeping that fuel from being turn into nuclear weapons.

But he, like many a Japanese dipl mat, seemed careful not to make new suggesting that he was more at home back rooms.

"This is not a job in which makin public demands is often very produ tive," he said in an interview in 2016. " you are going to get into an argumer

あとがきにかえて――思い出

天野幸加

「僕が死んだら、僕のことをどのように言うの？」と私に聞いたことがありました。結婚して一〇年以上経った頃でした。私はすぐに「楽しい人」と答えました。その答えに夫は嬉しそうに微笑んでいました。

夫は言葉に敏感でしたので、どんな時も会話の中から笑いを生み出していました。たまに口喧嘩をしたのですが、どんなにイライラしていてもジョークを交えて話すので、つい「ぷっ」と笑ってしまい、喧嘩はすぐに終わってしまいました。

仕事でのスピーチは、多くの人が耳を傾けてくれました。その時の状況や来てくれた人達の顔ぶれを見て、スピーチの間に実際に体験した話をはさんだり、物事を違った角度からみた見解を披露し、その場が笑いで和みました。そしてスピーチが終わると拍手喝采でした。ポディウムから降りる夫は、少し恥ずかしそうにしながらも、晴れやかな表情でした。

夫はイランで人気がありました。ウィーンの街を歩いていても、空港でも、旅行先のニースの街でも、イラン人旅行者は夫を見つけて話しかけてくれました。夫は嫌な顔ひとつせず、彼らと握手し、談笑し、一緒にカメラに納まりました。夫と私は歳が離れていましたので、私を秘書だと思ったのか、イラン人旅行者からいつもカメラをまかされました。写真の中の夫は、とても楽しそうでした。

サプライズが好きで、お誕生日や結婚記念日も忘れずに覚えていてくれました。結婚二〇年の日は驚きました。帰りが遅いので心配していると、紙袋を持って帰宅し、あわただしくお部屋に行きました。いつも通りお夕食を食べ、リラックスしたところで例の紙袋を持ってきました。「結婚して二〇年経ったね。ありがとう。」と言って紙袋を渡してくれました。腕時計でした。私が次に買う時はこの時計にしたいと話していたことを覚えていてくれたのでした。亡くなる三か月前でしたので、身体が辛い時期でした。まだ肌寒いウィーンの街を私のために探してくれたのかと思うと涙がこぼれました。その腕時計は、夫からの最後のプレゼントになってしまいました。

夫は話好きで、家ではいつも笑いが絶えることはありませんでした。子供のころの話を繰り返し話してくれました。小さい時にみた湯河原や葉山の夕日、お母様の優しい笑顔、そしてセミやトンボは夫の友達でした。ウイスキーグラスを片手に、昔話や経験談や人生観など語ってくれた夫の姿が目に焼き付いています。

そんな話好きな夫でしたが、亡くなる数年前から何かに取り憑かれたように回顧録を書き始めました。一心不乱に書いている夫の姿が「死」を連想させ、私は嫌な気がしました。そして夫は胸中に何か感じるものがあったようで、自分の経験したことを記録に残したいと言いました。仕事以外の時間、週末はもちろんのこと移動中の飛行機の中や夜間目が覚めた時にも回顧録を黙々と書き進めました。数ページ書き終える毎に私にも見てほしいと言って、記憶を整理しながら、ふたりでひとつひとつ丁寧に回顧録を仕上げていきました。

このように夫は「楽しい人」でしたので、この回顧録でも所々笑わせてくれます。若い時に両親を亡くし苦労の連続でしたが、逆境に耐え、能力を磨き、活路を見出してきました。「エナジー之弥」と呼ばれるほど楽しく力強く生き抜きましたので、この本から人生を豊かにするヒントを見つけてもらえると嬉しいです。

出版に際し夫の外務省同期で元文化庁長官の近藤誠一さんが帯を書いてくださいました。夫に代わり御礼申し上げます。

二〇二〇年六月記

あとがきのあとがき

伊藤玄二郎

人は誰でも自分史を書くとなると、触れたくない過去は語らないものだ。

来年二月に刊行を予定している天野之弥さんの『世界に続く道　ＩＡＥＡ事務局長回顧録』（仮題）には、そういう箇所が見当たらない。

私も天野之弥さんと同じ戦後の世界を生きてきた。あの時代は誰しも貧しかった。天野さんの貧乏物語には、頷くことしきりだった。貧乏物語のみならず、家にまつわる裁判の話、外務省での苦い体験など、自分の来し方をありのままに述べている。

二〇一九年三月二四日、天野さんと外務省の同期入省である近藤誠一さんから紹介を受けてお目に掛かった。『回顧録』出版のご相談だった。幾つか執筆にあたって注文をつけたが、その場で出版を即決した。天野さんは逗子葉山で育ち、私は鎌倉っ子である。同じ湘南地方の潮風の中で少年時代を過ごした。話が弾んだ。

次にお会いしたのが六月五日。天野さんがウィーンから一時帰国されていた機会を捉えて、私の主宰する雑誌で対談をお願いした。鎌倉の事務所に足を運んでくださり、二時間に及ぶ対談だった。すこぶる元気そうに見えた。それからわずか一か月余、七月一八日の訃報である。今にして思えば、あの時、天野さんの身体は悲鳴を上げていたのではないか。元気そうに見えたのではなく、元気そうに振る舞って下さったのではないか。天野さんの気遣いの美学であると改めて思う。

今日、皆さんが手にされる「逞しく生きてほしい」は、その日の記録と記憶である。

天野之弥さんの足跡がより多くの皆さんに読んでいただけることを願っている。

（偲ぶ会配布冊子「逞しく生きてほしい—天野之弥の遺言」より）

天野之弥　略年譜

一九四七年　五月九日神奈川県湯河原で生まれる
一九六三年　四月　栄光学園高等学校に入学
一九六六年　四月　東京大学理科Ⅱ類に入学
一九六八年　四月　東京大学文科Ⅰ類に入学
一九七〇年　日本学生協会（ＪＮＳＡ）で活躍
一九七二年　三月　東京大学卒業
一九七二年　四月　外務省入省
一九七三年　七月　フランス語研修のためブザンソン、ニースに赴任
一九八一年　八月　国際連合局軍縮課勤務
一九八二年　八月　在米国日本国大使館勤務
一九八四年　八月　在ベルギー日本国大使館勤務
一九八七年　一月　情報調査局情報課勤務
一九八八年　一〇月　日本国際問題研究所、研究調整部長
一九九〇年　七月　ＯＥＣＤ東京出版物、広報センター所長
一九九三年　二月　国際連合局科学課長

一九九三年　八月　総合外交政策局科学原子力課長
一九九三年　一〇月一七日　ロシアによる海洋投棄
一九九四年　八月　軍縮会議日本政府代表部公使
一九九七年　六月　マルセイユ総領事
一九九九年　八月　軍備管理科学審議官組織次席審議官
二〇〇一年　二月　ハーヴァード大学ウェザーヘッドセンター客員研究員
二〇〇一年　八月　モントレーセンター客員研究員
二〇〇二年　八月　総合外交政策局軍備管理・科学審議官（大使）
二〇〇三年　八月　総合外交政策局軍縮不拡散・科学部長（大使）
二〇〇五年　八月　ウィーン国際機関日本政府代表部大使
二〇〇五年　一〇月　国際原子力機関（IAEA）理事会議長、ノーベル平和賞授与式に参加
二〇〇七年　四月　二〇一〇年NPT運用検討会議第一回準備委員会議長
二〇〇八年　九月　日本政府より次期IAEA事務局長候補に擁立される
二〇〇九年　七月　IAEA次期事務局長に選出、任命
二〇〇九年　一二月　第五代IAEA事務局長に就任（一期）
二〇一三年　一二月　IAEA事務局長　二期目
二〇一七年　一二月　IAEA事務局長　三期目
二〇一九年　七月　永眠

世界に続く道
ＩＡＥＡ事務局長回顧録

著　者　天野之弥
発行者　伊藤玄二郎
発行所　かまくら春秋社
鎌倉市小町二―一四―七
電話〇四六七(二五)二八六四
印刷所　ケイアール
二〇二〇年七月一八日　発行

ISBN978-4-7740-0811-0 C0095